오규원 시와 달콤한 형이상학

오규원 시와 달콤한 형이상학

엄정희

방송통신대학교 국어국문학과와 서울예술대학교 문예창작학과를 졸업하고, 단국대학교 대학원 국어국문학과(석사)와 문예창작학과를 졸업했다(문학박사).
주요 논문으로 『이상의 〈날개〉 연구―카니발적 구조를 중심으로』와 『오규원 시 연구―시와 형이상학의 관계 고찰』이 있으며, 그밖에 「꿈과 현실의 어긋난 소망―이상, 〈날개〉의 꿈꾸는 자유」 「오규원 시의 공간의식― '사이'와 '허공'을 중심으로」 등이 있다.
현재 방송통신대학교와 단국대학교에 출강하고 있다.

청동거울 문화점검 41

오규원 시와 달콤한 형이상학

2005년 11월 25일 1판 1쇄 인쇄 / 2005년 11월 30일 1판 1쇄 발행

지은이 엄정희 / 펴낸이 임은주
펴낸곳 도서출판 청동거울 / 출판등록 1998년 5월 14일 제13-532호
주소 (137-070) 서울 서초구 서초동 1359-4 동영빌딩 / 전화 02)584-9886~7
팩스 02)584-9882 / 전자우편 cheong21@freechal.com

값 14,000원

ISBN 89-5749-057-4

청동거울 문화점검 41

오규원 시와 달콤한 형이상학

엄정희 지음

청동거울

초등학교 1학년 교실, 창문 너머의 운동장으로 하얗게 쏟아지는 햇살에 취해 있다 문득 1+1=2라는 선생님의 음성이 들려 왔다. 선생님의 얼굴을 잠시 보다 다시 햇살에 생각을 섞으며 '빗방울들은…….' 어찌 세어야 하나? 걱정하며 운동장으로 눈길을 돌렸다. 한없이 넓은 운동장 철봉에 거꾸로 매달려 교실을 보던 또 하나의 내가 보였다. 그 시절 견고한 2가 나를 오랫동안 괴롭혔다. 정지된 건물이 거꾸로 보일 때 왠지 즐거웠다. 그래서 물구나무서기를 즐겼다. 괴델의 '불확정성 원리'와 에셔와 마그리트, 베이컨의 그림, 아도르노의 '부정변증법', 그리고 오규원의 '빗방울' 언어는 어린 내 고민의 세계였고, 질 들뢰즈가 말하듯 사유의 몸이 움직이는 '사이'의 공간임을 알게 되었다.

오규원의 시 연구에서 사유 대상에 대한 언급은 있었으나, 사유 과정과 그 사유 과정을 사유하는 자의 경험에 대한 논의는 거의 없다. 이 책의 탐구 방향은 오규원 시에서 사유 과정의 움직임을 밝히는 것이다. 삶이 어떤 과정에 있듯이 사유는 과정에 있고, 비가시성의 세계에 있다. 바람은 보이지 않지만, 어떤 결과로 나타난다. 마찬가지로 우리가 바람이 접근하는 것을 느끼듯이, 사유는 어떤 차이들의 틈새에서 바람처럼 움직이고 있다. 형이상학이 초감각적인 세계에 있다는 속견은 문제를 내포한다.

형이상학은 사물과 사물 '사이'에 존재하고 있는 무엇인가를 접촉함으로써 만나게 된다. '신은 죽었다'고 선언한 니체는 초감각적인 세계에 있는 가치에 대하여 반성한다. 이제 사색의 적대자가 이성이었음을 깨닫는 데에서 사색이 시작된다.

오규원 시는 창조를 위한 끊임없는 차이들의 역동성으로 언어와 언어 '사이'에 계곡을 만든다. 그 계곡은 사유 과정에 대하여 관찰하는 사람이 스스로의 사유로 깊이를 만든다. 정신 활동의 사유는 내면 공간을 점유하고, 그 공간에서 움직이므로 보이지 않는다. 그러나 오규원 시에서 사유 과정은, 시적 상상력에 의해 외부로 표출된다.

이러한 논의를 바탕으로 이 글은 제2장에서 예술의 목적이 비가시성 세계의 가시화이지만, 오규원의 시가 사유 과정을 비가시성과 가시성, 그 사이에서 천착하고 있음을 밝힌다. 시는 추상적인 의미와 현상적인 의미를 이율배반적 상황으로 연결하여, 사유의 폭을 확대하고 있다. 언어가 표현할 수 없는 한계를 사물과 사물 '사이'의 침묵의 비전으로 극복한다. '사이'의 침묵은 마녀의 주문이 신비를 담듯이 무의미의 메커니즘으로 언어의 한계를 대신한다. 차가운 추상을 부각시키기 위해 오규원의 시는 여자의 관능과 정념을 대폭 수용하고 있다.

제3장에서 사유의 역동성이 사물과 사물 '사이'를 가로지르는 유목 공간에서 이루어지고 있음을 고찰한다. 사유 과정은 이름과 이름 사이에서 움직이기를 지속하는 사유의 어긋남이 형성하는 텐션에 의해 지속된다. 그 움직임을 움직일 수 있게 하는 힘은 서로의 차이를 차이일 수 있게 하는 빈틈의 보이지 않는 세계 때문이다. 관념과 현상을 맞물리게 하는 공간이 있기 때문에 관념과 현상, 그 사이의 사유 과정의 움직임을 움직임으로 시에 수용할 수 있다. 프로펠러가 날개 사이

의 빈틈에 의해 돌아가듯이, 사유는 비가시성과 가시성의 사이에서 가장 빠르게 회전하고 있음을 오규원의 시를 통해 살핀다.

그러나 사유 과정의 회전이 '사이'에서 다 이루어지지 못하고, 벽에 부딪치고 있음을 제4장의 유희 공간이 극복하고 있다. 천재 예술은 이러한 유희 공간으로 사유의 미로를 확장하는 것에서 시작된다. 정신의 사유는 기관 없는 몸체에서 극복되면서 사유의 음률을 창조할 수 있다. 이성의 한계는 몸의 감각이 북적대는 충만으로 대신한다. 삶이 마치 안개 속의 돌다리를 건너는 행위와 같듯이, 사유의 최고 지점은 어리석음에 도달한 철학의 웃음이다. 왜냐하면 오규원 시의 차가운 논리를 관통하는 영원회귀적 운명애(運命愛)가 일상을 섬세하게 흔들기 때문이다.

남산골의 교실, 오규원 선생님은 시간을 공처럼 굴렸다. 우리들이 발표한 시에 대해 선생님은 천진하고 순수하게 때로는 진지하게 우리보다 더 따스하게 가슴으로 느끼셨고, 미처 생각 못한 어떤 실마리를 풀어 주셨다. 우리들은 통통 튀는 공 같은 시간을 언제나 아쉬워했다. 예술가가 되는 길보다 일상인의 빗방울 세계가 시보다 아름답다는 것을 느끼게 해주셨다.

그동안 따스하게 이끌어 주면서 부족함을 스스로 발견하게 하는 시간을 묵묵히 지켜보며 기다려 주시는 김수복 교수님의 배려에 스승의 향기를 숙연하게 느낀다. 김수복 교수님께 머리 숙여 감사드린다. 비평의 방법을 배울 수 있었던 시간과 부족한 글을 일일이 지적해 주신 이남호 교수님께도 감사드린다. 가장 힘들었던 시간, 용기를 주며 위로해 주셨던 송하섭 교수님, 강상대 교수님, 박덕규 교수님, 박태상 교수님께 마음을 다하여 감사드린다. 어려운 가운데도 이 책을 만들어 주려고 애쓰는 조태봉 선생님의 마음 또한 잊지 못할 것이다. 청동거울 편집진도 고마울 따름이다. 설악의 바위들과 나무들 그리고 잡풀들과 지냈던 점들의 시간 속으로 들어간다. 가슴이 뛴다. 살아 있음은 생명들의 설레임이라는 것을 베르그송의 직관의 세계에서 배웠고, 설악에서 느꼈다. 우리는 살 것이고 살아갈 것이다. 살아 있는 감각이 보내는 모든 신호에 감사한다. 아픔일지라도…….

2005년 10월
엄정희

오규원 시와 달콤한 형이상학

제1장

사유 공간의 외출

1. 오규원 시를 읽는 몇 가지 견해

오규원(1941~   )은 60년대 중반 《현대문학》을 통해 시인이 된다.[1] 오규원 시에 대한 연구는 제1기(1971년~1978년;『분명한 事件』,『순례』,『王子가 아닌 한 아이에게』)에 김병익이 꿈마저 화폐단위에 묶이는 물신시대로 보는 것을 단초로 한다.[2] 김현은 보통명사의 의인화(예: 잠, 시간)를 통하여 사소한 경험을 구체적으로 묘사한다는 점에서 리얼리스트 시로 분석한다.[3] 제2기(1981년~1987년;『이 땅에 씌어지는 抒情詩』,『가끔은 주목받는 生이고 싶다』)는 이광호와 김준오, 김정란과 정의홍 등이 오규원 시를 반서정주의의 에이런적 풍자시로 보고 있다.[4] 최동호는 희극 속에 내포된 비극성에 감동이 있고, 현실과 사물의 정밀한 투

---

1) 《현대문학》에 「겨울나그네」(65. 7), 「우계의 시」(67. 7), 「몇 개의 現象」(68. 10)을 발표하면서 문단에 등단한다.
2) 金炳翼, 「物神時代의 詩와 現實」, 『狀況과 想像力』(문학과지성사, 1979), pp.245~247 참조.
3) 김현, 「깨어 있음의 의미」, 『문학과 유토피아』(문학과지성사, 1983), pp.179~181 참조.

시력과 통찰에서 시의 지적 품격을 발견하고 있다.[5] 남진우는 일련의 광고시를 통해 자본주의의 수사학을 해체한다고 본다. 그리고 패러디 기법과 키취의 도입으로 정당성과 절대성을 전복시키는 방법의 대부 자리에 오규원을 놓는다. 이 계열이 장정일, 장경린, 유하, 함성호, 진이정 등으로 이어진다고 한다.[6] 제3기(1991년~1999년: 『사랑의 감옥』, 『길, 골목, 호텔 그리고 강물소리』, 『토마토는 붉다 아니 달콤하다』)는 이남호가 생활에 맞는 미학과 정서를 시에 도입한다고 본다. 그리고 도시의 거리를 낯선 풍경으로 묘사한다는 것이다. 시적 사유는 여전히 지적이고 비감정적인 외면에도 불구하고, 그 속에 삶의 깊이가 빚어내는 따뜻함과 사랑이 있다고 한다.[7] 박혜경과 이하석 등은 오규원의 시작 방법의 변화를 은유에서 벗어난 환유원리와 '날이미지'의 언어 탐색에서 찾고 있다.[8] 이희중은 시보다 '시인시론'이 회자되는 것을 염려한다. 다만 오규원의 시를 '내'가 소거된 풍경으로 하나의 축약된 세계로 본다. 단순화된 세계가 동화적인 얼개로 풍경 또는 정물만을 남긴다는 것이다.[9] 김춘수는 오규원이 선(禪)을 생각하되 그것을 주제로 삼지 않고, 시를 만드는 방법으로 차용한다고 본다. 선은 대상을 즉물적으로 보기 때문에 주객의 간격을 현실에서 무시하는 시점이다.[10] 이연승은 오규원 시의 변전 과정을 오규원이 언급한 '해방의 이미지'에

---

4) 이광호, 「에이런의 정신과 시쓰기」, 김준오, 「현대시의 자기반영성과 환유원리」, 《작가세계》 (1994, 겨울호), pp.87~92 및 pp.99~105 참조: 김정란, 「살의 말, 말의 살 또는 여자찾기」, 《오늘의 詩》(1992, 상반기), pp.121~122 참조: 정의홍, 「관념의 언어에서 현실의 비판까지」, 《현대시》(1991. 12), pp.226~227 참조.
5) 최동호, 『한국의 명시』(한길사, 1996), p.1891 참조.
6) 남진우, 「묵시록적 시대의 글쓰기」, 『신성한 숲』(민음사, 1995), pp.62~63 참조.
7) 이남호, 「현실에 대한 관찰과 존재에 대한 통찰」, 《문학과 사회》(1991, 가을호), pp.1019~1025 참조.
8) 박혜경, 「무릉의 삶, 무릉의 시」, 이하석, 「언어, 또는 침묵의 그림자에의 물음」, 《작가세계》 (1994, 겨울호), pp.45~51 및 p.68 참조.
9) 이희중, 《창작과비평》(1999, 가을호), pp.373~376 참조.
10) 김춘수, 「전통과 반전통의 전개 양상」, 《현대문학》(2002, 4), p.222 참조.

서 찾고 있다.[11] 제4기(2005년:『새와 나무와 새똥 그리고 돌멩이』)에 정과리는 오규원 초기시에 나타난 절대관념의 추구가 후기시에도 지속되고 있음을 지적하고 있다.[12]

오규원 시의 연구는 김병익과 김현의 언어에 대한 탐구 이후, 오규원 시의 언어는 평자들의 중심 테제가 되었다. 시인 자신도 시집의 자서나 시집 표지에 언어에 대한 사유를 언급하기도 하였다.[13] 그러나 오규원 시의 시적 사유는 언어 자체보다 언어들 '사이'의 여백에 숨긴 의미를 캐내야 한다. 오규원 시의 의미는 '행간과 행간 사이에 있는 언어의 계곡'에 있다. 겨울의 계곡을 가만히 들여다보는 시간을 흘러

---

11) 이연승,『오규원 시의 현대성』(푸른사상, 2004), p.340.

12) 정과리,「'어느새'와 '다시' 사이 존재의 원환적 이행을 위한」;오규원,『새와 나무와 새똥 그리고 돌멩이』(문학과지성사, 2005) 해설.

13) 시집의 자서와 표지의 글은 시인의 창작 의도를 분석하는데 중요한 길잡이가 된다. 그래서 오규원 시집의 자서와 표지 글을 정리한다. 또, 오규원 시의 연구 대상이 언어에 집약될 수밖에 없었던 정황도 알 수 있다.『순례』부터『새와 나무와 새똥 그리고 돌멩이』까지 시집의 자서와 시집의 표지 글을 싣는다; 시간은 '모든 것'을 말하지 않는다. 그러나 시간은 '무엇'인가를 끊임없이 말한다. 우리의 심장이 쉴 수 없이 뛰는 것은 그 때문이다. (…중략) 1971~1973년, 그러니까 내가 삼십대가 막 시작한 시기이다. 그 지나간 '한 시기'의 시간도 '무엇'인가를 나에게 끊임없이 말한다. 그 말들은 이 시집의 행간과 행간 사이에 있는 언어의 계곡에서, 때로는 절벽처럼, 때로는 물처럼, 때로는 짐승처럼, 소리없이 또는 울부짖으며 내 앞에 나타난다.『순례』; 관념의 공허한 울림만큼 피곤하게 하는 것은 없고, 지식인의 제스처만큼 슬프게 하는 것이 없다. 규격화되고 보편화된 이 시대의 渦中에서 빛나는, 공허한 관념놀이의 지긋지긋함.『王子가 아닌 한 아이에게』; (…중략)벽은 언제나 죽음의 냄새가 난다. (…중략)말을 사랑하는 사람은 말을 사랑하지 않고 말과 말의 사이에 있는 골짜기를 사랑한다. 사랑은 그 골짜기가 높고 험할수록 깊다. 말을 사랑하는 사람과 말에 미친 사람의 차이는 그 골짜기의 길을 얼마나 알려고 하느냐에 있다.『이 땅에 씌어지는 抒情詩』; (…중략) "모두 그대가 가져다줄 수 있는 것을 살 것이다." 아, '가져다준 것'이 아니라 '가져다줄 것'이라니, '산다'가 아니라 '살 것'이라니―『사랑의 감옥』; 모든 존재는 현상으로 자신을 말한다. 참된 의미에서, 모든 '존재의 언어'는 '현상'이기 때문이다. 인간의 언어도 그 현상의 하나이다. 존재를 말하는 현상, 인간이 정(定)한 관념으로 이미 굳어 있는 것이 아니라, 정(定)하지 않은, 살아 있는 의미인 '날(生)이미지'와 그 언어의 축을 찾아서. 언어와 대상이, 너와 내가, 세계와 내가, 함께 숨쉴 수 있는 땅에서 무엇보다 절실하게 살기 위하여.『길, 골목, 호텔 그리고 강물소리』; 나는 시에서 구원이나 해탈을 요구하지 않는다. 진리나 사상도 요구하지 않는다. 내가 시에게 요구한 것은 인간이 만든 그와 같은 모든 관념의 허구에서 벗어난 세계였다.(…중략) 개방된 이미지와 구조를 꿈꾼다.『토마토는 붉다 아니 달콤하다』; 시인은 그러나 이미지로 사고한다. 시인은 이미지가 사고하도록 만든다. 시인은 이미지가 사고하도록 돕는 자이다. 이미지란 시인의 언어만이 아닌 까닭이다. 그러므로, 세잔식으로 말한다면, 시인은 이미지의 의식이다.『새와 나무와 새똥 그리고 돌멩이』.

보낸 자만이 계곡 속에서, 물이 얼마나 열정적으로 몸을 엉키면서 낙하하는지 볼 수 있다. 오규원 시는 깊은 계곡의 겨울 물 같다. 오규원 시 언어는 표면의 차가움이 계곡의 얼음 같지만, 그 언어를 내통하는 사유의 스펙트럼은 햇살이 계곡의 얼음과 부딪칠 때 펼쳐지는 무지개 같다. 계곡의 물을 가만히 들여다보는 시간을 보내야 물의 열정이 보이듯이, 이 무지개를 만날 수 있는 것은 사유의 계곡을 넘어본 자의 몫이다. 따라서 이 글에서는 오규원의 시를 언어와 리얼리스트, 모더니즘, 풍자시, 은유, 환유, 날이미지론, 관념의 해체, 절대관념의 추구 등으로 분류하는 것보다, 오규원 시가 내면 공간의 사유 활동을 시적 테제로 삼은 점에 대하여 주목하고자 한다.

사람의 삶은 사유를 떠나 존재하기 어렵다. 그래서 삶은 앎에 대하여 묻는 일을 반복하기 마련이다. 그러나 사유는 과정에 있고, 도달할 수 없는 무엇에 대하여 사유할 뿐이다. 삶의 긍정을 향한 사유를 하는 사유자는 끝없이 사유의 다른 영토로 자리 옮김을 한다. 사유는 차이들의 역동적인 움직임으로 시작되고, 차이들의 어긋남에 의해 텐션이 형성된다. 텐션은 사유를 지속시키는 힘으로 역할을 다한다. 사유는 사유 대상보다 사유의 과정 속에 이루어지는 원재료의 차이들에 의해서 비롯된다. 차이들은 언어 사이에 있는 흔적의 여백에 존재한다. 침묵은 말하지 않지만, 가장 많은 말을 한다. 언어의 후경을 가로지르는 침묵 속에, 칸트의 '물자체(物自體)'와 하르트만의 '물자체', 그 사이에서 유목 공간의 사유가 움직인다. 오규원 시는 상반된 언어의 긴장과 이완 그 사이를 넘나드는 호흡으로 침묵의 사색을 수용한다.[14]

오규원 시는 내면 공간에서 움직이는 사유 과정을 관찰의 대상으로 삼고 있다. 사유 과정에 대한 시인의 경험을 외부 사물의 움직임으로 표현하고 있다. 현상 없이 가상은 없으며, 모든 가상은 현상의 상대물이다. 가상의 부분은 현상 속에 항상 존재한다. 오규원은 가상의 상대물로 현상의 움직임을 주도한다. 확정된 견고한 숫자의 세계보다 빗방울의 무화된 숫자의 세계를 꿈꾸는 오규원은 수수께끼적 물음을 시의 행간에 은폐된 현상으로 보여준다.[15] 시는 추상성을 구상성으로 바꾸어 놓는 것이다. 시의 구상성에 추상이 나타나지 않으면, 미학적 성

14) 인간은 아무 것도 하지 않을 때 그 어느 때보다 활동적이며, 혼자 있을 때 가장 덜 외롭다. 우리가 단지 사유하는 것 이외에 아무 것도 하지 않을 때 우리는 무엇을 행하고 있는 것일까? 하이데거는 철학과 시가 밀접한 관련을 맺는다고 본다. 철학과 시는 동일하지는 않지만, 동일한 근원인 사유에서 발생한다는 점에서 동일한 영역에 속한다는 것이다. 비트겐슈타인은 우리가 언급할 수 없는 것에 대하여는 침묵을 지켜야 한다고 한다. 감각의 이것은 언어가 도달할 수 없는 것이라고 헤겔은 말한다. 감각과 초감각 사이의 기본적인 구분은 이제 종결되었다. '사이'는 사유활동에 있는 나와 나 자신 사이의 관계를 성찰하는 칸트의 '物自體'이다. 물자체는 사람들에게 나타나지 않는다. 자각의 자아와 달리 사유하는 나는 자신에게 나타나지 않는다. 그렇다고 그것을 무(無)라고 말할 수도 없다. 지금까지 사유는 사유의 대상에 대하여 말했지만, 사유의 과정 속에서 실재화하는 것이 의식 속에 주어진 원재료의 차이에서 비롯되고 있음에 대한 논의는 없었다. 사람은 사유의 구현체이고, 사유능력의 화신이다. 사람은 사유활동 자체를 통해 완전히 드러나는 가상이다. 정신활동의 중요한 특징은 비가시성이다. 정신활동은 사유하며 의지하고, 판단하는 자아에게는 자신을 드러내지만, 외부에는 드러내지 않는다. 사유의 대상은 많은 언급이 있었다. 그러나 사유 과정과 사유하는 자의 경험에 대한 언급은 많지 않다. 한나 아렌트, 홍원표 옮김,『정신의 삶―사유』(푸른숲, 2004), pp.23~28 및 pp.72~129 참조.

15) 칸트는 인식의 대상은 물자체(物自體)가 아니고, 대상이 우리의 직관에 들어온 현상이라고 한다. 칸트의 정당화는 외부세계와 그 안의 물자체에 대한 직접적인 지식을 포기한 대가를 치르고야 이루어졌다. 우리는 참다운 속성을 아는 것이 아니고 다만 인간정신이 지닌 구조에 의해 여과된 세계를 아는 것이다. 칸트가 말하는 순수이성의 이율배반은 감성과 오성 곧, 경험과 사유에 의해서 이루어짐을 강조하는 것이다. 칸트는 우리가 아는 것은 인식주관인 정신이 외계 또는 그 안에 있는 물자체들이 사유에 의해 파악될 수 있도록 변질시킨 현상들의 세계일 뿐, 물자체는 영원히 알 수 없다고 한다. 칸트는 물자체와 현상을 갈라놓고, 현상을 인지할 뿐 물자체는 인지할 수 없다고 말한다. 그러나 하르트만은 물자체와 현상을 갈라놓고 생각하는 것은 잘못이고, 현상학자들처럼 현상규정을 받아들여 그대로 존재를 규정하는 것도 잘못이라고 본다. 만일 우리가 현상과 가상을 구별할 수 있냐고 묻는다면, 해답은 물자체에 있다는 것이다. 현상 속에서 그 자신이 다시 현상이 아닌 그러한 어떤 것으로 '나타난다.' 그렇지 않으면 현상은 아무 것도 아닌 것의 현상이라는 것이다. 칸트가 말하는 물자체는 현상 속에 나타나 현상과 함께 인지되는 것이다. 사유의 과정은 물자체이고, 그 물자체가 드러나는 세계는 현상의 순간적 현시화를 이루는 본질이다. 河岐洛,『하르트만 硏究』(螢雪出版社, 1971), pp.51~54 참조; 본질의 세계는 부정변증법적인 세계에 있다. 현실 속의 모순인 변증법은 현실에 대한 모순이다. 때문에 헤겔과 결합할 수 없다. 왜냐 하면 변증법의 운동은 모든 대상과 그 개념의 차이 속의 동일성을 지향하지 않는다. 오히려 변증법의 논리는 동일자를 의심하는 와해의 논리이다. 개념들의 주체와 동일하다는 것은 허위이다. 헤겔은 부정의 부정은 긍정이므로 부정을 긍정에 통합시키지만, 아도르노는 부정된 것은 사라질 때까지 부정적인 것으로 본다. 이원론의 허위는 진리이다. 때문에 이름으로 경계를 이루는 이름들의 이분화는 허위이다. 아도르노, 홍승용 옮김,『부정변증법』(한길사, 1999), pp.218~255 참조; 모든 예술 작품과 예술 전체는 수수께끼이다. 예술 작품은 무엇인가 말하면서 동시에 그것을 감추는 것, 바

공을 기대하기 어렵다.[16] 오규원의 시는 시에 나타난 전경과 후경, 그 사이에서 유동하는 사유의 존재철학적 움직임을 주목한다.[17] 오규원은 시론을 먼저 제시하고, 시를 발표하는 경우도 있다. 그러면 평자들이 부분적으로 그의 시론을 추종하는 경향이 있었다. 오규원의 '날(生)이미지'는 현상들이 스스로 말하고자 하는 바를 그 스스로 말하는 것을 의식한다는 메를로 퐁티[18]의 말과 같은 맥락에서 이해될 수 있다. 미술과 사진 및 대중문화에 밝은 오규원은 시의 논의를 주도하여 자신의 시에 대한 선입견을 스스로 형성하는 경향이 있다. 자신의 시 세계에서 끊임없이 선을 구부리고 선을 만들지 않으려는 심연 속의

로 이 점이 언어적인 측면에서 본 수수께끼적 성격이라고 할 수 있다. 수수께끼적 성격은 원칙상 잘못된 여러 가지 문제들 앞에서 느끼는 무력감이다. 예술 작품은 엄밀한 의미의 현상, 어떤 타자의 현상이 된다. 예술 작품은 어떤 이상적인 성격을 지난다기 보다는 오히려 거부되고 차단된 어떤 감각적인 것을 약속한다. 예술 작품은 예술이 직접 형상이 되는 것이 아니라, 그에 대한 반대에 의해서 그와 같이 된다. 중요한 예술 작품은 예술에 적대적인 계층을 자체 내에 동화하려고 한다. 예술 작품 속에는 순간적인 것이 초월적인 것이 된다. 아도르노, 홍승용 옮김, 『미학이론』(문학과지성사, 1999), pp.131~195 참조.

16) 구상성은 은유적 사고에 기대면서 많이 투명해진다. 그러나 무엇은 무엇이다라는 은유는 의미를 한정시킨다. 그래서 현상은 의미정하기(은유)에 존재하는 것이 아니며, 의미가 정해진 것이 아니다. 그 자체로 살아 있는 의미(날이미지)인 것이다. 사실적 현상에서 현상적 사실에 충실하려고 한다. 오규원, 「날이미지詩에 대하여」, 《문학사상》(1999. 5), pp.138~140 참조.

17) 현상은 그 본질 특성과 함께 하는 대상일 뿐 사상은 아니다. 모든 규정을 비판하면서 분석할 때에야 비로소 사상자체에 귀속된다. 어떤 것의 모든 그리있음은 그 자체 또한 어떤 것의 거기 있음이다. 예를 들면 나무(그리있음) -가지(거기있음)이다. 美는 비사실적인 배경과 실사적인 전경 사이에 나타나는 특별한 현상관계 안에 있다. 미의 핵심은 현상관계에 있다. 현상을 존재하게 하는 작가의 의식인 동시에 정서인 후경과 관계를 맺는 전경 사이에 예술의 본질이 있다. 金柱完, 『存在學的 藝術哲學에 關한 硏究』(啓明大學校大學院, 博士學位論文, 1993), pp.29~183 참조; 하르트만은 문학에서 백지에 검은 문자들을 전경이라고 하고, 이를 통해서 인간 생활의 한 토막을 발견하는 것을 후경이라고 한다. 전자는 육안으로 보는 제1차적 관조이고, 후자는 심안으로 보는 제2차적 관조이다. 감성적·실재적인 부분과 나타나는 비감성적·비실재적인 부분이 있다. 전자가 전경이고, 후자가 후경이다. 비감성적인 후경이 감성적인 전경에 나타나려면, 그 후경을 나타내기에 적합한 어떤 종류의 질료에 형식을 부여해야 미적 형성을 이룬다. 문학은 가장 광범위한 소재를 가진다. 작가는 구상적이고 근원적인 의미를 끌어내어 우리가 알지 못하는 의미를 강조하는 것이다. 문학은 자기 작품의 구성 원리를 자기가 발견하는 것이다. 말은 신체 운동을 직접 구상적으로 표현하기에 빈약하지만, 표정은 심정의 운동을 표현하기에 풍부하다. 때문에 조형 예술은 우회로를 통해 비로소 성립되는 것이다. N. 하르트만, 전원배 옮김, 『미학』(을유문화사, 1995), pp.197~209 및 해설 참조; 이후에 기재되는 전경과 후경은 하르트만의 전경과 후경의 논의를 토대로 하고, 주를 생략한다.

18) 메를로-퐁티, 류의근 옮김, 『지각의 현상학』(문학과지성사, 2002), pp.311~479 참조.

사유는, 아이러니하게도 자신의 시 해석에 있어서, 자신이 가장 싫어하는 형이상학적 관점의 경계선을 만들고 있다. 한편, 오규원은 시와 만화의 유대성에 대하여 관심을 가지기도 한다.[19)

오규원의 시는 제1기부터 제4기까지 비가시성과 가시성, 그 사이에서 일어나는 사유 과정을 일상의 사소한 움직임으로 관통하고 있다. 중요한 것은 형이상학[20)]이 개념이 되기 전의 사유 과정을 시의 모티브로 하는 점이다. 사유 과정에 있는 명사(名辭)는 시적 상상력에 의해 내면 공간을 외면 공간으로 치환하면서 동사성을 획득한다. 사유 과정은 사물과 사물 사이의 빈틈에서 자유롭게 움직이는 모습으로 나타난다. 예컨대 오규원 시는 나뭇가지와 나뭇가지 사이에서 언어가 사람처럼 쉬고 있는 것을 자연스럽게 일상의 사소함으로 받아들이게 한다.

오규원 시는 시의 발표연대별 구분보다, 사유 과정의 유사성으로 묶는 것이 중요하다. 오규원 시의 변화가 시기별로 연구 대상의 초점이 되었으나, 시와 형이상학의 관계는 연구된 바 없다. 따라서 오규원 시에서 사유 과정을 비가시성과 가시성의 길항과 유목 공간 및 유희 공간으로 몸의 형이상학을 규명하는 것은 의미 있는 연구가 될 것이다.

---

19) 오규원은 만화에 대해 직접 관계하게 된 것은 김현 때문이라고 한다. 대개 엄숙한 사람들은 그런 이야기를 싫어하는데 자신은 그렇지 않다고 한다. 시를 읽듯이 만화작품을 읽을 사람이 지금 없다고 말한다. 「타락한 말, 혹은 시대를 헤쳐나가는 해방의 이미지」, 《문학정신》(1991. 3), p.33.
20) 감각적 지식은 생성소멸하는 물체의 속성만을 인간에게 보내오지만, 그 속에는 이데아가 잠겨 있다. 감각을 통해서 물체를 볼 수 있는 것은 이데아가 그 속에 들어 있기 때문이다. 그런데 이데아는 그 자체로 독립해 있으며, 그것을 파악하는 인간의 지적 과정과는 상관없이 진리성을 가진다. 박홍규, 『희랍철학논고』(민음사, 1996), p.265.

2. 시와 형이상학의 관계

시와 철학은 다르지만, 사유에 근원을 두고 있는 점은 같다. 이 글에서 오규원의 시를 탐구하는 형이상학적 토대는 소크라테스부터 시작된다. 소크라테스는 어떤 것의 정의가 사물의 정의라고 말할 수 없다고 한다. 왜냐하면 모든 물질적인 사물은 지속적으로 변화하는 과정에 있기 때문이다. 질료적인 사물들, 인간, 그의 생각과 윤리적인 가치들은 이 형상들에 참여함으로써 현존한다. 따라서 형상들은 학문적인 대상이 될 수 있다. 이데아들은 사물들 속에서 자연과 함께 작용한다.[21] 영혼은 육체의 형상원리이다. 인간의 육체와 영혼은 실체적으로 단일성을 이룬다.

'모든 인간은 본성적으로 알기를 원한다.'[22] 때문에 인간이 묻는 일은 인간의 본질에 속한다고 할 수 있다. 물음은 근본적으로 모든 경계를 철폐하면서 모든 한계를 뛰어넘는다. 묻는 일은 곧 자신의 무지를 무지라고 인정하는 과정에서 이루어는 지(知)이다. 철학사 전반은 철학자들이 오감을 조화시키려는 육감이다. 또, 인간의 사유 능력과 이성의 필요성 사이에서 이루어진 골육상쟁이다.[23]

니체가 '신은 죽었다'를 선언함으로써 초감각적인 영역의 형이상학은 감각으로의 전회를 마련한다. 그리하여 이성이 오히려 사색의 적대자라는 것을 우리는 경험한다. 상황은 주체가 행동하는 정거장이다. 모든 상황에 대한 분석은 주체의 형이상학 속에 근거를 얻을 수 있다. 따라서 형이상학이 추상적인 세계를 대상으로 한다는 속견은, 경험적인 학문이 도달할 수 없는 존재 영역을 다루는 것이라고 한정

---

21) 레오 엘더스, 박승찬 옮김, 『토마스 아퀴나스의 형이상학』(카톨릭출판사, 2003), pp. 34~242 참조.
22) 아리스토텔레스, 조대호 역해, 『아리스토텔레스의 형이상학』(문예출판사, 2004), p.44.
23) 한나 아렌트, 앞의 책, p.126.

하는 말과 같기 때문에 문제이다. 이와 달리 형이상학은 감각적으로 느낄 수 있는 대상의 탐구이다. 왜냐하면 형이상학은 경험적으로 우리가 체험할 수 있는 직접적인 실재를 다루는 것이기 때문이다.

단지 유용성만을 가치로 삼는 사람들은 사물들 사이를 오가는 감각적인 세계가 그들에게 주는 놀라운 의미를 찾지 못한다. 인간은 사물들 안에서 진리를 발견하는 것이 아니라, 자신의 발견을 통해서 진리를 구성하는 것이다. 형이상학은 사물들의 우연적인 존재와 끊임없이 접촉함으로써 알 수 있다.[24] 형이상학은 사물들 사이에 어떤 존재가 존재하며, 이것이 어떻게 특정한 단일성으로 환원될 수 있는가에 대한 질문이다. 형이상학의 기본 문제는 생물학적 틀에다 놓고 보아야 한다.[25] 형이상학은 우리의 패러독스를 은폐하려는 개념 구성이 아니라, 그것을 포용함으로써 그것을 이성으로 변형시키는 행동이다. 모든 개인적·집단적 역사 상황 속에 있는 패러독스에 대해 우리가 갖는 체험이다.[26] 형이상학은 감각적인 대상들 '사이'에서 일어나는 존재에 대한 질문을 탐구하는 학문이다.

질 들뢰즈는 '사이'를 언제나 이동하고, 끊임없이 달아나는 한계와 이동하고 교체되는 경계선이 있는 것으로 본다. 이러한 경계선에서 잡초는 가장 만족스런 삶을 영위해 간다. 왜냐하면 잡초는 황폐한 공간에 있으며, 그곳을 채우기 때문이다. 잡초는 다른 것들 '사이'에서 자란다. 백합은 아름답고 양배추는 먹을거리고 양귀비는 미치게 만든다. 잡초는 무성하게 자랄 수 있다. 백합과 양귀비는 자신의 이름 안에서 이름의 역할을 하기 마련이다. 그러나 잡초는 이름으로 귀속하지 않은 상태에 있기 때문에 무성하게 자랄 뿐이다. 마치 사고의 유형

---

24) 메를로-퐁티, 남수인 외 옮김, 『보이는 것과 보이지 않는 것』(東文選, 2004), pp.180~191 참조.
25) 박홍규, 『형이상학 강의』(민음사, 1996), pp.128~129 참조.
26) 메를로-퐁티, 권혁면 옮김, 『意味와 無意味』(서광사, 1984), pp.135~137 참조.

이 고착되기 전 사유의 풍성한 움직임과 같다. 때문에 잡초가 무성하게 자랄 수 있는 자유로운 이름없음이 교훈이다. 이름이 없다는 것은 모든 이름 속에 들어가 다른 이름들과 엉킬 수 있고, 그 이름들 속에서 빠져 나와 이름을 만드는 과정으로 길을 낼 수 있기 때문이다.

나무는 가시적인 영역에서 외형의 형태를 가진다. 하지만 리좀[27]은 비가시적인 영역의 나무 뿌리 같다. 땅 속에서 다른 나무의 뿌리와 얽히면서 어긋나고, 온 나무의 뿌리와 뒤얽히면서 땅 속을 점유한다. 리좀은 하나의 유형을 추구하는 것이 아니라, 견고한 유형들의 모든 것과 얽히면서 새로운 사유를 창조한다. 얽힐 수 있는 힘은 하나의 유형의 이름을 거부하면서 진정한 이름을 추구하지만, 점과 점 '사이'에서 잠시 이름이 되다가, 다시 새로운 창조를 위해 이름들을 끝없이 부수는 속성으로 이루어진다. 따라서 리좀의 공간에는 끊임없이 이동하면서 교체하는 경계선이 있다. 리좀은 언제나 중간에 있으며, 사물들 사이에 있는 존재로 간주곡과 같다.

유목 공간은 리좀처럼 두 개의 홈이 파인 공간 '사이'에 있다. 홈이 패인 공간이 매끈한 공간을 양쪽에서 통제하고 한정시킨다. 유목 공간은 숲을 침식하면서 동시에 다른 한쪽에서 경작지를 잠식하고 파먹어가는 쐐기처럼 비교통적이다. 즉 어긋나는 힘을 발휘함으로써 홈이 패인 두 공간에 반격을 가하는 것이다.[28] 상반되는 언어의 부딪침이 의미의 확대를 생성하듯 서로 어긋나는 힘은 중간에 있다. 중간은 의미의 생성만 끝없이 이어갈 뿐, 의미의 집에 상주하지 않는다.

한편, 형이상학이 다루는 시간의 가시성은 우리들의 관습적인 격자

---

27) 리좀은 시작도 끝도 아닌 중간에서 자라나고 넘친다. 리좀은 단위로 이루어지지 않는다. 고른 판이 차단된 나무의 계통이라면, 리좀은 홈이 파인 판이다. 리좀은 나무 유형의 계통들과 연결된다 해도 단지 점들의 사이에서만 자리를 정한다. 점들의 사이에서만 자리를 정하는 리좀은 사유 공간과 같다. 사유는 무엇과 무엇의 사이에서 자신의 몸을 움직일 수 있기 때문이다. 질 들뢰즈·가타리, 김재인 옮김, 『천 개의 고원』(새물결, 2003), pp.33~55 참조.
28) 위의 책, p.738 참조.

하나를 건너 긴장과 창조의 갈등을 형성시킨다. 시간은 공간에서 전
개됨으로써 양이 된 시간으로 지각된다. 사물은 나눌 수 있지만, 시간
의 움직임은 나눌 수 없다. 그 움직임은 공간을 지나가면서 가분성을
귀속시킨다. 우리는 흔히 시간을 말할 때 측정치에 대한 사유를 한다.
그러나 지속 자체에 대하여 사유하지 않는다. 지속성은 단일성도 다
양성도 아니며 우리의 어떤 틀에도 맞지 않는 연속성을 말한다.[29] 이
러한 시간의 지속적인 운동은 사물의 변환을 이루어낸다. 즉, 자연의
운동에 대한 성실성이다. 그래서 모든 것의 변환은 우연이 만드는 필
연의 순환을 이탈할 수 없다.[30] 우연과 필연 사이에 있는 형이상학은
어긋나는 차이들이 만드는 텐션에 의해 지속된다. 이러한 지속은 의
미와 무의미의 불협화음으로 무의미의 메커니즘[31]에 도달한다. 마녀
의 주문처럼 신비를 담은 무의미의 메커니즘은 유희 공간으로의 전회
를 마련한다. 이러한 유희 공간의 상상력이 사유의 무한을 연다. 무한
은 모든 것의 차이들이 뒤엉켜 어긋나면서 서로 다른 부정으로 자신

---

29) 앙리 베르그송, 이광래 옮김, 『사유와 운동』(문예출판사, 2001), pp.12~13 참조.

30) 이러한 삶의 속성과 예술의 속성은 놀이 규칙과 연관을 맺는다. 따라서 주사위 던지기 놀이와
예술의 유사성에 대한 논의에서 시학의 주사위를 유추해 시의 예술성을 탐구하려 한다. '시학
의 주사위'는 예술과 놀이가 현실에서 이탈된 공간의 자의적인 형식에 의해 진행된다는 논의
에서 유추한, 본고에서 사용되는 새로운 용어이다. 질 들뢰즈가 다루고 있는 『니체, 철학의 주
사위』와 같이, 시학 또한 주사위 놀이와 유사한 형식으로 이루어지고 있다. 하이데거가 철학
과 시의 유사성을 사유를 바탕으로 한다는 공통점에서 찾고 있듯이, 철학에서 논의되고 있는
예술과 놀이의 유사성은 시학과 깊은 관련을 맺는다. '시학의 주사위'는 제4장에서 시를 통해
고찰할 것이다.

31) 자기 자신과 자신의 의미가 동시에 말하게 되는 단어는 단 하나뿐이다. 그것은 아브락사스,
스나크, 혹은 블리투리 등과 같은 무의미한 단어이다.(아브락사스는 신비주의 전통의 마법적
주문에 나오는 용어이고, 스나크는 루이스 캐럴의 부조리 시 「스나크 사냥」에 나오는 말이다.
그리고 블리투리는 섹스투스 엠피리쿠스가 언급하는 의성어로 하프 소리와 유사하다.) 만일
의미가 인식 능력들의 경험적 사용에 대해서는 필연적으로 어떤 무-의미라면, 거꾸로 경험적
사용 안에서 빈번하게 나타나는 무-의미들은 양심적인 관찰자에게는 의미의 비밀과 같다. 이
런 관찰자는 자신의 모든 인식능력들을 어떤 초월적 한계를 향해 연다. 이미 많은 작가들(플
로베르나 루이스 캐롤)이 여러 가지 방식으로 간파했던 것처럼, 무-의미의 메커니즘은 의미
의 최고 목적이고, 이는 어리석음의 메커니즘이 사유의 최고 목적인 것과 같다. 질 들뢰즈, 김
상환 옮김, 『차이와 반복』(민음사, 2004), p.343.

을 더욱 자기답게 한다. 그러나 그러한 차이들이 동시에 조화를 이룰 수 있게 하는 것은 기관 없는 몸체의 역할이 있기 때문에 가능하다. 기관의 이름을 갖지 못한 몸의 세포들 모두가 몸의 작용에 융합되듯이, 사유는 견고한 틀을 깨고 사유를 지속시키는 차이들의 텐션으로 숫자를 무화시키는 빗방울의 세계를 만든다.

　니체는 예술을 삶의 위대한 자극제라고 한다.[32] 우연과 필연 사이에 있는 예술과 주사위 놀이에 대한 논의는 니체뿐만 아니라 플라톤과 칸트, 하이데거, 가다머, 푸코, 질 들뢰즈 등 대다수의 철학자들의 관심으로 이어진다. 장난하는 놀이의 대상은 자신의 고유한 규칙에 따른다. 선재하는 규칙은 없다. 그런 이유 때문에 모든 우연은 필연적으로 승리하는 던지기 안에서 매번 긍정되는 것이다. 놀이에서 제외되는 것은 아무 것도 없다. 주사위 던지기는 던지기의 열린 공간 안에서 정착적인 분배가 아니라, 유목적인 분배를 한다. 그래서 놀이의 이념은 순수하다. 주사위 놀이는 주사위가 상승하여 하늘에 오르는 시작부터, 수직 상승의 꼭지점과, 땅에 닿기 전까지의 하강 시간에, 인간이 갖게 되는 환상이다. 바닥에 떨어진 순간, 우연에 의한 필연은 현실이 된다. 놀이는 그것이 진행되면서 방식이 새롭게 생기는 것이고, 현실에서 이미 이탈된 새로운 세계에서의 질서라는 점에서 예술과 같다.

　주사위는 하늘에 있지 않고, 땅으로 돌아온다. 그래도 이성의 세계로의 귀환보다 비합리적인 열정의 권리로 던지기를 포기하지 않는 것이 예술의 욕구이다. 주사위 놀이는 낮음을 높이로 변이시킨다. 웃음은 웃음소리의 다수성과 다수성의 단일성을 긍정한다. 놀이는 우연과 우연의 필연성을 긍정한다. 무언가를 불가능하게 하는 것은 언제나 이

---

32) 니체, 백승영 옮김, 『바그너의 경우·우상의 영혼·안티크리스트 이 사람을 보라·디오니소스 송가·니체 대 바그너』(책세상, 2002), p.162.

성적인 존재이다. 열정의 권리를 가진 것은 비합리주의이다. 사고를 지배하는 권리를 재정복하고 이성에 반해서 입법자가 되는 것이 바로 주사위 던지기이다. 새로운 세계를 불러일으키는 것은 게임의 끊임없이 되살아나는 본능이다. 되돌아옴은 생성하는 것의 존재이다. 되돌아옴은 생성 그 자체의 존재이고, 생성 속에서 긍정되는 존재이다.[33] 마치 언어 형식이 그 시에서 유일한 규칙이 되듯이, 시의 형식은 유일무이한 의미의 생성을 위해 끊임없이 새로운 세계로 미끄러져 나아간다. 따라서 시학의 주사위는 주사위 던지기가 진행되면서 새롭게 만드는 놀이 규칙의 유일무이성과 예술 규칙의 같은 속성이다.

유희 공간은 천재 예술이 인식 능력의 자유로운 유희를 전달하는 데에서 열리게 된다.[34] 예술의 언어는 엄격하게 기분에 좌우되는 말을 거는 것이 아니다. 우리에게 의미심장한 말을 건다. 우리의 감정을 구속하지 않고, 유희 공간을 여는 말은 자유의 신비를 진정으로 체험하게 한다.[35] 시는 속물스러운 대중이 가까이 갈 수 있는 신비를 내포해야 한다. 예술작품의 존재방식을 밝히는 데 결정적인 단서가 되는 것은 놀이라는 현상이다. 예술이란 자신이 예술적 체험을 얻기 위하여 세속을 떠난 인간 주체에게 쾌락을 주는 일종의 유희이다. 유희의 목적은 인간 능력을 넘어선 현실이다. 즉 우리에게 주입된 무형의 현실에 형태를 부여하는 것을 말한다. 시에 있어서 우리는 형식과 만나는 놀이의 사건을 통해서 의미를 경험한다. 왜냐하면 형식이란, 우리가 그것과 만나게 될 하나의 사건이기 때문이다. 그 이유는 우리가 시정신에 의해 사로잡혀 있기 때문이다. 예술작품은 정태적인 것이 아니

33) 질 들뢰즈, 신범순 외 옮김, 『니체, 철학의 주사위』(인간사랑, 1993), pp.56~165 참조.
34) 주체의 동일성은 실체의 동일성보다 오래 존속하지 않는다. 모든 동일성은 흉내낸 것에 불과하다. 그것은 차이와 반복이라는, 보다 심층적인 유희에 의한, 광학적 '효과'에 지나지 않는다. 질 들뢰즈, 『차이와 반복』, p.18 참조.
35) 한스-게오르크 가다머, 이길우 외 옮김, 『진리와 방법 I』(문학동네, 2003), pp.111~113 참조.

라 동태적이고 역동적인 것이다. 예술작품을 감상한 자를 변형시킬 수 있는 힘은 예술작품 자체가 그러한 힘을 행사하기 때문이다.[36] 쉴러는 예술이 자유의 연습이라는 것이다. 유희 충동이 형상 충동과 질료 충동 사이의 조화를 가져온다는 것이다. 미와 예술에 대한 마음의 자유는 단적으로 미의 국가에서의 자유일 뿐 현실에서의 자유는 아니다. 따라서 예술은 우리들을 유희 공간으로 안내할 때에 진정한 예술의 신비를 선사하는 것이다.[37]

몸은 신의 물화된 부분으로서의 순간적 정신이다. 몸은 모든 순간에 우주적인 생성을 횡단하는 운동들이 사물들과 교통하는 사이의 연결점이며, 운동—감각적 현상의 본거지이다.[38] 기관 없는 몸체에서 몸은 니체적인 의미에서 우연의 산물이고, 가장 놀라운 것, 사실상 의식과 정신보다 훨씬 더 놀라운 것이다. 니체는 인간의 몸을 옛날의 영혼보다 더 놀라운 생각으로 보기 때문이다. 베이컨은 살아 있는 신체는 일련의 경련을 통해 구멍으로 빠져나가는 작용을 한다고 한다.[39]

우리는 사랑을 할 때 타인의 기관 없는 몸체와 함께 하나가 된다. 기관 없는 몸체는 기관들과 대립하는 것이 아니라, 기관들의 조직화와 대립하는 것이다. 기관이란 틀이라 할 수 있다. 기관들의 조직은 견고한 이름들의 정태성이라 할 수 있다. 하지만 기관 없는 몸체는 기관의 안과 밖의 경계선을 무화시키기 때문에 기관에 대립하는 것은 아니다. 그래서 기관들의 사이에서 일어나는 유기체의 조직화를 제거한

---

36) 리차드 E. 팔머, 이한우 옮김, 『해석학이란 무엇인가』(文藝出版社, 1992), pp.250~257 참조.
37) 형상 충동은 시의 전경이고, 질료 충동은 시의 후경이다. 전경은 구상성이고, 후경은 추상성이다. 강도 개체성은 구상과 추상을 종합한다. 현상과 이념, 그 사이에 강도 개체성의 층위가 있다. 유희 충동은 구상과 추상의 차이들을 아우르는 것이다. '차이와 반복'에서 강도 개체성을 다시 설명하기로 한다. 한스-게오르크 가다머, 앞의 책, pp.110~159 참조.
38) 앙리 베르그송, 송영진 옮김, 『베르그송의 생명과 정신의 형이상학』(서광사, 2001), pp.130~133 참조.
39) 질 들뢰즈, 하태환 옮김, 『감각의 논리』(민음사, 1997), p.30.

다. 때문에 생동으로 더욱더 북적대는 충만한 기관 없는 몸체는 유기체의 생식적인 문제에서 세계적인 개체군의 문제로 자리를 바꾼다. 사랑하는 사람과 키스를 할 때, 입술만의 작용으로 이루어지는 것은 아니다. 사랑하는 마음이 만드는 엔도르핀[40]과 입술이 함께 움직인다. 따라서 단지 기관 이름의 조직과 결합하는 것이 아니라, 기관의 이름을 획득하지 못한 기관 없는 몸체의 충만한 결합이 사랑하는 사람과 하나를 이루는 섹스이다. 우리들의 삶의 요소들이 내적으로 관통하고 있음은 마치 멜로디를 들을 때, 모든 음이 관통하고 있는 것과 같은 기관 없는 몸체 때문이다.

그 동안 기관이란 이름으로 명명된 것에 대한 사유는 인식의 영역에서 다루고 있었으나, 그 기관을 기관일 수 있게 하는 이름 없는 다수의 몸의 작용에 대하여 말한 적은 거의 없다. 사유의 영역도 이름으로 거론되고 있는 견고한 틀에 대한 논의는 있었으나, 그 이름을 이름일 수 있게 하는 이름 없는 사유 작용에 대한 언급은 찾기 어렵다. 기관 없는 몸체는 사유에서 열외되었던 뒤안길을 말한다. 형이상학이 추구한 오목한 두각이 몸의 기관이라면, 오목 뒤의 배경이 되는 음각의 세계가 기관 없는 몸체이다.

3. 허상(虛像)[41]들의 산책

'노마드'의 세계는 '시각이 돌아다니는 세계'이다.[42] 유목 공간은 지금까지의 모든 것을 수용하면서 동시에 허물며, 자신의 변화를 창조

---

40) 엔도르핀은 뇌하수체에 존재하여 호르몬과 같은 활동을 하고 있는 것으로 여겨지지만, 생리적 의의는 아직 밝혀지지 않고 있다. 근래에 경혈(뜸자리)을 침으로 자극하여 통증을 잊게 하는 메커니즘의 하나가 엔드로핀에 있음이 증명되어 화제를 모으기도 하였다.

하는 곳이다. 이름으로 귀속되지 않으면서, 동시에 이름이 되기 위해 새로운 세계를 향한 파괴를 시도하는 역동적인 곳이다. 이러한 과정에서 형이상학이 이루어진다. 이 책에서 다루는 형이상학은 반플라톤적이지만 플라톤을 거부하지도 않는다. 역사적인 전통을 거부하는 것이 아니라, 역사적인 가치와 동시에 몰가치성도 수용한다. 김상환은 질 들뢰즈의 철학이 니체의 반플라톤주의를 완성했다고 하고, 초월론적 경험론이라고 하지만, 반플라톤주의라고 규정하기도 모호하다.[43] 질 들뢰즈는 모든 것을 사유의 역동적인 기제로 삼으면서, 그 기제를 어디에도 종속시키지 않고, 사유 여행을 위한 바퀴의 기름으로 바꾸기 때문이다.

유목 공간은 리좀적이다. 이 말은 무엇을 이름으로 분류하는 관습적인 사고에 대한 역전이 수행되고 있음을 말하는 것이다. 질 들뢰즈는 사유 과정 자체를 철학으로 풀어가고 있다. 오규원도 형이상학 과정을 시로 건축하고 있다. 그래서 오규원의 시에는 질 들뢰즈적 사유의 흔적이 역력하다.

유목 공간에서 움직이는 사유 과정을 시의 모티브로 삼은 오규원의

---

41) 플라톤의 모상 자체가 허상으로 전도되어 반복의 자리를 내준다. 허상(虛像)은 모상(模像)이 아니다. 허상은 원형들마저 전복하는 가운데 모든 모상들을 전복한다. 즉 모든 사유는 침략이 된다. 이념과 현실의 '사이'에서 움직일 수 있는 사유의 몸은 이념과 현실의 차이들을 긍정하는 반복을 지속한다. 차이와 반복은 그 심층적 유희에 의한 광학적 효과에 지나지 않는다. 그래서 현대는 시뮬라크르(simulacres), 허상이다. 질 들뢰즈 철학에서 허상은 가장 탁월한 존재자의 이름이 된다. 질 들뢰즈, 『차이와 반복』, pp.18~20 참조.

42) 노마드(nomad)는 '유목민', '유랑자'를 뜻하는 용어로, 프랑스의 철학자 질 들뢰즈(Gilles Deleuze)가 그의 저서 『차이와 반복』(1968)에서 노마드의 세계를 '시각이 돌아다니는 세계'로 묘사하면서 현대 철학의 개념으로 자리잡은 용어이다. 노마디즘은 특정한 가치와 삶의 방식에 얽매이지 않고 끊임없이 자기를 부정하면서 새로운 자아를 찾아가는 것을 의미하는 철학적 개념이다. 노마드란 공간적인 이동만을 가리키는 것이 아니라, 버려진 불모지를 새로운 생성의 땅으로 바꿔 가는 것, 곧 한 자리에 앉아서도 특정한 가치와 삶의 방식에 매달리지 않고 끊임없이 자신을 바꾸어 가는 창조적인 행위를 뜻한다. 철학적으로는 철학·문학·정신분석·신화학·수학·경제학 등 학문 분야를 넘나들며 새로운 삶을 탐구하는 사유의 여행을 의미한다.

43) 질 들뢰즈, 『차이와 반복』, pp.660~676 해설 참조.

시는 가장 추상적인 것이 가장 관능적인 것과 결합하여 가장 추상에 가까운 추상을 표현하고, 가장 이성적인 것은 가장 비이성적인 것과 결합하여 가장 이성에 가까운 이성을 창조한다. 오규원 시의 추구는 백남준의 「TV 부처」와 같다. 왜냐하면 'TV'와 '부처'처럼 가장 멀리 있는 언어가 부딪치면서 현상과 이념이 톱니바퀴에 맞물려 돌아갈 뿐, 멈출 수 없는 의미를 대상으로 하기 때문이다. 부처의 심오한 세계를 가장 일상적인 TV와 결합하여 천재 예술의 유희 공간 열기에 성공한 백남준처럼, 오규원 시는 철학적 사유 과정을 관능적인 여성과 아이의 장난, 사물들과 결합한다. 그리하여 관념이 신체가 된 움직임으로, 형이상학적 사유 영토를 표면화하는 데 성공하고 있다. 지금까지 거의 모든 예술의 목적은 비가시성의 가시화였다. 그러나 오규원 시는 비가시성과 가시성, 그 사이에서 유동하는 형이상학적 사유의 움직임을 시적 테제로 예술의 새로운 공간을 제시한다. 내면 공간의 정신 활동은 시적 상상력에 의해 가시적인 표면의 활동으로 환치되어 사물과 사물의 사이에서 움직이고 있다.

　형이상학적 사유 과정은 유목 공간의 '사이'에 있다. 유목 공간은 플라톤의 이원론과 아리스토텔레스의 일원론에서 비롯되는 철학 논의의 수용 및 그 '차이와 반복'[44]이 일어나는 곳이다. 이원론과 일원론의 양분의 기점에서 형이상학의 철학적 논의가 진행되었다. 데리다의 해

---

44) 유목 공간에서의 의미는 선험적인 의미의 형이상학으로, 선재되는 틀을 부수면서 새로운 의미 생산을 추동시킨다. 새로운 의미의 생성은 기호들 사이의 차이들의 놀이가 긴장과 파괴에 의해 다시 창조되는 것으로 이루어진다. 질 들뢰즈는 '차이'들의 추동적 공간을 강도-개체성의 층위라고 명명한다. 강도적 층위는 이념의 층위와 현실의 층위의 중간의 사이 공간에 있는 층위이다. 질 들뢰즈의 추구는 코스모스의 유래와 목적지를 카오스에 두고 있다. 여기서 카오스는 다시 코스모스이며, 원래 카오스모스(chaos＋cosmos)이다. 이념적 종합이 문제의 틀을 정립하는 의미에서 실증적이라면, 강도적 종합은 그런 문제를 있는 그대로 받아들이면서, 해결을 모색한다는 의미에서 긍정적이다. 긍정이란 강도적 차이소 사이에서 일어나는 공명이다. 이런 긍정의 세계에서 차이소는 단순히 차이나는 것에 그치지 않는다. 그것은 다질적인 항들을 하나의 계열로 묶는 것, '차이짓는 것'이 된다. 또 어떤 차이소는 다시 그렇게 생산된 복수의 계열들 사이에 공명과 분절화를 가져오는 차이소, '차이짓는 차이소' 즉 '분화소'가 된다.

체철학은 베를린 장벽이 무너지면서 한반도의 분단 이데올로기와 맞물려 우리 문단에 범람하였다.

오규원의 시는 이러한 유행과 같은 이데올로기의 흐름에 대하여 이원론과 일원론, 이 둘의 통합과 해체 모두를 수용하면서도 동시에 거부한다. 아니 이 지상의 명분이 되는 이름 모두에 대하여 수용과 거부의 몸짓이 얼마나 단순한가에 대하여 우리를 사유하게 흔드는 것이

그것들은 차이를 통해 차이소와 차이소를 관계짓는 체계 안에서 생산되는 것이다. 영원회귀의 주체는 같은 것이 아니라 차이나는 것이고, 유사한 것이 아니라 유사성을 벗어나는 것이다. 그 주체가 다자이고, 필연성이 아니라 유사성을 벗어나는 것이다. 그 주체는 일자가 아니라 다자이고, 필연성이 아니라 우연이다. 영원회귀 안의 반복은 어떤 파괴를 함축한다. 영원회귀는 자신의 방식을 방해하는 모든 형상을 파괴한다. 그래서 동일한 것, 유사한 것은 영원회귀가 생산하는 허구들이다. 강도적 차이의 본성은 불균등성, 비동등, 비대칭, 계속되는 불일치 등에 있다. 그런 의미에서 강도적 개체는 카오스모스의 체계이다. 카오스와 코스모스를 대립시키는 플라톤의 노력이 아니다. 카오스와 코스모스의 내재적 동일성, 영원회귀 안의 존재, 굴곡이 심한 원환이다. 인간은 원래 신의 이미지를 본떠 창조되었고 그래서 신과 유사했지만, 우리는 원죄 때문에 그 이미지를 온전히 간직하면서도 신과의 유사성을 잃어버리고 말았다. 허상은 유사성을 결여하고 있는 이미지이며, 어떤 악마적 이미지이다. 허상은 모상과는 반대로 유사성을 외부에 방치하고 단지 차이를 통해 살아가는 이미지이다. 강도적 개체는 시뮬라크르, 허상(虛像)이다. 플라톤은 영원회귀를 이데아들에서 비롯되는 어떤 효과로 만들었다. 어떤 원형을 모사하도록 만들었다. 모사는 모사로 이어지는 운동에 의해 우리들의 본성이 변질되는 지점에 이른다. 그리하여 모상 자체가 허상으로 전도되어 마침내 반복의 자리를 내준다. 따라서 질 들뢰즈 철학에서 허상은 가장 탁월한 존재자의 이름이 되는 것이다. 허상으로서의 존재자, 그 강도적 개체는 존재의 바탕에서 카오스의 시험을 이겨내면서 일정한 규정성을 획득하지만, 다시 자신에 의해 카오스의 시험에 휘말려 결국 흩어지는 것이다. '차이와 반복'은 강도적 층위에서 안 주름운동을 통해 언명되는 차이와 반복이다. 이 때에 카오스를 지배하는 것은 죽음본능이고, 미래는 언제나 이 죽음본능이 초래하는 강요된 운동의 근거를 통해 온다. 강도적 층위의 종합은 이념과 현실의 차이를 차이일 수 있게 하는 공간이다. 서로의 차이가 끝없이 차이일 수 있게 하면서, 이 둘의 차이소를 긍정하면서 내재적인 동일성을 생산하는 생성의 공간이다. 마치 순간을 지속시키는 과거와 미래, 현재의 차이소들의 분화가 생산하는 기억과 같은 것이라 할 수 있겠다. 위의 책, pp.146~288 및 pp.668~677 해설 참조; 질 들뢰즈의 '차이'는 A와 B라는 동일성 사이의 차이를 말하는 것이다. 논리적인 소(素)들 사이에서의 차이들이다. 여러 차이들이 구성하는 '관계들의 체계', 이 체계의 작동을 '차이들의 놀이'라고 한다. 질 들뢰즈의 '차이'는 연속적인 운동이 다질성을 형성하는, 새로운 창조를 도래시키는 과정에서 발생하는 '차이'이다. 그것은 곧 베르그송적 차이인 것이다. 새로운 차이의 생성에서 일어나는 미분적 의미는 계속 도래하는 차이의 무한소미분과 같다. 일반대수학이 구조주의라면, 베르그송과 같이 질 들뢰즈는 무한소미분과 같다. 이러한 차이들이 유목 공간인 '사이'에서 의미 생성을 도모하는 것이다. 이정우, 『사건의 철학』(철학아카데미, 2003), pp.128~131 참조; 참된 글은 삶과 앎, 시대와 사유, 역사와 철학, 원초적인 감성적 언표와 고도의 개념적 언표 사이에서 이루어지는 사유를 건져낸 것이다. 이러한 글쓰기가 진행될 때에만 우리의 글쓰기는 사유의 깊이와 살아 있는 현실을 아우를 수 있다. 이정우, 『가로지르기』(산해, 2002), p.199.

다. 관념사들은 양가성의 의미[45]로 사물에 스며들어 용언적 환치를 이
룬다. 그리하여 시적 영토에서는 내면 공간의 비가시성 세계에서 유
동되는 사유의 동적 움직임이 외부에 표출된다. 즉, 관념→사물의 가
시화→가시화 세계 속의 관념으로 변주되는 것이다. 관념이 사물의
움직임으로 스며들고 짜이게 되는 것은 변증법이 추구하는 일원성의
통합보다, 나와 타자가 서로 다른 모습을 유지하면서 보다 더 큰 의미
로 나아가길 기대하는 대화주의[46]로 이루어진다.

오규원 시에서 대위법적 언어의 대상은 가장 추상적인 관념과 대극
의 관능이 상충하는 카니발적 구조로 이루어진다.[47] 시적 영토는 현실
에서 이탈된 자의적 형식에 의해 건축되는 본성이 있기 때문에 이러
한 환치와 전도가 가능하다.

---

45) 兩價性(Iʼambivlence)이라는 용어는 현재 유럽 문학의 전환 단계―산 체험의 복재(리얼리즘
과 서사시)와 산체험 자체(언어적 탐구와 메니피아적 담론)가 공존하고 있는 상태를 말한다.
메니피아적 담론이란, 희극적이며 동시에 비극적인 것이다. 혹은 그것은 축제적인 것과 같은
의미로 진지하다. 그것은 역사적 제약으로부터 말을 해방시킨다. 이것은 철학적·상상적·창
의력에 있어 완전한 용기를 포함한다. 따라서 그것은 전제된 '가치들'로부터 자유롭게 된다.
미덕과 악덕을 구분하지 않고, 자신을 그들로부터 구분하지 않으면서, 말은 그들을 시적인 영
역으로, 창조들의 하나로 간주한다. 여홍상 엮음, 『바흐친과 문학이론』(문학과지성사, 1997),
pp.257~267 참조.
46) 대화주의란, 종합이나 해결의 목적론을 지향하지 않는다. 작가 자신의 목소리를 포함하여, 다
른 한 목소리의 급진적인 외부성이나 이질성을 유지하고, 그것을 통해 생각한다. 내면으로부
터 편재하는 동시성을 피하고, 동시에 이원적 정 반의 연속으로 축소시키는 버릇에 빠지지 않
는다. 즉 변증법적인 '이것이냐 저것이냐'의 일원성의 선택으로 단 하나의 추상적 의식 속에
통합되는 것이 아니라, 대화적인 '모두 둘 다'로 보는 것이다. 대화는 단어를 이중의 목소리로
만들면서, 그리고 인물의 각각의 몸짓, 움직임에 깊은 불일치와 균열을 내보여주면서 그들 속
에 침투한다. '너'와 '나'가 서로 구분된 채 대화의 형식을 취하는 것이다. 내가 너(타자) 속에
용해되기보다는, 서로 각자의 모습을 유지한 채 풍부한 삶으로의 심화를 증대하는 것이다. 김
욱동 편, 『바흐친과 대화주의』(나남, 1990), pp.81~169 참조.
47) 카니발이란, 창조적 파괴 정신에 대해 생명력을 소생시키는 힘이 있다는 말로 바흐친이 명명
한 것이다. 항상 최종적인 것이 아니라 생성과정에 있는 것이다. 신체는 사멸되어 가고 있지
만, 아직 종결되지 않는 상태로 남아 있다. 이를테면 신체는 요람과 무덤의 문지방에 서 있는
것이다. 카니발 정신은 일상 생활 속에서의 개별적 인간들은 물론 사회 전체에 있어서도 자유
주의적인 힘을 지니고 있다. 카니발 전통은 메니피아식 담론에 흡수되었다. 언어의 수평적 축
은 이러한 공간에서 외재화된다. 체계적 축과 대화를 통해서 카니발은 양가적 구조를 구성한
다. 분열적이고(나는 양가적이라는 의미로 이 말을 사용하는데) 재현적인 동시에 반재현적인
카니발 구조는 반기독교적이며 반합리적이다. 위의 책, pp.257~267 참조.

오규원의 시론은 문단의 흐름을 좌우하는 양상으로 전개되기도 한다. 관념 해체적 시 쓰기는 시인이 의도한 것을 수용한 상태로 문단의 주된 평론이 되었다. 1994년 특집 《작가세계》에서 오규원은 자신의 시 세계를 '해방 이미지'와 '부정성'으로 설명하고 있다. 이후의 연구자들에게 이 말은 지대한 영향을 미치고 있다. 오규원의 8권의 시집의 해설은 시 언어에 대한 관심이다.[48] 오규원 시의 연구는 언어의 관념 해체와 에이런적 풍자, 패러디, 모더니스트, 은유에서 환유의 원리, 날이미지론, 사실성의 투시, 해방의 이미지, 절대 관념의 추구 등으로 이어진다.

이 글에서는 위에서 열거한 논의의 대상이 빚어내는 틀에 대하여 사유한다. 형태로 분류하는 논의도 중요하다. 하지만, 그 형태를 가능하게 하는 데리다적 의미의 흔적[49]을 찾아 시와 사유의 연대성에 관심을 가지는 것도 의미 있는 연구가 될 것이다. 언어와 언어 사이를 채우는 여백에 침묵의 비전으로 움직이는 사유의 텐션과 이완에 대하여 관심

---

48) 김준오, 「해체주의와 존재론적 은유」, 『순례』 해설(문학동네, 1997); 金炳翼, 「物神時代의 詩와 現實」, 『王子가 아닌 한 아이에게』(문학과지성사, 1994); 金治洙, 「경쾌함 속의 완만함」, 『이땅에 씌여지는 抒情詩』(문학과지성사, 1994); 김현, 「무거움과 가벼움」, 『가끔은 주목받는 生이고 싶다』(문학과지성사, 1996); 이광호, 「'길'과 '언어' 밖에서 시쓰기」, 『사랑의 감옥』(문학과지성사, 1997); 황현산, 「새는 새벽 하늘로 날아갔다」, 『길, 골목, 호텔 그리고 강물소리』(문학과지성사, 1995); 최현식, 「시선의 조응과 그 깊이, 그리고 '몸'의 개방」, 『토마토는 붉다 아니 달콤하다』(문학과지성사, 1999).

49) 일반적으로 '차연'이라고 번역하고 있는 디페랑스는 무엇인가? 데리다의 차연(différance)은 형이상학 사유를 구조화하면서 탈구조화하는 것이다. 즉 형이상학의 안과 밖을 동시에 표기할 서술의 가능성을 찾는 것이다. 차연은 공간적 차이와 시간적 지연을 동시에 나타내는 말이다. 불어에서 〈différer〉라는 동사 자체가 〈차이가 나다〉와 〈연기하다〉의 두 가지 복합적인 의미를 동시에 가진다. 그런 동사의 양가적 의미를 명사화시킨 단어가 불어에는 없다. 그래서 데리다는 이러한 양가적 의미를 함의하고 동사를 명사화하기 위하여 〈la différance〉를 만들었다. 그런데 차연의 〈différance〉와 차이의 〈différence〉는 불어의 발음상에는 변별적인 차이가 없이 다 〈디페랑스〉로 발음된다. 단지 글자상의 〈a/e〉의 구분이 있을 뿐이다. 그러므로 'a'는 차이différence와 구별되어 들리지 않는다. 'a'는 A의 피라미드를 연상시킨다. 피라미드는 죽음의 무덤이며 死王의 무덤이다. 그러나 그 무덤은 동시에 새로운 탄생을 기다리는 곳이기도 하다. 이와 같이 죽음과 삶을 동시에 상징하고 있는 피라미드처럼 차연은 죽음/삶을 이분화시키는 소리중심주의와 말중심주의에서는 이해될 수 없다. 하이데거에 의하면 존재는 존재와 존재자의 '사이'에서 유지되는 차이 속에서만 비로소 현상할 수 있다고 한다. 차연은 언어

32

을 가지는 것이다. 오규원 시에서 사물과 사물 '사이'에 나타내는 '차이와 반복'을 사유하는, 사유자의 정신 활동이 연구의 초점이 될 것이다. 비가시성의 존재는 정태적인 것에서 동태적인 움직임으로, 언어와 언어의 여백을 활보한다. 이러한 활동은 철학의 무거움과 일상의 가벼움을 결합하는 사물의 능동적인 배치 '사이'에서 이루어지기 때문에 가능한 것이다.

이 글에서는 형이상적 사유 과정과 시 세계의 사유 과정이 오규원 시의 건축 본성에 유사하게 나타나고 있음을 연구하는 것이다. 제2장과 제3장에서는 비가시성의 사유 과정이 일상적인 움직임에 투사되어 움직이고 있다고 볼 것이다. 이 글의 궁극적인 목표는 제4장에서 사유의 무한 확대가 태허(太虛)를 통과한 철학의 웃음[50]으로 유희 공간에 있음을 밝히는 것이다. 지금까지 평자들은 오규원 시에서 장난 같은

의 정체를 재해석하는 새로운 언어철학이 되고 차이(개체성·타자성)의 사유를 심화시키는 운동이다. 차연은 요소들이 서로를 참조하는 차이들, 혹은 차이들의 흔적의 공간화의 체계적 유희이다. 차이의 'a'라는 철자가 내포하는 능동성 혹은 생산성은 차이들의 유희에 있어 생성적인 움직임을 지시한다. 데리다, 박성창 옮김, 『쟈끄 데리다 입장들』(솔, 1993), pp.31~53 참조; 흔적(trace)은 우리가 어떤 것을 맛있다, 부드럽다, 아름답다고 할 때, 그 지각은 과거에 일어났던 지각들이 거기에 관여하는 방식에 따라 달라진다. 사물의 현재적 동일성은 그것을 지각하거나 규정·해석하는 차원에서 부재하는 타자들에 의하여 조건지워진다. 부재, 타자, 차이가 현전적 동일성에 선행한다. 이러한 타자들은 현전적으로 존재하지 않고, 그런 의미에서 부재한다. 그러나 이 부재하는 타자는 '무'가 아니다. 그것은 현전적 사물의 현전성 자체를 조건짓기 위하여 적극적으로 개입하는 요소·어떤 말소 불가능한 요소이다. 데리다는 그것을 흔적이라 불렀다. 있으면서 없고 없으면서 있는 것 그것이 흔적이다. 김상환, 『해체론 시대의 예술』(연세대학교 한국문학연구회, 1997), p.58; 결국 차이가 낳은 부산물이며 다른 것에 연기된 관계 속에서 정립되는 것이다. 이와 같이 다른 것이 또 다른 것에 연기된 그런 관계가 흔적이다. 무한히 반복되는 차이들 사이에 생기는 〈주름le pli〉은 하나의 흔적과 같다. 예의 〈주름〉은 차이를 구분케 하는 경계선이기도 하지만, 동시에 차이의 관계를 연결시켜(차이의 철폐를 가져오는)주는 접선이기도 하다. 그리고 그 주름은 홀로 설 수 있는 자존적 실체가 아니라, 차이가 먼저 있었기 때문에 생기는 결과일 뿐이다. 주름은 차이가 가져오는 흔적에 지나지 않는다. 〈지금〉이라는 것은 이미 지나간 과거의 흔적과 아직 오지 않는 미래에 대한 기대로서의 흔적 사이에 있는 접음의 주름과 다르지 않다. 데리다는 모든 흔적이 지니는 차연의 성격이 곧 문자라고 생각한다. 문자란 자기 존재의 고유성을 갖는 것이 아니고 상반된 다른 요소들로부터 흔적의 환영을 이미 받고 있음을 뜻한다. 문자의 세계는 실체는 없고 흔적과 환영의 삼투작용만이 있을 뿐이다. 차연은 차이와 차이의 흔적, 각 요소들을 서로서로 관계짓게 하는 자간, 행간의 간격이 만드는 체계적 놀이이다. 김형효, 『데리다의 해체철학』(민음사, 1993), pp.131~137 참조.

패러디와 키치기법, 풍자 등을 당대 현실에 대한 비판으로 보았다. 그러나 이 글에서는 이러한 기법들이 사유 확대를 위한 유희 공간으로의 전회로 사용되었음을 추적할 것이다. 따라서 제4장에서 예술 본성의 속성을 주사위 놀이와 시학의 예술성과 같은 관계로 설정한 것은 매우 중요한 의미를 가진다. 왜냐하면 사유 여행이 이루어지고 있는 유목 공간에서 유희 공간으로의 자리바꿈은 무거움의 격자를 부수면서 가볍게 일상의 웃음으로 사유를 착륙할 수 있게 하기 때문이다. 따라서 오규원 시의 사유 과정은 비가시성과 가시성의 길항을 통해 '사이'와 '허공'의 유목 공간에서 끊임없이 새로운 세계를 향한 파괴와 창조를 반복한다. 이러한 반복의 지속적인 운동은 태허(太虛)와 부딪치고, 그 부딪침은 허상에 도달하고, 허상은 다시 스스로 자신을 부수면서 유희 공간을 연다. 그리하여 사유는 사유의 최고 지점인 어리석음에 도달하게 되는 것이다. 결국 천재 예술의 미학은 무의미의 메커니즘을 보여주는 것이다. 왜냐하면 예술은 본질을 반복하는 것이기 때문이다. 따라서 이 책은 오규원 시의 건축본성에서 사유의 움직임을 밝히는 것을 목적으로 한다. 의미의 어긋남이 부풀리는 텐션과 이완의 반복적 호흡 속에 허상들의 산책을 보고자 하는 것이다.

---

50) 데리다는 무엇이 있다라는 것을 모순적이고 양가적으로 본다. 이 모순의 양가성은 존재하는 모든 것에 숨어 있으면서 모든 해석학의 의미 규정을 유보시킨다. 고호의 '신발'은 마치 느낌이 있는 것처럼, 태연자약하게 억누르고 있는 실성한 웃음에로까지, 코미디 같은 상황에까지 이르게 한다. 그 물건은, 켤레이든 아니든, 웃는다. 이 사물의 웃음, 바로 여기에 해석학적 복원과 의미 생산의 작업으로서 철학이 따라갈 수 없는 초월적 사태가 있다. 웃음을 통하여 철학이 축적했던 의미가 무의미한 양 탕진되어 버린다. 웃음은 철학의 죽음을 알리는 비명이 된다. 그것은 자기 향유와 권리를 포기할 수 있을 때 웃을 수 있는 웃음인 것이다. 이러한 웃음은 어떤 개념성·반성적 매개가 불가능한 부정성을 지니고 있다. 철학의 웃음은 어떠한 배당도 귀속도 불가능한 장소에서 성립되는 사건이다. 김상환, 앞의 책, pp.1822~1824 참조; 모든 부정은 무거움이 가벼움으로, 낮은 것이 높은 것으로, 고통이 기쁨으로 전환되는 것이다. 이러한 춤, 놀이, 웃음의 삼위일체는 무의 변질, 부정적인 것의 변이, 가치평가의 변화 혹은 부정의 권력 변화를 창조한다. 짜라투스트라는 그것을 '성찬식'이라 불렀다. 질 들뢰즈, 『니체, 철학의 주사위』, p.295.

제2장
비가시성과 가시성의 길항

그동안 예술의 추구는 사유 대상에 대한 비가시성의 가시화를 목적으로 하였다.[1] 오규원의 시는 비가시성과 가시성, 그 사이에서 움직이는 사유 과정을 표면화시킨다. 사유는 '사이'에서 차이들의 움직임으로 지속된다. '사이'의 공간은 차이들이 톱니바퀴에 맞물려 돌아가며 의미의 정착을 거부하는 움직임이 있을 뿐이다. 차이들은 서로 어긋나는 힘으로 새로운 의미를 생성한다.

1. 현상과 가상의 이율배반

현상과 가상은 두 표면 사이의 복잡한 관계이다. 현상과 가상은 사

---

1) 실제로 수백 년 동안, 정확히 봄과 아울러 우리로 하여금 우리가 자연적으로 지각할 수 없는 것을 보게끔 만들어주는 기능을 해주었던 사람들이 예술가였다. 앙리 베르그송, 이광래 옮김, 『사유와 운동』(문예출판사, 2001), pp.39~163 참조.

변적인 다의성을 이끌어낸다. 나와 그림자 사이로 떨어지는 낙차는 심연처럼 아득하지만, 그들 사이의 이동은 순간적인 뛰어넘음 속에 이루어진다. 마찬가지로 현상이면서 가상이고, 가상이면서 동시에 현상이 되는 것은 이와 같은 서로의 순간적 뛰어넘음 속에 이루어진다. 현상과 가상 사이를 잇는 비합리적인 열정이 변형에 이를 수 있는 힘을 생산한다.

1) 현상과 가상의 톱니바퀴

익살은 현상과 가상 사이의 복잡한 관계로 이루어진다. 현상과 가상의 다의적 조건은 다의적인 사유를 만든다. 오규원 시에서 유머는 진지함을 가볍게 하늘로 올리면서 자유로운 사유의 긍정성으로 나아가게 한다.

스무살 때의 나는 엉터리 國粹主義者, 鄭徹보다 히피의 기타쟁이의 幻想. 그 나라를 아세요? 幻想의 나라는 길의 나라, 壁에도 그물처럼 수많은 門이 달려 있다. 구부러진 나의 0型 다리와 그물코 사이로 시간과 함께 천천히, 천천히 걸어나가 한 나라를 보면, 그 나라는 사랑의 虛數. 그 속에 내 房이 납작하게 끼어 있다.

대낮에도 나의 房은 1층으로부터 宇宙로 이륙할 수 있음을 말해 주지 않는 집, 나는 그 속에서 그리운 먼지 냄새에 묻혀 吉童傳을 읽는다. 吉童을 따라 시간 밖으로 나가서, 시간 밖으로 나가서 비로소 보이는 등기되지 않은 현실.

—당신의 눈에도 보입니까?

36

登記되지 않은 현실.

　환상은 하늘에 가깝고, 현상은 땅과 가깝다. 환상은 비가시성에 가깝다. 현상은 가시성 안에 있다. 그런데 이 시는 환상의 세계를 일상의 공간에 배치시킨다. 뒤바뀐 공간으로 환상은 표출되고, 일상은 은폐된다. 환상과 일상의 뒤바뀐 공간 이동이 '登記되지 않은 현실'의 모호한 수수께끼를 만든다. 환상이 현실로 이동됨으로써 공간은 확실성에서 멀어진다. 환상은 그물코의 '사이'에 있는 사랑의 허수 나라에 있다. 실수가 아닌 허수에 있는 환상은 사랑과 맞물리고 있다. 견고한 확정의 숫자가 아닌 허수처럼 모호하지만 더욱 풍성한 무엇이 될 수 있는 곳에 환상이 있다. 때문에 '나는' 카오스모스적인 방을 '2층'에 가지고 있다. '나의 房'은 '1층으로부터' '宇宙'에 '이륙'할 수 있음을 '말해주지 않는 집'에 있다. '말해주지 않는다'의 진술은 훨씬 복잡한 말을 내포한다. 환상의 방에 의해 우주와 닿을 수 있음을 환기시키기 위해 역설적으로 말해주지 않는다고 강조하는 것이다.

　이어서 길동전을 읽는 행위로 시간의 유동성을 환기시키면서, 환상의 시각적인 부재를 시각 안으로 이동시킨다. '보입니까?'라는 물음 속에 환상의 대상을 참선 같은 현실의 헝클어진 위계질서에 편입시킨다. 현실과 환상의 혼합과 차이들이 수수께끼적 물음을 던진다. 환상을 없다고 할 수 있을까? 환상의 존재는 어떻게 있다고 해야 할까? 비가시성의 환상은 끊임없이 돌아가는 사유의 회로를 따라 복잡하게 얽힌 상태로 가시성으로 혼합된다. 환상의 벽에는 그물처럼 수많은 문이 있다. '나의 O형 다리'와 '그물코 사이'에 있는 내 방은 우주의 무엇과 닿으려고 하는 것일까? 언제나 무엇과도 왕래할 수 있는 문이 달려 있는 환상의 벽을 꿈꾸는 '나는' 도식주의자도 되지 못하고, 벽 안에 있다. 도식주의자는 위대한 안주를 선물로 받은 자이다. 자신의 격자도 갖추지 못한 채 격자에 갇힌 자는 비극적이다. 격자를 가로지르는 환상이 비극성을 더욱 비극적인 절망으로 포복시키다, 가볍게 상승시킨다. 도식의 부정은 또 다른 도식으로 갈 수 있다. 하지만 도식주의자를 부정하며 도식주의자가 되지 못하는 '나는' 다수가 하나가 될 수 있는 허수의 나라에 있으므로 가볍게 웃을 수 있다. 도식주의자에 대한 부정성의 허무가 오히려 가치의 전환을 유도한다. 부정은 자신의 힘을 상실하고, 적극적으로 긍정하는 힘으로 전환된다. 때문에 부정은 긍정에 봉사한다. 도식주의자에 대한 부정은 이러한 긍정성의 가치로 전환된다. 이렇게 형성된 긍정성은 끊임없이 생성될 수 있는 힘의 의지로 환상을 일상으로 전이시키는 움직임을 지속시킨다.

나의 꿈 시대, 너의 꿈 시대, 꿈의 時代가 山으로 갑니다. 山은 어디에?

나를 내려놓고, 오후 3시, 그 사람이 고속버스로 서울로 갑니다. 言語가, 모순이, 사랑이 고속버스를 타고 오후 3시를 지나갑니다. 내 앞에는 서울로 가는 길이 고속버스가 가지고 가고도 많이 남아 있습니다. (서울은 참 아름다운 곳입니다!) 나는 터미널에 四肢가 짐짝처럼 포개져 놓입니다. 내가 보는 앞에서 오후는 꽝꽝 門을 잠그고 시간을 오뉴월 개처럼 放攴합니다. 심심해서 門이 잠긴 오후의 심장을 두드려봅니다. 無反應.

山은 어디에? 바람의 발자국소리에 잠이 깹니다. 그리고 그 다음에는? 밤이다아, 어둡다아, 아아아, 하고 우는 모기의 소리를 들은 적이 있으십니까?

山에도 밤에는 모기가 웁니다. 아아아, 어둡다아.
—「소리에 대한 우리의 착각과 오류—幻想手帖·3」 부분

소리에 대한 우리들의 '착각과 오류'는 다의적이다. 우리가 안다는 것의 한계 상황을 말한다. 산으로 가고 있는 '꿈'과 '시대'를 통하여 명사가 동사로 환치된 상황을 만든다. 이러한 환치는 계속 이어진다. 사랑이 고속버스를 타고 3시를 지나간다. 길은 고속버스가 가지고 간다. 오후가 문을 잠근다. 오후의 심장을 두드리지만 무반응 상태이다. 산의 온갖 소리 중에 모기가 밤이 어둡다고 우는 소리를 들은 적이 있느냐고 묻는다. 산에서 밤에 모기가 어둡다고 하면서 운다고 한다. 모기의 울음 소리를 들어본 사람은 없을 것이다. 일상이 된 모기 소리의 무관심을 능청스럽게 모기 소리가 들린다고 표현함으로써 모기 소리에 대한 새로운 생각을 표출한다. 이러한 관습적인 관념과 일상의 두 표면 사이에 도사리고 있는 복잡한 관계를 뒤바꾸면서 익살로 처리한다. 익살은 시의 사변적 다의성을 형성한다. 정말 우리들이 듣고 있는 소리는 착각이고, 오류에 빠진 것은 아닐까?에 대하여 사유하게 한다. 그리고 우리들의 착각과 오류는 소리뿐이 아니라 삶의 전반적인 상황임을 긍정하게 만든다. 현상은 언제나 본질의 옷을 입고 있으나, 그 본질을 간과하는 우리들의 일상성에, 추상의 언어와 꿈, 사랑과 시간을 행위하게 함으로써 관념의 실재성을 환기시키고 있다.

나는 지금 꽃밭 속에 아니 꽃 속에
있다 흰 꽃의 그림자가 검다
붉은 꽃의 그림자가 검다 그래도
나는 그림자 속에 들어가 잘 논다
꽃밭 한쪽에 나와 애인의 집이
하늘을 지고 있다
애인 대신 덩굴장미 사이로 난 길을

흰 나비가 날아가는 길이 있다
날아가는 길 밑은 가시가 많다

—「꽃과 그림자」 부분

'나는' 꽃 속에 있다. '꽃의 그림자'는 꽃에서 빠져 나온 또 다른 꽃
이므로 '나'이면서 동시에 꽃이다. '그림자'를 '검다'는 색채로 보여준
다. '애인'의 소식을 듣는 '나는' 현실 속의 나이지만, 꽃 속에 있는
'나는' 그림자와 하나된 추상성의 '나'이다. '나'의 보이지 않는 추상
성은 꽃 속에 들어간 '그림자'로 환치되어 움직이다가, 일상의 '나'로
돌아오다가 다시 추상으로 간다. 그림자로 놀고 있는 '나'의 추상성에
서 '애인'의 사실성에 입각한 소식을 듣는 '나는' 일상성이다. 이어서
다시 '그림자 속에' 들어간 '나는' 그림자 없이 검은 모습의 추상적인
'나'로 돌아간다. 즉, 나(추상)→꽃의 그림자→나(일상)→그림자 속의
나(추상)로 순환되고 있다.

'그림자'는 빛과의 유희 속에 나타나는 것으로 더 이상 항구적인 본
질이 아니라, 우발적인 형태를 만들면서 변형된다. 그림자의 발에 밟
히는 흙과 그림자의 육체에 닿는 풀잎들이 감미롭다. 그림자는 육체
같은 감각을 가진다. 그래서 '나의 방'과 '애인의 방'으로 가는 길에
파랗게 돋은 '풀밭'을 지나고 있다. 이처럼 나와 그림자 사이의 이동
은 순간적인 뛰어넘음 속에 이루어진다. 그림자와 나 사이는 사랑으
로 변형에 이를 수 있는 힘을 필요로 한다. 추상(그림자)과 일상(나)을
잇는 사이의 사랑이 이들을 결합하고 있다.

(1)
나의 음성들이 외롭게 나의 外廓에 떨어지는
나무와 나무 사이에 空間이 생기고 있다.

東쪽과 西쪽 사이에 異論이 생기고

(2)
巡禮를 마친 나무들이
山幕에 잠든 木神이 기침을 한다.
밤의 背景을 뒤지는 달빛
마을은
후방의 스산한 假面舞蹈會에 떠났다.

—「西쪽 숲의 나무들」 부분

위의 시는 목신이 기침을 하고, 달빛이 확대경을 끼고 밤의 배경을
뒤지는 몽환적인 분위기이다. 삶은 가면무도회이다. 하지만 가면무도
회에 동참할 수 없는 '나의 음성'은 '나무와 나무 사이'로 떨어진다.
나무들도 모르게 생기는 동쪽과 서쪽 '사이'에서 생긴 '異論' '사이'에
서 시적 화자는 떠돈다. 서쪽은 이념의 잠재적 층위이고, 동쪽이 현실
성의 층위라고 한다면, 그 '사이'에 있는 異論은 강도 개체적이다. 강
도적 층위는 이념과 현실의 차이를 카오스모스화시키는 공간이다.
'마을'이 가면무도회로 떠나는 곳에서 함께 떠나지 못한 '나는' '사이'
의 존재이다. '나는' 이념과 현실의 차이들의 공준(公準)을 사유한다
고 볼 수 있다. 나무의 뿌리를 깊게 하는 것은 남들과 다른 생각의 순
례에서 비롯된다.

누가 내 감수성의 모가지를
왼쪽으로 꺾습니다.
돌아보니 아무도 없읍니다
보이는 것은 모두

내 눈에는 보이지 않는 것들

—「보이는 것과 보이지 않는 것」 부분

시간에는 지금과 현재가 없고, 오로지 과거와 미래를 흡수한 현재를 과거와 미래로 분할하는 미래와 과거가 있을 뿐이다. 과거와 미래로 분할하는 것은 두께도 없고 넓이도 없는 순간일 따름이다. 현재를 전복시키는 것은 과거와 미래가 아닌 현재를 내속하는 미래와 과거로 변질시킨 순간이 있을 뿐이다. 순간은 심층이 빚는 생성의 차이들이 표면으로 기어오른 시뮬라크르의 환각이고, 심층에서의 차이들의 단절은 표면에서 균열되어 나타난다. 즉 표면의 생성과 심층의 생성 사이에서, 이제 우리는 현재를 비켜 간다. 보이지 않는 감수성의 모가지를 꺾는 행위는 보이지 않지만, 보이는 현상 속의 심층으로 함께 한다. 마치 스토아 학파의 크로노스와 아이온[2]이 부딪치면서 생성되는 차이들과 같이 존재하는 것이다.

현실로 존재하는 오른쪽의 세계와 감수성으로 존재하는 왼쪽 세계의 사이에 불꽃처럼 생성되는 의미의 세계가 있다. 부정은 긍정의 결과이다. 보이지 않는 세계는 보이는 세계의 결과이다. 부정은 보다 심층적인 발생적 요소의 그림자로 출현한다. 부정의 그림자들은 환영을 생산하고 양육한다. 보이는 세계의 부정으로 존재하는 보이지 않는 세계는 보이는 세계의 심층을 형성하고, 아낌없이 보이는 세계의 그림자로 부대현상에 현상과 본질의 지위를 부여한다. 때문에 보이지 않는 세계는 보이는 세계의 심층으로 존재한다. 아무리 돌아봐도 아

---

2) 질 들뢰즈의 맥락에서 스토아 학파의 시간론은 크로노스와 아이온으로 논의되고 있다. 크로노스는 물체적 운동의 시간이고, 아이온은 순수 사건의 시간이다. 크로노스는 주기적으로 커졌다 작아진다. 아이온은 가장 짧은 시간보다 더 짧은 시간이며(순수 사건은 순간적인 존재이므로) 가장 긴 시간보다 더 긴 시간이다(순수 사건은 영원하므로). 질 들뢰즈, 이정우 옮김, 『의미의 논리』(한길사, 2002), pp.279~283 참조.

무도 없다고 능청을 떠는 부정 속에 비가시성의 존재를 확연하게 각인시키는 것이다.

> 함께 온 어른은 산기슭의 나무 그늘에서
> 맥주 깡통을 텅 텅 따고 소리지르고
> 풀을 잡아당기는
> 아이의 손에서 풀의 줄기가 뜯겨나온다
> 저렇게 집요하게 감아쥐고 있는 것을 보면
> 아이가 보고 싶은 것은 풀이나 풀의
> 뿌리가 아니리라 나는 개암나무 사이에
> 박힌 돌처럼 안 보이는 것이 모두 궁금하다
> 아이는 당기고
> 풀은 뽑힐 생각을 아직도 하지 않고
> 내 곁에서 개암나무 잎 사이의 어린 열매가
> 그늘을 제끼고 따가운 햇볕 속에 고개를 내민다
>
> ―「풀밭 위의 식사」 부분

‘나는’ 어른들과 아이를 보고 있다. 어른들은 화투장을 두들기면서 먹는 것에 열중하고, 아이는 풀을 뽑고 있다. 풀의 줄기가 뜯겨 나와도 여전히 풀을 잡아당기는 아이는 땅이 놓아주지 않는 무언가를 바라고 있는 것이다. ‘나는’ 아이가 보고 싶은 것은 안 보이는 것을 원하는 것이라고 추정한다. ‘내가’ 보고 싶은 것은 안 보이는 것이 궁금한 상태이기 때문이다. 아이는 풀을 당기고, ‘개암나무 사이’에 박힌 돌처럼 보이지 않는 것이 궁금한 ‘나는’ 아이를 보면서 ‘개암나무 잎 사이’에서 ‘열매’를 발견한다.

「풀밭 위의 식사」는 1863년 낙선전(落選展)에 전시된 에두아르 마네의 그림으로 유명하다. 낙선되었던 그림이 명화가 되는 과정과 아이의 행위는 의미의 중첩을 이룬다. 시적 화자는 아이의 행위를 통해 '나'의 사유 과정을 보여준다. 풀을 뽑는 과정으로 '사이'에 있는 안 보이는 무엇을 찾기 위한 어떤 노력을 보여준다. 당선된 승자들의 활동보다 낙선된 패자들의 보이지 않는 무엇을 찾는 것인지도 모른다. 승자는 대부분 그 사회 제도의 틀에 편승된 자들이다. 낙선의 고배를 마신 마네의 그림이 당시에는 '외설적'이라는 대중의 비난을 받았지만, 시간이 흐른 어느 날부터 '외설적'은 '인간의 본원(本源)' 추구로 바뀌면서 명화가 된 것이다. 패자들의 아우성이 낙선전을 이끌었듯이 지속되는 노력에 의해 '개암나무 잎 사이'의 '어린 열매'의 발견은 어떤 생각의 지속이거나, 아니면 또 다른 물음의 발견이다. 변화란 대부분 덧없이 지나가는 것이다. 단지 여러 가지의 서로 다른 상태를 대체하는 것이 변화라면, 이러한 상태들 '사이'의 연속성을 인위적인 끈으로 재구성해야 한다. 풀밭 위에서 식사를 하는 행위는 일상적인 행위에 불과하다. 우리는 식사를 하고 사는 일상을 영위하기 마련이다. 아이의 행위는 식사하는 어른들의 배경이다. '나'의 생각은 아이의 행위로 조형화된다. '사이'는 안 보이는 세계의 존재를 건축적으로 보여주는 직관의 세계이다. '개암나무 잎 사이의 열매'는 아무런 부호가 없는 '사이'에 있는 형이상학이다.

강의 물을 따라가며 안개가 일었다
안개를 따라가며 강이 사라졌다 강의
물 밖으로 오래 전에 나온
돌들까지 안개를 따라 사라졌다
돌밭을 지나 초지를 지나 둑에까지
올라온 안개가 망초를 지우더니

곧 나의 하체를 지웠다

하체 없는 나의 상체가

허공에 떠 있었다

나는 이미 지워진 두 손으로

지워진 하체를 툭 툭 쳤다

지상에서 보이지 않는 존재가

강변에서 툭 툭 소리를 냈다

—「안개」 전문

보이지 않는 세계는 보이는 세계의 심층을 형성한다. 강을 지우는 안개는 돌들과 둑과 나의 하체를 지운다. 그러나 상체가 허공에 떠 하체를 '툭 툭' 치는 소리로 지워진 하체의 보이지 않는 세계를 청각에 감지시킨다. 보이지 않는 하체의 소리는 보이지 않으므로 애매하다. 그 애매성이 보이는 세계와 보이지 않는 세계의 경계선의 명확성을 탈주시켜 자유롭게 확장시킨다. 안개는 잠시 보이다가 사라지는 속성이다. 보이는 세계와 보이지 않는 세계의 연속성은 안개에 의하여 일어나고 있다.

현상을 감싸고 있는 본질들은 존재와 세계의 양태 또는 양식일 뿐이다. 본질은 존재하는 것이 아니라 이미 존재하고 있는 것이다. 사물들을 지우는 외부성으로서의 안개는 사유의 내면 공간을 드러나게 하는 어떤 것이다. 이때의 외부성은 내부성이 끝난 곳에서 시작되는 것이 아니라 사물 안에 속해 있는 내면 시스템의 자기 관계적이고, 내부에서 차이짓기를 일으키는 외부이다. 때문에 안개와 경계를 이루고 있는 사물의 내부로서의 형태를 말하는 것은 아니다. 안개는 사물을 소멸시키면서 형이상학적 본질의 세계를 감각적으로 나타낸다. 김상환은 자기 소멸의 장소에 도착하는 예술만이 지고한 예술이라 한다. 지고성이란 움직이게 하고, 간섭하는 힘을 말하는 것이다. 안개는 지고한 움직임으로 사물을 지우면서 보이지 않는 세계의 본질을 드러내기 위한 현상으로 작용하고 있다.

2) 현상과 가상의 카오스모스

오규원 시는 비가시성과 가시성의 세계에서 움직이는 사유를 이율배반의 불협화음으로 나타낸다. 외부에 드러날 수 없는 사유의 정신 활동은 이름이 되기 위해 움직이지만, 어디에도 자신의 집을 짓지 않는 자들의 움직임이다. 현상과 가상은 분리되지 않은 채, 카오스모스적 세계에 있다. 이 세계에서 창조를 위한 파괴 운동이 지속된다. 그럼에도 불구하고 일상은 비루하기 쉽다. 그래서 가상의 요소는 일상에 상존하면서 일상의 경이로움에 합류한다. 일상은 오류가 전제된 진리와 연합한 가상과 밀접한 연관을 맺고 있다. 다음의 시들은 이러한 현실을 반영하고 있다. 다음은 부제 「楊平洞1—7」을 묶어서 보기로 한다.

　　　王子가 사는 나라에는 언제나
　　　장난감 칼이 필요하고
　　　王子는 반드시 어릴 필요가 있다.

　　　나는 매일 만난다 아버지보다
　　　먼저 아버지가 되기 위해 저희들끼리 소주를 마시는
　　　楊平洞의 아이들을.

—「楊平洞·1 幻想을 갖는다는 것은 중요하다」 부분

돈 키호테를 아시지요?

라 만챠의 케하다 또는 키하다 라는 이름의 50대 사내.

아가씨여, 저는 마린드라니아섬의 주인, 아가씨여, 이 몸을 마음에 드시는 대로 처분하옵소서. 미소가 떠오름. 창밖을 보니 파란 하늘에 흰 구름이 가볍게 발을 옮김.

　＊本稿中 고딕 部分, 소설「돈 키호테」에서 引用.

—「楊平洞·2 등기되지 않은 현실 또는 돈 키호테 略傳」 부분

나에게는 어머니가 셋. 아버지는 女子는 가르쳐 주었어도 사랑은 가르쳐 주지 않았다.

사랑이란 말을 모르고 자란 아버지와

사랑이란 말을 모르고 죽은 아버지의 아버지의 나라.

베개를 고쳐 누워도, 고쳐 누워도 허리가 아픈 바다.

아, 어디로 갔나. 사랑 愛, 미운 오리새끼.

—「楊平洞·3 한 나라 또는 한 女子의 길」 부분

불빛—赤色의 환상. 잿더미 위라서 잘 보이는구나 무너지지 않은 壁과 무너지지 않는 길. 그곳에 자리한 외로운 투명과 可視의 나라.

행복한 시대, 행복한 者의 땅, 몽상. 저주 있기를. 黃色, 그 권태의 산기슭에 아물아물 자라는 노란 풀잎들.

—「楊平洞·4 환상 또는 비전」 부분

하나 더하기 둘은 셋, 둘 더하기 셋은 다섯, 이 사랑스럽도록 확실한 수

치들. 이 의심할 수 없는 명확함을 웃어 버리는 빗방울들. 빗방울들이 주저 없이 몸의 數値를 無化시킨다. 부서지는 아픔, 無化되는 아픔, 그러나 사랑의 다른 이름인 빗방울.

빗물이 스크램을 짜고 大地의 껍질을 뜯어내고 있다. 불그스레한 살이 드러나고 핏줄이 얼굴을 내민다. 시인? 시인의 얼굴? 童話作家. 빗방울 王子.

비가 오고 있다. 엊저녁 惡夢에서처럼. 우산을 들고 뜰을 거닐고 있는 아버지. 비가 와도 비에 젖지 않는 우산 속의 世界, 우산 속의 世界 속의 아버지는 우산 속의 世界 속의 白衣民族.

어떻게 왔을까. 수술대를 짊어진 채 牧神이 내 옆에 우뚝 서서 分列式을 보고 있다.

우산 속의 白衣民族, 우산 속의 아버지가 나를 돌아본다.
빗방울이 뚫어 놓은 구멍을 통해 보이지 않던 그 존재를 간접적으로 드러내는 투명한 壁.

—「楊平洞·5 빗방울 또는 우리들의 言語」 부분

질서? 나는 한때 정확한 논리 명쾌한 질서를 원했다. 논리와 질서란 자본 또는 상품, 자본화된 또는 상품화된 나와 너의 유통경로인 것을, 편한 만남인 것을. 그러나 나를 도로통행세로 다 지불하는 것임을 알고 있는 지금은?

가을. 나는 행복하고 싶다. 들에는 콩잎이 마르고 무리를 자랑하는 코스모스. 株式會社〈自然〉假分數 코스모스가 假分數답게 머리만 덩그렇게

色色을 이루어 놓는 저 불균형의 엉뚱한 아름다움 앞에서.

—「楊平洞·6 불균형, 그 엉뚱한 아름다움」 부분

베드로에게

밤이다. 나의 아버지가 밤이 무섭다고 내 무릎에 와 안긴다. 밤이 무섭다니! 아, 나의 아버지는 詩人이로구나, 부드러운 게 무섭다니!

유리창과 안개에게

먼곳을 멀게 가까운 곳을 가깝게, 낡은 것을 낡은 것으로 보여 주는 琉璃窓아. 아침이다 人事를 하자. 그러나 보이는 것만 보여 주고 보이지 않는 저쪽, 보이지 않으므로 더욱 보고 싶은 것은 하나도 보여 주지 않는 그대, 그리하여 유리창도 결국 琉璃로 된 壁이다

창밖에서 事物과 現場 앞에 커어튼을 치고 내가 불투명하고 콤플렉스를 가지기를 바라는 안개, 그대도 이리 와 人事를 하자.

한국에게

겨울의 절망은 立春이 죽이고
겨울의 노래는 女子가 죽이고
그래도, 눈 위에 눈 내리고 눈 내린 위에 눈 내리는 것은 겨울이 아니라 얼수록 투명해지는 겨울의 幻想인 것을, 美國도 英國도 스페인도 印度도 아닌 韓國이라는 한 조그마한 나라의
한 조그만 거리, 楊平에서

내가 보고 있다.

왕자가 아닌 한 아이에게

볼펜을 발꾸락에 끼워 놓고 世上을 본다.
이 엄숙할 수 없는 나의 文化 앞에서
볼펜을 낀 나의 발꾸락은 아프고
볼펜을 낀 나의 발꾸락은 외롭고
그 볼펜을 낀 나의 발꾸락 앞에서
나는 拘束되나니
世上은 公平하여라.

볼펜을 발꾸락에 끼워 놓고 나를 본다.
이 우스꽝스러운 나의 方法 앞에서
볼펜을 모르는 발꾸락의 우둔함을 위하여
볼펜을 모르는 발꾸락의 황당무계함을 위하여
그 볼펜을 낀 나의 발꾸락의 아픔을
내가 노래하나니
世上은 無事無事하여라.

＊〈楊平洞〉의 바른 地名은 〈楊坪洞〉이다. 筆者가 故意로 고쳐 쓴 것이다.

—「楊平洞·7 네 개의 便紙」 부분

　　부제 「楊平洞 1」[3]은 왕자들이 사는 환상의 공간을 양평동의 현실로
이동시킨다. 楊平은 부드러운 버들가지 楊과 평평한 平이 결합된 이

---

3) 이후에 「楊平洞」의 제목과 부제를 생략하고 기호로 표기한다.

름이다. 평평한 平이 독자의 호기심을 자극한다. 아버지와 아이들이 똑같은 높이에 있다. 보편적으로 똑같을 수 없는 아버지와 아들을 같다고 함으로써 역설적으로 아버지와 아이의 서열의식을 강조한다. 이어서 관료사회의 계급구조를 나타낸다. 계급은 수직으로 이루어지고 있다. 계급의식은 平으로 이루어질 수 없는 현실이다. 환상 속의 왕자는 왕의 자리를 차지하기 위해 왕이 죽을 때까지 아이가 되어야 한다. 아이를 자랄 수 없게 하는 왕의 권위는 국가와 사회의 섭리이다.

그런데 양평동의 아이들은 왕을 반역하기 위해 아버지가 하는 행위를 한다. 여자와 술과 담배, 섹스와 도박을 하면서 민주시민이 되는 것이다. 민주시민은 순수를 벗어나는 반역에서 이루어지고 있다. 사회는 이기심의 달콤한 알사탕을 내밀고 있다. 그래서 '나는' 하얀 순수와의 싸움을 한다. 환상국의 주막에서 소주를 사랑했던 오도일을 만나면서 나의 싸움은 치열해진다. 아버지가 죽기 전까지 왕자는 왕궁에나 살고, '나는' '아버지보다 먼저 아버지가 되기 위해' '소주를 마시는' 양평동의 아이들을 만난다.

〈2〉의 돈 키호테는 환상국의 왕자와 같다. '나는' 책 속에서 현실을 현실로 받아들이지 못한 돈 키호테를 만나고 있다. 시적 화자는 책 속에서 '내'가 느끼고 있는 곳을 현실이라고 한다. 기사를 찾는 현실은 이미 사라지고 없는데, 기사의 순수를 찾는 돈 키호테의 환상은 현실을 밟고 일어선다. 즉 시적 화자의 환상이 현실을 밟고 일어났음을 말하는 것이다.

돈 키호테의 환상은 다시 〈3〉의 현실 공간, 양평동의 여자들과 만나면서 이어진다. 양평동의 여자들은 사랑을 모르면서 사랑을 하는 여자들이다. '나는' 감흥없이 '대전'을 '한두 시간' '올라타' 흔들거리고, 공주산성에 올라 서울의 양평동 여자들이 사내를 만나기를 기도한다. '사랑이란 말을 모르고 자란 아버지'와 그 아버지의 여자 셋의 길은

'나'의 '모순의 나무'이다. 그 나무 아래서 읽는 동화의 나라에는 유학의 서열들이 있었다. 시적 화자는 충과 효보다 '미운오리새끼' '사랑 愛'를 찾는다. 허리가 아픈 바다의 유배지에서 흩어지는 유교의 서열의식과 함께 '사랑 愛'를 찾고 있다. 바다는 삶의 현장이다. 규격과 질서의 윤리를 가로지르는 사랑은 현실에서 미운 오리 새끼처럼 다른 형태일 뿐이다. 사랑은 어느 곳에도 발 부칠 곳이 없다.

〈4〉에서 미운 오리새끼가 된 사랑을 찾던 '나는' 상상의 힘으로 청색의 물을 퍼 올리고 있다. 사방으로 열리는 길을 만나고, 넓은 들판에서 길을 찾는다. 아무 것도 없는 상태로 타버린 잿더미 속에 열리는 적색의 환상이 있다. 그러나 적색의 환상은 무너지지 않는 벽과 무너지지 않는 길이 있는 可視의 나라로 이어진다. 보이는 세계는 행복한 시대이고, 행복한 자의 땅이다. 그러나 이 사실은 몽상에 불과하고, 황색의 권태 속에 자라는 노란 풀잎들이 있는 현실에 당도한다.

〈5〉에서 노란 풀잎의 권태가 무화되면서 적색의 환상이 비를 맞으면서 소생된다. 확실한 숫자를 무화시키는 빗방울의 아픔 속에서의 따끔한 유쾌는 환상이다. 빗방울이 벗겨주는 대지의 살 속에 '시인의 얼굴'이 드러난다. 후줄근한 패잔병의 모습이다. 매독을 앓고 있는 목신이다. 숲을 꿈꾸는 목신은 매독에 걸리지 않았기 때문에 편안해서 꿈을 꾸지 못한다.

이 시대의 백의민족은 비가 와도 비에 젖지 않는 '우산 속의 아버지'의 세계이다. 확실한 숫자를 무화시키면서 대지의 속살을 드러내주는 빗방울에 젖지 않는 세계이다. 이러한 아버지의 백의민족의 세계는 녹물이 뚝뚝 떨어지는 '수술대'에 목신의 사지를 묶고 있다.

'나는' 목신이 왜 묶여 있나를 묻다가 피리를 분다. 소리 대신 녹물만 흐르고 있다. 사열대의 구령소리인 하낫둘에 맞추어 분열식 연습을 하는 '내' 옆에 수술대를 짊어진 목신이 서서 분열식을 보고 있다.

하낫둘 하낫둘 목신의 이마에 흐르는 땀방울, '시간이 갈수록 굵어지는 빗방울'이 목신의 전신을 후려갈긴다. 고통스런 쾌감에 전신을 떨고 있는 목신과 정지를 외치는 소리가 이어진다. 목장에 전기가 흐르고 있다.

'우산 속의 백의민족, 우산 속의 아버지가 나를' 돌아보고 있다. 적산가옥의 뜰도 아버지를 따라 돌아본다. 비가 오고, 비는 대기의 구멍을 뚫고, 투명한 벽을 드러낸다.

'나는' 시와 시인을 목신과 빗방울로 이야기하고 있었다. 그 이야기를 돌아보며 '나'의 담뱃불이 잠깐 밝았다 사라진다. 마치 교전이 멎은 전선의 외로운 불빛처럼.

백남준은 인생이 썩으면 예술이 되고, 사회가 썩으면 예술이 된다고 한다. 목신이 된 시인을 수술대에 묶는 백의민족이기 때문에 반동적으로 더 진정한 목신이 되는 시인이 등장하는 것이다.

빗방울이 무화시키는 숫자의 정확성과 그 숫자의 정확성을 고수하는 우산 속의 세계를 대비적으로 그린다. 빗방울은 시인의 세계이고, 우산 속의 세계는 이 사회의 규율이다. 예술의 뿌리는 그 사회를 움직이는 질서의 반역에 있다. 인간을 억압하는 사회에서 인간의 자유를 찾아가는 감각의 세계를 여는 것이다. 녹물이 흐르는 수술대를 지고 있는 시인의 모습은 백의민족의 하얀 색과 병치되면서 더욱 비참한, 그러나 더욱 비장한 의지를 보여준다. 무화시키는 불꽃의 적색이 환상이라면, 황색의 노란 꽃은 권태의 일상이다. 무화시키는 빗방울에 두들겨 맞는 황색의 녹물은 투명한 벽에 이르는 의지를 나무의 뿌리처럼 땅에 박고 있다. 목신은 질서에 순응하면서 빗방울의 세례를 받는다. 시인은 현실이 없는 환상 속에서 진정한 시를 창조할 수 없다. 시인은 녹물이 흐르는 수술대를 짊어지고 질서에 순응하면서 빗방울의 무화된 세계와 만날 때, 현실을 질서에서 정지시킬 수 있다. 때문에 이 시에서 말하는 시인의 진정한 모습은 사람을 억압하는 질서를 부수기 위해서 시인도 사람 속에 동참하여 아픔을 감내해야 된다는 것이다.

〈6〉에서 버들가지의 부드러운 楊과 평평한 平처럼 양평에 있는 '태평루'와 '남산옥'은 부드럽고 유연하며, 수평적으로 자유로운 분위기이다. '내'가 사는 '不二아파트'는 대조적인 이미지이다. 전자가 개방된 공간이라면, 후자는 벽이 차단된 공간이다. '나는' 남산옥에서 제일 얌전한 화자와 그의 애인을 보면서 자유를 느낀다. 그러면서 '나는' 허무하게 행복하다. 양평이 유혹하는 부드러움에 빠진 '나는' 질서와 논리를 숭상했던 자신의 과거를 회상한다. 그러나 지금 자본과 상품이 곧 논리와 질서라는 것을 알게 된 '나는' 상품이 된 '나와 너의 유통경로'에서 '나를 도로통행세'로 지불하고 있음을 알고 있다. 주식회사 자연이 되어버린 현실의 아픔 속에서도 '나는' 가분수의 코스모스의 불균형이 만드는 엉뚱한 아름다움에 취한다.

〈7〉의 〈베드로에게〉에서 아버지는 부드러운 밤을 무서워하니까 시인이라 한다. 밤은 부드러움으로 아이들을 키우기 때문이다. 아버지를 '내'가 안고 있다. 아버지는 백의민족이고, 여자처럼 곱게 웃는다. 순응하는 웃음은 지옥에 가야 한다고 '내'가 소리지른다. '내'가 밤이 무서워지자 사물이 완벽하게 보인다. 이러다간 아버지를 팔겠다고 소리지른다. 부드러운 밤은 순응의 모습이고, 제도의 모습이고, 견고한 틀의 가면이므로 사물의 완벽한 정태성을 부여하는 곳이다.

〈유리창과 안개〉에서는 유리창에게 인사를 하는 아침이다. 유리창은 보여주는 것만 보여주고, '보이지 않는 저쪽'은 보여주지 않는다. 유리창을 보면서 보여주지 않는 세계를 더욱 보고 싶어하는 시적 화자는 유리로 된 벽이라고 유리창을 단정한다. 조간과 담배와 성냥의 벽은 유리창과 마찬가지이다. 그러나 '안개'는 '事物'과 '現場'에 '커어튼'을 치고, '내가' 불투명하기를 바란다.

〈한국에게〉는 잔인한 것이 비전이라고 말한다. 겨울이 절망을 주는 것이 아니라, 얼수록 투명한 겨울이 환상이라는 것을 한국의 양평에서 '내가' 깨닫고 있다.

〈王子가 아닌 한 아이에게〉에서 '나는' 왕자의 허울을 벗고, 자연인의 한 아이가 되어 손가락에 끼우던 볼펜을 '발꾸락'에 끼우고 세상을 본다. 그러자 관습적인 틀에서 벗어난 새로운 세계가 보인다. 새로움은 아픔을 수반하는 것이므로 그 아픔을 긍정하며 '발꾸락'의 아픔을 노래하며 세상을 보니 세상이 무사하게 보인다.

위의 시는 1에서 6까지 종적인 삶의 질서를 형성하는 수직적 사고의 보편성과 부딪치는 횡적인 수평적 사고를 아버지와 아들의 관계로 나타내고 있다. 마지막으로 「楊平洞」 7에서는 「楊平洞」 1에서 6까지의 수직적 사고와 수평적 사고가 피륙을 엮는 씨실과 날실처럼 교차되면서, 왕자가 아닌 아이가 자기만의 세계를 여는 것으로 마무리된다. 즉 다른 사람들과 다른 자신만의 방법으로 세상을 보게 되는 사유과정을 부제 양평동 〈1〉에서 〈7〉까지 나타내고 있는 것이다. 〈1〉에서 〈7〉까지 왕자라는 외피를 던지고, 자연인의 아이로 자유로운 삶의 방식을 깨닫는 과정을 나타낸다. 질서가 무화되는 빗방울 세계에 있는 시인과 대조적으로 빗방울에 젖지 않는 우산 속 세계의 질서가 충돌한다. 시인은 수술대의 무게를 감내하며 세상의 질서에 편승한다. 시인은 비에 젖는 몸의 열정으로 땀을 흘리며 질서와 동화되면서 니체적 천민의 무리를 길들이는 질서를 정지시킨다. 코스모스의 불균형처럼 자본이 된 몸과 자신을 구속했던 질서의 해탈로 허무하지만, 행복을 순응하며 받아들인다. 질서를 숭배했던 시적 화자가 빗방울 세계의 아픔을 노래하면서, 자신만의 방법으로 세상을 보며 평화를 찾는다.

2. 문턱의 수수께끼 물음

예술가의 사유와 지각은 수수께끼적 본질이 형태 안에 있음을 간과하지 않는다. 아도르노는 위대한 예술의 미학적 원리는 수수께끼 물음에 있다고 한다. 예술이 추구하는 삶은 애매성으로 나아간다. 규정할 수 없는 삶은 사유 과정에 있기 때문이다. 우연과 필연의 문턱에 수수께끼 물음이 있다.

1) 카니발리즘적 생과 사

삶과 죽음, 그 사이의 문턱은 수수께끼적 물음으로 사유를 지속시킨다.

> 골목에서
> 작년과 재작년의 죽음이
> 서로 다른 표정으로
> 만나고
> 그 해 죽은 사람의
> 헛기침 소리 하나가
> 느닷없이
> 행인의 뒷덜미를 후리치고 간다.
>
> —「분명한 사건」 부분

'나무의 두 귀가 불타고 있다.' 노을에 잠기는 나무의 모습이다. 밤의 시간은 소란스럽게 대문으로 들어선다. 밤은 흐릿한 어둠과 부딪쳐 기둥을 끌어안고, '밤의 신발 밑에서 밀밭을 밟고 온 보리 냄새'가 난다. '그 냄새'가 '고개를 내밀고 있다'. 죽음들이 골목에서 서로 만나고, 죽은 자의 '헛기침 소리'가 '행인의 뒷덜미를 후리치고 간다'.

일상에 스며든 시간의 비가시성은 공간을 점유하고 있는 나무와, 공간을 밟는 시간의 행위를 통해 가시성의 영역으로 이동된다. 시간의 가시성은 우리들의 관습적인 격자 하나를 건너 긴장과 창조의 갈등을 형성시킨다. 갈등의 언덕을 넘는 사유는 노마드적이다. 보이지 않는 격자에 시간을 넣어 아무런 의심없이 일상을 살아가던 주체는, 가시화된 시간의 움직임을 만나 관습적 사유의 격자를 무너뜨리면서 흔들린다. 죽음은 차가운 정태성에 감금당한지 오래다. 죽음의 움직임이 그 정태성을 깨어버린다. 정태적 죽음은 삶의 영토로 돌아와 자신의 삶을 영유하면서 오히려 순간을 사는 '행인의 뒷덜미'를 후리치는 힘을 과시한다. 죽음의 힘에 의해 삶은 죽음과 동일성을 형성한다. 우연히 삶에 던져진 존재가 죽음으로 가지만, 그 죽음은 다시 삶으로 전이되어 돌아오는 순환에 놓인다. 순환의 영원회귀는 생명을 가진 존재의 운명애(運命愛)이다. 삶과 죽음의 공존은 노마드적 주체의 격자 허물기의 끝없는 반복에 의해서 지속된다. 죽음이 서로 다른 표정으로 만난다. 삶과 죽음의 시간이 영속적으로 돌아간다. 시간에 대한 선험적 사유는 끝없는 계곡의 홈으로 치닫는다. 삶과 죽음의 공존과 차이를 넘나들며 새로운 사유의 공간을 찾아 헤매는 노마드적 삶은 주사위 놀이와 같다. 시간에 의해 삶과 죽음은 종속된다. 그런데 이 시의 시간은 삶과 죽음의 공존과 차이, 그 사이의 빈칸이다. 그 빈칸에서 죽음은 표정을 다르게 하면서 움직이고 있다. 이러한 삶과 죽음의 구조는 빈칸에 의해 역동화로 혼합된다. 이제 삶과 죽음의 차이와 공존이 동일성으로 변이된다. 이러한 변이는 삶과 죽음, 그 사이를 잇는 문턱에 수수께끼적 물음을 잠복시키면서 끊임없이 이어진다.

茶房 「제비」 또는 李箱

우산을 펼치고 茶房「제비」가 비오는 世上을 받쳐들고 있읍니다

비가 와도 李箱의 하늘은 젖지 않습니다

나는 고무신을 끌고 한쪽이 비어 있는 李箱의 눈 속으로 들어갑니다

비어 있는 李箱의 하늘을 錦紅은 브로우치로 앞가슴에 달고 내 앞을 지나 다닙니다

나는 청바지 히피들이 좋아 신문에서 사진을 오려 李箱의 눈 속에 붙여 줍니다

煉炭 또는 한 사내의 죽음

연탄 가스로 죽은 사내의 棺이 두 사람을 끌고 아파트 正門을 나갑니다

구경꾼 속에서 라일락이 나와 棺을 따라 現實 밖으로 함께 나갑니다

世上은 밖으로 나가도 길로 이어집니다

—「亡靈童話」 부분

李箱과 금홍이 사는 세계는 '비가 와도' '하늘'이 젖지 않는 곳이다. 비가 오면 젖어야 할 자연의 섭리를 '하늘'이라는 공간을 빌려와 뒤집는다. 이어서 이상과 금홍은 죽은 사람의 영역에서 살아 있는 사람 쪽으로 뒤집힌다. 뒤집기는 현실의 시적 화자가 이상의 눈 속으로 들어가는 것을 자연스럽게 받아들이게 한다. 그러나 완전하게 뒤집어 놓은 것이 아니다. 생과 죽음이 언제나 왕래할 수 있는 생과 죽음 사이의 빈칸을 마련하고 있다. 사후의 세계와 생의 상황은 빈칸에 의해 연결된다. 5월의 커튼이 흔들리고, 청바지의 히피들 사진을 이상에게 붙여주는 '나'의 행위는 가상과 실재의 왕래를 혼합한다.

연탄가스로 죽은 사내의 관이 산 사람들을 이끌고 정문으로 나가고,

라일락이 나오고, 관이 산 사람들에게 세상을 오래 밟게 한다. 죽음은 완료되지 않고, 여자들의 다리 사이에서 오가고 있다. 관이 하늘을 데리고 가고, 죽음은 하늘의 태양이 되어 햇빛으로 빛난다.

생과 사는 공존한다. 이상과 금홍을 이름없는 한 사내의 죽음과 대조적으로 연을 갈라 이어 놓은 것은 의미가 있다. 이상은 우리 문학사에 이미 천재의 자리를 차지한 사내이다. 그러나 이어지는 한 사내의 죽음은 이름이 없으므로 대다수의 사람의 죽음이라고 말할 수 있을 것이다. 이상과 한 사내의 죽음의 차이는 있는 것일까? 죽음은 죽음일 뿐이다. 다만 그 죽음은 완료된 것이 아니라 생으로 이어지고, 다시 생은 죽음으로 순환한다. 천재와 평범 그 사이를 오가는 우리들의 잔혹한 풍문은 다만 풍문일 뿐이다.

예술은 아무 것도 표현할 수 없음을 표현한다. 생과 사의 문제를 무엇으로 표현할 수 있을까? 그러한 사유의 파장을 이상과 한 사내의 대비를 통하여 우리에게 전달하고 있으므로 생에 대한, 혹은 죽음에 대한 물음을 던지는 것이다. 정말 생은 죽음이고 죽음은 생일 수 있는가? 생과 죽음은 서로의 차이로 인하여 같음을 증명한다. 즉 다양한 음표의 차이가 일으키는 음악소리의 혼합과 같은 그 무엇이다. 이어지는 「사랑의 技巧」는 1·2·3을 묶어서 보도록 한다.

    너를 사랑하기 위하여 나는 너의
    집으로 가는 버스에게 당신을 사랑해 하며
    길이 오른쪽으로 굽을 때 너의 허리춤에서
    무엇인가를 훔치는 한 사내의 不道德에게
    사랑의 法을 묻는다.

    技巧가 法이라는 사실을 나는

미안하게도 술집여자의 무릎을 베고 누워
취해서 깨닫는다.

젓가락은 둘이라서
장단이 맞지만, 그렇지만
너를 사랑하는 法은 하나뿐이라 두드려도,
두드려도 장단은 엉망이다.
—「사랑의 技巧·1—K에게」 부분

사랑이 技巧라는 사실을 깨닫기까지 나는
사랑이란 이 멍청한 명사에
기를 썼다.

매달린 건 나지만, 결과는
비참했다 사랑도 꿈도.

이 시대에 가장 아름다운 技巧, 나의 하나님인 技巧여—
—「사랑의 技巧·2—라포르그에게」 부분

이름과 이름 사이로 내리는 장마철의
그 구질구질한 비의 끈기 밑에서 나는
잡놈의 시리이즈를 완성하기 위하여
이름과 이름 사이의 차고 슬픈 밤비의 이불 밑에서
사랑과 만난다, 반복해서.
나는
잡놈의 웃음을 완성하기 위하여

플레이보이를 읽는다, 소리내어.

詩의 비폭력주의와 技巧主義의 사랑이
이름과 이름 사이로 쓸쓸히 걸어가는, 그 사랑의
처마 밑에서 〈사랑해요, 당신만을 사랑해요〉라고 사랑을 나는 고백한다,
계속해서.

─「사랑의 技巧·3─原民에게」 부분

〈1〉의 시에서 '너를 사랑하기 위하여'의 반복으로 사랑이라는 말의 귀중함을 강조하면서, 예술 창작의 '技巧'가 사랑이라는 점을 묘파한다. 그러나 사랑의 숭고함은 고상한 어떤 차원에서 형성되는 것이 아니라, 버스를 타는 구린내와 술집 여자의 무릎에 있다.

사는 법과 사랑하는 법은 두 개의 젓가락이 만드는 맞는 장단이 아니다. 방법이 하나뿐이라 한 개의 젓가락이 만드는 엉망의 장단이 만드는 소리이다. 여기서 '技巧'는 예술을 만드는 방법이라고 해야 할 것이다. 결국 예술은 삶이 이루어지는 바닥에서 우러나온다는 말을 빗대어 술에 취해 깨닫는다고 한다. '술집 여자'의 무릎에서 예술의 창조성을 깨닫고 있다. 술집은 문학적으로 질서를 파괴한 탈주의 공간이므로 니체가 추구하는 매력적인 예술 의지의 공간이 된다. 왜냐하면 예술은 개체화의 속박을 때려부술 수 있다는 즐거운 희망이기 때문이다. 술집 여자는 기존의 보편적 질서를 부수고, 자신의 길을 만든 사람이므로 문학적으로 자유의 상징이 된다. 예술은 질서를 부수고 질서를 거부하는 반동의 의지에서 자신만의 길을 개척하는 방법을 추구한다. 예술의 추상을 표현하기 위하여 술집여자의 관능성과 자유로움의 이미지를 빌려온 것이다. 사랑이 기교임을 깨닫는 시적 화자의 진실은 타당성이 있고, 미학적인 특성을 잘 살린 표현이다. 왜냐

하면 사랑의 추상성이 술집 여자의 무릎과 맞물려 숭고함과 비속함이 뒤섞여 어우러지기 때문이다. 그리하여 기교에 내재된 예술에 대한 의미의 폭을 확장하는 효과를 만든다.

〈2〉의 '라포르그'는 프랑스의 상징주의 시인이며 전위적인 예술가로 알려져 있으며 요절하였다. 이 시는 시의 예술적 방법을 라포르그와 함께 공유한 시적 화자의 공감대이다. 사랑의 기교로 만드는 예술은 예술의 심장에 맥박을 뛰게 하는 생동성이다. 사랑의 기교가 계속되는 후렴이지만, '하나님'의 추상성과 함께 있는 호흡이므로 영혼의 무게를 만드는 중요한 테크닉이다.

〈3〉의 예술의 길은 이름과 이름 '사이'에 있다. 아직 이름에 합류하지 못한 사이는 이념과 현상을 맞물려 돌아가게 하는 빈틈의 공간이다. 언어는 보여진 무언가(느껴진 무언가)와 말해진 무언가의 사이에서 성립하지 않고, 언제나 말하기와 말하기 사이에서 성립한다. 우리가 본 것을 말해도 소용이 없다. 우리가 본 것은 우리가 말하는 것 안에 없기 때문이다. 그래서 '잡놈의 시리즈'를 완성하기 위해 말하지 않는다. '바람'과 '풀'이 '말'을 흔들고, 말하지 않고, '남비'는 '남비' 속에 눕히고, 시의 비폭력주의와 기교주의는 집에 들어가지 못하고 대문만 구경하고 다음 집으로 가야 한다. 이름과 이름 사이에 있는 사랑의 기교는 시 언어의 산실이다. 영원히 집으로 들어가지 못하고 집의 대문을 두드리고, 다음 집으로 옮겨가는 사이의 존재는 시적 언어가 추구하는 형이상학의 도정이다.

결국 예술이 곧 사랑하는 방법과 상통하고 있음을 나타내는 것이다. 사랑은 이름과 이름 '사이'에서 새로운 생성을 도모하는 카오스모스적인 존재라고 노래하는 것이다.

밤이 세계를 지우고 있다

밤의 몸보다 더 어두워야 자신을
드러낼 수 있다
산은 하늘을 더 위로 민다
별들이 밤의 몸을 갉아내어
반짝반짝 이쪽으로 버리고 있다

—「밤과 별」 부분

'밤'이 세계를 지우면서 움직이고 있다. '밤'에 움직이는 '길'과 '나무'와 '새'는 자신을 밤보다 더 어둡게 하면서 '자신을' 드러내며, 지운 세계에 자신을 놓는다. '산은 하늘을 위로' 밀고, '우듬지'가 하늘까지가 '달'을 꿰고 몸을 버틴다. '별들'은 산 위에까지 구멍을 뚫고 '밤의 몸을 갉아내어' '이쪽으로' 버리면서 '반짝반짝' 빛난다.

지우는 밤과 그 밤의 산은 하늘을 위로 더 밀어 자신을 드러낸다. 달이 산을 불러 그대로 산으로 두는 어둠 속에 새는 울지 않는다. 어둠은 존재를 지우는 힘을 행사하지만, 존재들은 더 어두워지면서 자신을 드러낼 수 있었다. 여기서 어둠을 어떤 슬픔이라 본다면, 슬픔은 절망을 향해 길을 낸다고 볼 수 있다. 그 길에는 기억의 다양한 어둠이 있다. 절망에 이르면 슬픔은 자신의 일을 다 한 것이다. 그러나 슬픔은 절망과 부딪치면서 오히려 희망으로 빛을 낸다. 왜냐하면 희망은 언제나 절망의 터널을 지나 슬픔으로 자신의 길을 가기 때문이다. 밤이 세계를 지우지만, 세계는 더 어두워지면서 자신을 살게 한다. 이는 삶의 절망과 희망의 원리와 같다. 절망의 맨 끝에 있는 문은 절망보다 더 어두운 슬픔이 빚어낸 희망이기 때문이다. 밤이 하나의 절망이라면 별은 희망이다. 밤과 별 사이를 잇는 슬픔이면서 동시에 생명의 역동일 수 있는 어둠은 별을 더욱 빛내기 위한 어둠인 것이다. '우듬지' 하나가 하늘까지 올라가 달빛을 꿸 수 있게 하는 어둠은 달빛을 더욱 빛내기 때문이다.

2) 시의 페르소나

인간의 본성은 앎에 대한 묻기를 반복한다. 시는 아주 작은 모래와 버스 정거장의 낯익은 풍경, 흔한 삼식과 김씨의 만남, 어제와 오늘과 내일의 반복되는 일상, 달력의 낯익은 31일을 넘어 32일 33일의 낯선 날짜로 시의 진실과 페르소나 '사이'에 수수께끼를 잠복시키면서 사유 운동을 지속하고 있다.

나는 해변의 모래밭에 지금 있다
바다는 하나이고 모래는 헤아릴 길이 없다
모래가 사랑이라면 아니 절망이라면 꿈이라면

원관념＝보조관념의 등식으로 표시한다
그래서 모래는 끝없이 다른 그 무엇이다
오, 그래서 모래는 끝없이, 빌어먹을

나는 사랑을 발로 밟는다 밟아도 사랑은 발가락 사이를 파고든다 그래 사랑은 간지럽다

모래가 사랑이라면 아니 절망이라면 꿈이라면
모래는 또한 가가호호, 가당, 가혹, 간혹, 갈망, 걸귀, 경멸, 고의, 과실, 기서, 내연, 노스텔지어, 노카운트, 다다, 해방, 호모, 혼돈, 환멸, 홍청, 홍청망청……

모래야 너는

모래야 너는

모래야 너는 어디에

—「나와 모래」 부분

　'나와 모래'는 나와 모래 사이에 대하여 관심을 가진 '나'의 경험과, 모래에 대한 꿈의 교차이다. 모래는 이 세상의 무수한 언어의 페르소나가 되어 다시 태어난다. 모래는 가상의 산실이다. 모래는 꿈의 생산이다. 꿈은 자신이 주체로 던지는 주사위가 하늘에 있을 때의 순간적 소망이다. 모래는 언어의 페르소나로 의미를 추적하지만, 이미 의미는 공허한 메아리일 뿐이다. 왜냐하면 삶은 다채로운 색채로 가득하지만, 색채는 빛에 의해 조작되기 때문이다. 모래의 진실과 페르소나 사이에 있는 광학성이 사유의 스팩트럼을 조장하기 때문에 삶은 애매하다. 예술가의 표현은 삶에 대한 것을 벗어날 수 없다. 도구나, 집, 거리, 도시, 모래는 확고한 사실이다. 그러나 모래가 시적 비유에 의해 세상의 모든 것으로 변하고 있다. 그리하여 확고하다고 단정한 사고에 대하여 의문을 제기한다. 언어의 조합이 본질의 애매성을 드러낸다. 그리하여 독자는 낯선 세계로 들어서고, 머뭇거린다. 모래는 독자의 사유에 고삐를 당겨 낯선 곳으로 사유의 여정을 만든다.

노점의 빈 의자를 그냥

시라고 하면 안 되나

노점을 지키는 여자를

버스를 타려고 뛰는 저 남자의

엉덩이를

시라고 하면 안 되나

나는 내가 무거워
시가 무거워 배운
작시법을 버리고
버스 정거장에서 견딘다

쮸쮸바를 빨고 있는
저 여자의 입술을
시라고 하면 안 되나

—「버스 정거장에서」 부분

본질은 형태 속에 존재하는 것이다. 본질은 형태 안에서 쉬고 있는 것이다. 시는 본질의 세계를 추구한다. 본질의 세계가 노점의 의자에 있고, 쮸쮸바를 빨고 있는 여자의 입술에 있으면 안 되나?라고 묻고 있다. 본질과 일상을 잇는 '사이'에 사랑하는 마음이 머문다. '사이'의 진리는 사랑의 존재를 역동적으로 보여준다. 그래서 시를 일상 속에서 일어나는 움직임이라고 하면 안 되느냐고 묻는 것이다.

모든 물음에는 궁극적으로 부정성의 벽이 들어 있다. 참된 본성의 세계에 진입하고 있는가를 알기 위해서 사상 자체를 시험하는 소크라테스적인 물음을 묻는 것이다. 추상적인 것을 드러내기 위해서는 관능적인 것과 가장 근접하게 표현할 때 성공을 거둔다. 그래서 시가 추구하는 진리의 추상성을 여자의 '쮸쮸바를 빨고 있는 입술'과 대등한 위치에 놓고 있다. 진리의 추상성은 관능적인 여자의 입술과 부딪친다. 이러한 상반된 이미지는 대위적 흔들림에 의해서 상보적인 의미로 나아간다. 의미의 카오스모스적 양가성은 시의 복잡한 세계를 형성한다. 시는 형상과 형태로 현실을 포착하는 것이다. 시에 의해서 변형된 형상화는 진리로 나아가는 변형이다. 미학적 쾌락은 시가 드러낸 세계 속에서 새로운 진리를 만나는 것이다.

위의 시는 현실의 사물이 스스로 말하는 것을 시라고 할 수 있다는 가정을 하면 어떻게 되냐고 묻는다. 예술의 고귀함을 일상과 등가시키는 것이다. 시가 배반을 알 때까지 입술을 시라고 하면 안 되느냐고 묻는다. 시를 모르는 대다수의 모든 사람까지 시라고 하면 안 되냐고 묻고 있다.

시는 언어의 가면을 쓰고 삶의 어떤 부분 혹은 전부, 또는 삶을 초월하는 신성을 나타낸다. 시적 언어는 일상적 언어에 고요하게 숨쉬는 의미에 대한 전복에서 시작된다. 이러한 예술의 속성에서 벗어나 이제 일상 그대로를 시라고 하면 안 되냐고 묻는다. 일상이 시가 될 수 있다는 바람은 소망의 세계에 있을 뿐이다. 그것은 이미 현실의 예술이 될 수 없기 때문이다. 예술은 예술가의 자의적 형식에 의해 유일무이의 아우라(Aura)를 구체적으로 감각하게 하는 것이기 때문이다. 그렇기 때문에 시적 화자는 일상을 시라고 하면 안 되나를 계속 물으면서 오히려 역설적으로 시의 예술성을 부각시킨다. 그럼에도 불구하고 예술의 페르소나를 벗어나 삶의 모든 것이 시라고 해야 되지 않나를 묻는다. 사실 귀중한 것은 사소하게 잡스러운 것에서 더욱 빛난다는 것을 우리로 하여금 깨닫게 하는 것이다. 딜타이는 삶의 무엇을 통해 삶의 수수께끼를 체험한 경험을 드러내야 위대한 문학이 될 수 있다고 한다. 시적 화자의 물음을 통해 예술의 페르소나가 드러내는 아우라와 일상 '사이'에 수수께끼를 내포시킨다. '사이'의 문턱에 있는 사유의 움직임은 끊임없이 텐션을 형성시킨다.

(1)

죽은 꽃들을 한 아름 안고

門 앞까지 와서
숙연해지는 들판.

홀아비로 늙은 三植이의
초가집
뜰이
풀잎 위에 떠 있다.

(2)

뜰의 나무 잎 뒤에서
방의 壁紙 뒤에서
노려보는 놈은
꽃이 될 悲劇이다.

글쎄, 이빨 사이에 끼인
죽은 바다는 빼냈다니까.

(3)

건너 마을의 金씨가 찾아왔다.
그가 오면 햇빛이 보이지 않는다.
그는 햇빛 속에 사는 나를 비웃는다.

—「정든 땅 언덕 위」 부분

「정든 땅 언덕 위」라는 제목은 삼류냄새가 난다. 대중가요에서 많이

들어본 듯한 가사의 한 구절 같다. 시의 등장 인물인 홀아비 삼식도 매우 토속적이다. 그런데 이 집의 뜰이 풀잎 위에 있으니 예사롭지 않다. 하늘의 일부가 열리고, 비가 내리고, 10년 만에 눈을 뜬 산이 바다를 누르고 있다. 두 번째는 언덕 위의 집을 부르는 나체의 산이 있고, 산돼지가 있다. 비극이 될 미래가 있다. 이빨 '사이'의 '죽은 바다'를 뺀다. 세 번째는 건너 마을의 김씨를 만난다. 광대뼈의 김씨가 오면 바람이 불지 않는다. 상처 입은 바람이 김씨를 따라다니고, 그는 햇빛 속에 사는 '나'를 비웃고 있다.

화자는 언덕 위에서 통속적으로 살고 있다. 그런데 10년 만에 이빨 사이의 바다를 빼내면서 '김씨'를 만난다. '사이'의 '바다'는 시적 화자의 세계이다. '김씨'를 만날 수 있는 것은 자신의 세계를 빼내면서 이루어진다. 여름날의 뜨거운 '양철집'에 사는 '김씨'는 '나'를 비웃고 있다. 『순례』의 「김(金)씨의 마을」과 이 시를 연결한다면, 이 시의 '김씨'는 李箱의 본명 김해경을 염두에 둔 것이다. 시적 화자는 김해경을 생각하며 자신의 미소(微小)함을 느낀다. 왜냐하면 이상의 비웃음을 당하는 '나'이기 때문이다. 그러나 「김씨의 마을」에서 김씨를 만난 '나'의 모습은 이상의 신비한 비밀을 훔친 사내이다. 사내는 자신의 영토를 만들고 있다. 「정든 땅 언덕 위」에서는 이빨 사이의 죽은 바다를 빼내지만, 「김씨의 마을」에서는 이빨 '사이'의 바다에 사내의 배를 띄운다. '사이'는 내면의 사유 공간이다. 시적 화자는 자신만의 세계를 꿈꾼다.[4] '김씨' 앞에서 '나'는 아직 미숙함을 느낀다. '나'는 '김씨'의 비웃음으로 자신의 꿈을 다시 긴장시킨다. 죽은 바다를 빼내고, 이빨 사이에 배를 띄울 수 있는 바다를 끼우기 위해 나아간다. '이빨'

---

4) 오규원 시의 「김씨의 마을」에서 李箱의 예술성을 흠모하면서, 이상의 비밀을 훔치는 사내가 나온다. 이렇게 추정할 수 있는 근거는 이 시에 이상의 「날개」에 나오는 에피그램과 '아스피린 아다링', 이상 시에 나오는 '사각형과 삼각형' 등이 나오기 때문이다. 이 시는 장시로 5개의 작은 제목으로 이어진다. 이 글의 제2장 3절 '무의미의 메커니즘'에서 재론하기로 한다.

이 딱딱하게 굳어진 관념이라면, 관념과 관념 사이에 바다를 끼울 수 있고, 그 바다에 배를 띄울 수 있다.

언어가 예술이 되기 위해 바다에서 항해한다. 삶은 본래 사유이고, 사유는 삶을 긍정하기 위해 사유의 항해를 계속한다. 언덕 위의 과거를 부르는 '裸體의 산'과 '산돼지'는 삶의 현장이다. 산이지만 나체이다. 산에 담겨 있는 무수한 무엇들을 다 설명할 수 없다. 때문에 산은 형이상학적이다. 형이상학적 공간인 '산'이 나체의 형상을 하고 있다. 때문에 형이상학과 나체의 이미지가 충돌되면서 의미의 파장을 일으킨다. 이어서 형이상학은 먹거리인 '산돼지'와 연결되면서 의미의 고리를 연쇄적으로 파괴한다. 의미의 파괴는 역설적으로 형이상학과 나체 및 산돼지의 차이들로 인해 의미의 확대로 전환되며 나아간다. 형이상학과 산돼지 '사이'에 시의 페르소나가 물음을 잠복시키며 사유 운동을 지속시킨다. 삼식과 김씨의 관계를 잇는 '사이'에 서로 다른 차이들이 움직인다. 차이들은 예술성을 창조하는 열정으로 사유의 텐션을 생성시킨다.

1
어제 나는 술을 마셨고
마신 뒤에는 취해서 유행가
몇 가닥을 뽑았고, 어제
나는 술을 마셨고 그래서
세상이 형편없어 보였고, 또
세상이 형편없었으므로 안심하고
네 다리를 쭉 뻗고 잤다.

이 모든 것을 사랑의 이름으로 나는 갈구했고, 그리고

사랑의 말에는 모두 구린내가 나기를 희망했다.

2
어제 나는 술을 마셨고
술과 함께 오기도 좀, 개뿔도 좀, 흰소리도 좀, 십원짜리도 좀 마셨고

오늘 나는 오늘의 어제처럼 출근했고
아직도 서정시가 이 땅에 씌어지는 일을 신기해하며
아직도 사랑의 말에 냄새가 나면
사랑이 아니라고 하는
맹물 사랑의 신도들을 신기해하며.

3
내일 나는 출근을 할 것이고
살 것이고
사는 일이 사랑하는 일이므로
주소도 알려 주지 않는 우리의 희망에게
계속 편지를 쓸 것이다.

—「빈약한 상상력 속에서」 부분

시적 화자는 '어제'와 '오늘' 반복해서 술에 취하고 깨어난다. 어제와 오늘의 시간이 '내복바람'을 하고 자신을 보고 있는 것을 마주한다. '사는 일이 사랑하는 일'이므로 냄새가 나는 사랑을 희망한다. 아직도 서정시가 이 땅에서 '씌어지는 일'이 신기하고, 냄새 없는 사랑을 사랑이라 여기는 '맹물 사랑의 신도'를 기이하게 여긴다. 집에 무사히 도착한 자신도 신기하게 여기면서 오늘이 끝나고 있다. 이러한

어제와 오늘은 내일로 이어질 것이다. '내일 나는' 사랑을 할 것이고, '희망에게' 편지를 쓰고, 그 사랑을 '만질 것이다.' '미래에게' 전화할 것이고, '편지 쓰는 일'을 사랑할 것이다. 어제와 오늘의 일상적 반복은 내일의 반복적 일상으로 이어지고 있다. 미래에게 전화를 거는 행위나 희망에게 편지를 쓰는 모습으로 미래의 낙관성을 나타낸다. 비가시성의 미래의 시간이 자연스럽게 반복하는 어제와 오늘 술을 마시고 취하고 새벽에 깨어나는 모습을 통하여 드러난다. 어제와 오늘이라는 시간적 현상이 미래의 비가시성과 맞물리고 있다. 때문에 시간은 삶의 전체성으로 확대된다. 미래의 비가시성의 세계가 희망이라는 구체적 현실로 제시된다. 결국 비가시성의 광대한 세계도 일상의 자질구레함 속에 생성되고 있다.

7월 31일이 가고 다음날인
7월 32일이 왔다
7월 32일이 와서는 가지 않고
족두리꽃이 피고
그 다음날인 33일이 오고
와서는 가지 않고
두릅나무에 꽃이 피고
34일, 35일이 이어서 왔지만
사람의 집에는
머물 곳이 없었다
나는 7월 32일을 자귀나무 속에 묻었다
그 다음과 다음날을 등나무 밑에
배롱나무 꽃 속에
남천에

쪽박새 울음 속에 묻었다

— 「물물과 나」 전문

　현상으로 떠오른 '7월 31일'이 있다. 그 다음날부터는 현상으로 드러나지 못한다. 존재하고 있지만, 그 존재는 사물 속으로 숨어야 한다. '족두리꽃'을 피우고, '두릅나무'의 꽃을 피우는 것은 31일로 드러난 보이는 세계가 아니라, 32일과 33일의 보이지 않는 세계가 꽃을 피게 한다. 눈에 보이지 않는 세계로 '나'의 생명은 꽃을 피운다. 그러나 보이지 않는 세계는 언제나 보이는 세계의 사물에 묻히면서 살게 된다. 예술은 추상의 가시화이고, 가시화된 현상의 예술품은 다시 추상의 다리를 건너 현상으로 돌아온다. 돌아온 현상은 순간적으로 드러내는 본질을 담은 형상이기에 더욱 명료한 현상이 된다. 7월 31일은 사물로 가시화를 이루는 예술품의 현상이다. 그 다음날부터는 본질의 세계를 현실에서 드러낼 수 없는 날짜로 가시화시킨 것이다. 그러나 사람의 집에는 본질의 세계가 머물 곳이 없다. 물물과 나 사이의 나무에 묻은 날짜들이 춤을 추고 있다. 묻은 날짜들이 물물로 살아나 희열로 움직이기를 더욱 갈망하는…….

3. 무의미의 메커니즘

　종교는 의식(儀式)을 통하여 무한과 일시를 전체로 결합한다. 마녀의 주문은 일정한 의미를 나타내지 않지만, 그래서 오히려 무한한 신비를 담기 마련이다. 무의미하지만 그렇다고 무의미하다고 단정할 수도 없다. 다만 무의미를 담고 있는 의미의 무한성과 함께 하는 세계가 무의미의 메커니즘이다. 즉 무의미의 메커니즘은 의미의 최고 목적이고, 이는 어리석음의 메커니즘이 사유의 최고 목적인 것과 같다. 다음의 시에서 이러한 무의미의 전략이 숨겨 놓은 비밀을 보기로 한다.

1) 관념과 관능의 결합

「김(金)씨의 마을」은 1. 산과 주저앉은 바다, 2. 김씨의 배경, 3. 모음과 숫자, 4. 당신의 땅, 5. 별과 언어로 이어지는 장시이다.

19세기는 될 수 있거든 봉쇄하여버리오. 도스토옙스키 정신이란 자칫하면 낭비일 것 같소. 유고를 불란서의 빵 한 조각이라고는 누가 그랬는지 지언인 듯싶소. 그러나 인생 혹은 모형에 있어서 디테일 때문에 속는다거나 해서야 되겠소? 화를 보지 마오. 부디 그대께 고하는 것이니……

—李箱

1. 산과 주저앉은 바다

어제 저녁 관념의 마을에 가서
나는 보았다
대화 속에서 남몰래 언어들이 탈출하는 것을.

그곳에서 나는 보았다
30년이나 녹슨 얼굴
죽은 소설가 김씨의 얼굴이
부서진 하늘을 주워들고
웃고 있음을.

잡다한 관념의 여자들.
그들의 머리카락 끝에서는
바람이 일고 언어가 흩어지고,

소리 사이로
관절을 앓는 소리를 건져올려서
책상 서랍에
넣어두었지만

나는 고백해야 하겠다.
찾아갈 때마다
수평선이 서너 걸음 물러서던
그 바닷가에서
능금을 깨문 내 이빨 사이에 끼여온
바다는 자라서
매일 떠나는 배를 띄우고 있음을.

그렇지만 나는 말해야겠다.
주저앉은 바다의 휘파람 소리를.

2. 김씨의 배경

비키니 스타일로 벗어버린 대낮, 비키니 스타일로 벗어버린 산의
단 한 번의 정결한 웃음소리, 사흘 동안 그 소리를 씻고 또 씻어, 한
소리를 듣고 내 그렇게 그대의 문을 두드렸다네. 휘파람새의 울음 언

어이고 비키니 스타일로 벗어버린 대낮의 감미로운 피부였네. 그대여
이제는 문을 열어놓게.

한 여자의 유혹
내가 사는 마을은 소설가 김씨의
유작의 음산한 무대
김씨가 죽고 난 뒤에도
그의 발자국 소리가
평화의 증언처럼 남은 나라

그 억센 압력의
폭력의
안개여.

3. 모음과 숫자

그의 유서에는
사각형과 삼각형
그리고
원이 어울리고
나머지에는
온통
공
간
이
출렁거리고 있었다.

"아스피린, 아다링, 아스피린, 아다링, 막스, 말사스, 마도로스, 아스피
린, 아다링……"

4. 당신의 땅

바람이 불어도 흔들리는 하느님,
장터에는 자금이 모이느라고
언어가 태어나고 있습니다.
적멸을 믿습니다 언어인 나는.
밤 때문에 낮이 와 머무는
자연인 나, 구조인 나의 가슴에
자금이 되느라고 언어가 모입니다.

5. 별과 언어

김씨의 먼지에 싸여
먼지의 냄새로 나를 아는 나.
나의 주소, 나의 절망을 웃는
아이들의 장난.

그때마다 벽에 부딪쳐 넘어지는
관념의 여자들.
여자들의 가방에서 쏟아지는 상형문자들.
피의 꽃밭
병의 꽃밭

나는 보았다

김씨의 썩은 뼈가

별이 되는 것을.

'아스피린 아다링'이

언어가 되고

그곳에서

단 한 사람이 숨어서

미래를 훔치고 부활하는 것을.

거울 속의 새들이 나와

나무 위에 앉는다.

바람에 흔들리는 다리.

그러나 아직은

흔들리는 다리.

오, 여기에 그대의 불빛을.

—「김(金)씨의 마을」 부분

위의 시는 李箱의 「날개」에 나오는 에피그램 중의 하나로 시작된다. 19세기의 '도스토엡스키 정신'을 '봉쇄'하라고 한다. 그렇지 않으면 '인생 혹은 모형'에서 '디테일 때문'에 속는다고 경고한다. 에피그램을 토대로 이 시의 김씨는 이상의 본명인 김해경으로 추정할 수 있다. 시에서 소설가 김씨는 언어인 나와 긴밀한 연대를 맺고 있다. 예술은 언제나 본질을 반복한다.

먼저 1. 〈산과 주저앉은 바다〉에서 '나는' 언어가 '탈출'하는 것을 보고 있다. 서로 다른 논리 때문에 하늘이 부서져 떨어지고 있다. 그러나 '30년이나 녹슨 얼굴'을 하고 있는 '김씨'는 '부서진 하늘을 주워 들고 웃고' 있다. 서로 다른 소리 '사이'로 소리를 건져 '책상서랍'에 넣지만, '이빨 사이'에서 자란 바다는 '배'를 떠나보낸다. 그러나 나와 다른 바다 '사이'에서 우연히 일어나는 일에 의해 언어는 무덤이 된다. 무덤 속에 자란 '나는' 관념의 마을을 만드는 언어를 도둑질한다. 도둑질 한 소리는 '휘파람 소리'가 된다. 그 소리는 '여자들'의 '머리카락 끝'에서 흩어지고 있다.

두 번째 2. 〈김씨의 배경〉에서는 김씨가 관념은 매력이 넘치는 관능적인 몸이라고 '나'에게 말하고 있다. 관념은 '비키니 스타일'로 '웃음 소리'를 내고 있다. 김씨는 그 소리를 씻고 또 씻어 '나'에게 들려주려고 한다. 그 소리는 관념의 마을에서도 이미 사라진 '휘파람 새의 울음'이다. 그 울음 끝에 아주 '잠깐' 들려주는 '언어'는 '비키니 스타일로 벗어버린 대낮의 감미로운 피부'이다. 아직 주인을 찾지 못한 김씨는 나에게 문을 열도록 한다.

이제 액자에 있었던 평원이 길 옆에 눕고 있다. 언제나 배경은 뒤로 물러서고, 다시 떠나야 하는 평원에 '한 여자의 유혹'이 있다. '여자의 유혹'은 '나'의 액자 속의 풀을 흔들고 평원과 마을을 출옥시킨다. 이 마을은 소설가 김씨가 죽은 후에도 발자국 소리가 평화의 증언처럼 남아 있는 곳이다. 다양한 '절망의 미로'가 '톱니바퀴처럼' 맞물려 돌아가는 신비한 곳이다. '역사라는 무서운 개념'으로 우리에게 어느덧 '안개'가 된 폭력이 있는 곳이다. 아무도 폭력의 무게를 느끼지 못하지만, 누구나 폭력에 물들어 있다. 그래서 이 마을에는 나뭇잎이 보이지 않지만, 여전히 바람이 마을의 옆구리를 치고 있다. 사람들은 듣지 못하는 소리를 '나' 혼자 보고 있다. 마을에는 여전히 '환상의 여자들'이 있다. '구두와 구두 사이의 땅'을 모두 가져가고, 오로지 하나로 빛을 내는 배경만이 있다.

세 번째 3. 〈모음과 숫자〉에서는 이상의 시를 통하여 말하고 있다. 이상은 건축학도였다. 그는 사각형과 삼각형으로 시의 언어를 대신한 작품을 지었다. 이상의 시 〈▽의 遊戲〉는 '△은 나의 AMOUREUES 이다'로 시작되고 있다. '그의 유서'로 시작되는 이 시는 이상을 염두에 둔 흔적이 역력하다. '공간이 출렁거리고' 있는 곳에 '접신'이 이루어지지 않고 있다. '나는' 이상과의 만남을 원하지만, 두절되고 있다. 현재의 공간에는 '골수분자'들만 우글거리기 때문이다. '아스피린 아다링……' 외쳐보지만, 남의 죽음은 알 바가 아닌 세상이다. '내' 언어는 살해되고 있다. '내' 언어는 들판을 지나다가 누군가에게 체포당하고 다른 길로 간다. '나의 목소리'는 '휘파람 소리'를 잃어버리고, '브레이크 소리'를 낸다.

네 번째 4. 〈당신의 땅〉은 언어가 모이는 땅을 말한다. 본질이 사라진 껍데기의 자연이 된 언어의 땅이다. 오로지 자금이 되느라고 시장에 모이는 상대적인 언어이다. 왜냐하면 하느님은 이미 바람만 불어도 연약하게 흔들기 때문에 절대의 힘이 사라졌다. 그러나 절대성을 잃어버린 상대적일 수밖에 없는 언어이지만, 어깨가 부딪치고, 좁은 골목을 돌아 '적멸'을 믿는 언어이다. 밤 때문에 낮을 더 밝게 느낄 수 있듯이 껍데기의 자연 때문에 오히려 '나는' 순수한 자연이 된 가슴이 된다. '적멸'을 믿는 언어로 자금이 되는 언어를 모으고 있다. 그래서 불빛이 빛을 낸다.

다섯 번째 5. 〈별과 언어〉에서는 낮이 지나고 별들이 모이는 '하늘의 모서리'를 흔드는 남자들이 있다. 언어는 자신의 뚜껑을 열고 나와 다시 독립하고, 아이가 된다. 싱싱하게 독립하고 있는 언어는 하늘을 난도질한 후에 이루어진다. '조각조각 분산된 하늘'이 '내' 앞에서 스스로 옷을 벗는다. 이제 '난' 소설가 김씨를 읽으면서 그의 냄새와 먼지로 '나'를 알고, 아이들의 장난을 한다. 아이들은 기저귀를 찬 채 부활을 꿈꾸지만, 그때마다 '관념의 여자들'이 벽에 부딪쳐 넘어진다. '여자들의 가방에서 쏟아지는 상형문자들'은 '피의 꽃밭'이 된다. '나는' 관념의 마을에서 김씨의 썩은 뼈가 별이 되는 것을 보고 있다. 그곳에서 '나는' 미래를 훔친다. 김씨가 부활한 미래를 아무도 몰래 혼자서만 숨어서 훔치고 있다. 그러나 '거울 속의 새들'이 나와 나무에 앉지만, 아직은 바람에 다리가 흔들리고 있다. 흔들리는 다리를 위하여 불빛을 달라고 애청한다.

오규원 시의 언어 탐구는 사유 과정에 대한 사유자의 관찰이다. 오규원이 꿈꾸는 시 언어는 李箱이 李箱만의 언어를 만들어 그의 예술적 지평을 새롭게 열었듯이, 오규원만의 언어를 만드는 것이 목표이다. 그러한 자신의 영토를 만들기 위해 '나'를 알게 하는 예술가다운 예술가의 먼지와 냄새로 힘을 만드는 것이 전제된다. 그러한 대상이 李箱이었다. 오규원의 시 세계에 에피그램의 말처럼 신성하고 숭고하게 숭배하는 도스토예프스키 정신이 있다. 하지만 하이데거가 몇 세기 이래로 찬양되어온 이성이 사색의 적대자였음을 경험할 때 사색이 시작된다고 하듯이, 김씨의 무대인 관념의 마을은 수많은 도식주의자들의 질시를 받아내는 인내로 만들어진다. 골수분자들의 딱딱한 견고성을 이빨에 비유하고 있다. 그는 '이빨 사이'에 자신의 바다를 끼워, 바다를 키우고, 자신의 배를 띄운다. 그러나 도식주의자들의 장벽이 그에게 수평선을 보여주지 않는다. 그래도 열반을 믿는 시적 화자는 자연이 되어 어둠에 의해 더욱 빛날 수 있는 낮을 만든다. 그래서 시적 화자는 별이 된 김씨의 언어를 도둑질할 수 있게 된다. 관념은 여자처럼 감미롭고, 관능적이기 때문에 화자가 벗어날 수 없다. 관념이 농축된 여자를 벗어난 관념의 아이가 장난으로 유희 공간을 연다. 그 공간의 변화에 예술의 본질을 담는다. 관념은 견고한 어른의 부동성보다 아이처럼 어른이 되어 가는 변화를 담을 때, 진정한 사유의 행보를 할 수 있기 때문이다. 李箱의 글은 도스토예프스키의 정신을 봉쇄하라고 한다. 정신 때문에 인생 혹은 모형이 속을 수 있다는 것이다. 李箱의 언어가 관능적인 여성의 몸과 결합한다. 그러자 아이의 장난으로 사유의 최고 목적인 어리석음에 도달한다. 사유의 끝에 있는 어리석음은 순간 웃음을 머금게 하지만, 오히려 의미 없음까지 포함하게 되는 의미의 신비를 찾기 마련이다. 「김씨의 마을」에 이어서 발표하는 시집의 제목은 『王子가 아닌 한 아이에게』이다. 시적 화자는 김씨의 비밀(사유의 무거움을 관능과 장난에 숨기는)을 훔치면서 태허(太虛)를 통과한다. 그리하여 왕자가 아닌 아이가 '발꾸락'에 '볼펜'을 끼우고 장난하는 놀이 방법으로 시학의 놀라운 예술성을 발견한다. 사유의 무거움을 사물에 투사시키는 가벼운 놀이에 의해 생산되는 웃음으로 사유의 극대화를 심화시킨다.

2) 신비의 무의미

보이지 않는 세계가 뻗어 가는 포도덩굴로 움직이고 있다. '소리'는 '사이'에 있는 '포도덩굴'에 의해 전면으로 도출된다.

사랑하는 것들의 눈뜨는
소리와
사랑하는 것들의 눈감는
소리
사이로 뻗어 있는
싱싱한 포도덩굴.

마른 美柳木 잎들이

풀, 돌멩이, 토끼똥……
이런 이름들과
가볍게 內通하는 길 옆에

우리의 귀를 간지럽히는
것들의 말소리와
만세를 부르는 아이들의
눈 사이로
뻗어 있는
싱싱한 덩굴을 흔드는 포도송이.

―「포도덩굴」 전문

'포도덩굴'은 수직의 나무를 감으면서 올라간다. 포도송이의 풍만한 열매를 만드는 원들의 모임은 생동감으로 반짝인다. 눈뜨고 눈감는 소리 '사이'로 포도덩굴은 뻗어 있다. '사이'에는 삶이면서 죽음이고, 죽음이면서 삶인 동시성과 함께 삶과 죽음의 차이가 출렁거린다. 삶은 죽음과 충돌하면서 비로소 삶의 역동성에 돌입한다. '아이들의 눈' '사이'에서 포도송이는 덩굴을 흔들고 있다. 미래를 선사할 아이들의 모습을 담은 포도송이의 아름다움은 미루나무와 풀, 돌멩이 등과 교류하는 곳에서 이루어진다. 삶이 아름다울 수 있는 것은 변화가 있기 때문이다. 삶은 삶의 다른 이름 죽음의 얼굴이 함께 웃고 있기에 더욱 빛나며 싱싱하다. 마찬가지로 포도덩굴은 나무를 감는 따스함 때문에 포도송이를 싱싱하게 흔들 수 있다.

겨울,
민방위훈련을 알리는 사이렌―

진눈깨비 사이와 사이를 뚫고

젖은 바람의 육신과 육신 사이를 뚫고

유리창을 뚫고

빛을 뚫고

방안까지 무차별

후드득 후드득 내리박히는

투명한, 투명한,

이데의 바늘들

식탁 위의

투명한 빈 컵이여

이데여

—「빈 컵」 전문

　플라톤의 이데아 이론은 고대 철학의 모두를 지배했고, 현대의 철학
도 플라톤의 철학 속에 있다. 그러나 아리스토텔레스는 이데아와 사
물 사이에 최초의 근원과 세계와의 관계를 세운다.[5] 시의 화자는 사물
과 사물 사이를 뚫고 투명하게 보이지 않는 바늘이 되어 우리에게 박
히는 이데를 보고 있다. '후드득 후드득'은 빗소리를 연상시키고, 이
데의 바늘들을 청각적으로 감각화한다. 비처럼 가는 바늘의 이데가
'진눈깨비'의 '사이'에서 유동하고 있다. 본질은 철학적 질문에 대한
정답이 아니다. 이데는 철학적 질문과 가깝다. 이 질문은 자신이 관찰
자로서 자신이 어떤 원천에서 영감을 얻는지 아는 것이다. 진리의 가

---

5) 앙리. 베르그송, 송영진 옮김,『도덕과 종교의 두 원천』(서광사, 1998), p.261.

치를 찾는 이데는 자신의 경험과 타자들의 경험들이 동시에 연결될 때 이루어진다. 이데는 비가변성 세계에 대한 사유이다. '육신과 육신 사이'를 뚫는 '이데'는 정태적인 것과 역동적인 것의 '사이'를 관통하고 있다. '사이'는 나의 경험과 타자들 경험의 차이들이 미끄러지면서 의미를 생성하는 공간이다. 사실과 본질은 우리의 경험 가운데 혼합되는 것이 아니라, 이미 '사이'에 박혀 있다. 투명한 '빈 컵'이 된 이데는 보이는 성질의 외피의 존재가 아니라, 보이는 세계와 보이지 않는 세계의 지평을 연결하는 그 자체인 것이다.

대방동 조흥은행과 주택은행 사이에는 플라타너스가 쉰일곱 그루, 빌딩의 창문이 칠백열아홉, 여관이 넷, 여인숙이 둘, 햇빛에는 모두 반짝입니다.

대방동의 조흥은행과 주택은행 사이에는 양념통닭집이 다섯, 호프집이 넷, 왕족발집이 셋, 개소주집이 둘, 레스토랑이 셋, 카페가 넷, 자동판매기가 넷, 복권 판매소가 한 군데 있습니다. 마땅히 보신탕집이 둘 있습니다. 비가 오면 모두 비에 젖습니다. 산부인과가 둘, 치과가 셋, 이발소가 넷, 미장원이 여섯, 모두 선팅을 해 비가 와도 반짝입니다.

빨간 우체통이 둘, 학교 담장 밑에 버려진 자전거가 한 대, 동작구 소속 노란 소형 청소차가 둘, 영화 포스터가 불법으로 부착된 벽이 셋, 빌딩 가게가 여섯, 골목에 숨어 잘 보이지 않는 전당포 안내 표지판과 장의사 하나, 보도 블록 위에 방치된 하수도 공사용 대형 원통 시멘트관 쉰여섯이 눈을 뜨고 있습니다. 아, 그리고 ××↓↓↓표 차선 표시등 하나도!

대방동 조흥은행과 주택은행 사이에는 한 줄에 아홉 개씩 마름모꼴로 놓인 보도 블록이 구천오백네 개, 그 가운데 깨어진 것이 하나, 둘……여섯……열다섯……스물아홉……마흔둘……

—「대방동 조흥은행과 주택은행 사이」 전문

'대방동 조흥은행과 주택은행 사이'에서 반복되는 미세한 숫자 나열의 정확성은 반동적으로 불확실성에 부딪치면서, 무의미한 마녀의 주문으로 변한다. 그리하여 의미의 최고 목적인 무의미의 메커니즘에 도달한다. '사유의 최고 목적'이 어리석음이듯이 대방동 조흥은행과 주택은행 '사이'에 있는 사물들의 열거는 초등학생이 보는 대로 사실을 그린 듯 단순하기 그지없다. 그러나 사실에 대한 미세한 나열이기 때문에 단순에 이르러 다시 복잡한 무엇을 만나게 한다. 이분법적 언어는 이성의 표현이다. 무엇을 그대로 무엇으로 표현하기에 로고스적 언어는 역부족이다. 인간은 이성적이면서 동시에 비이성적이기 때문이다. 사람은 누구나 아폴론적이며 동시에 디오니소스적이다. 디오니소스는 술과 도취의 신이면서 재생을 위한 파괴를 나타내는 신이다. 인간 정서의 생성 과정은 매순간의 파괴와 구축, 해체와 갱신의 소용돌이에 있다. 정서는 지성과 본능의 차이들을 수용한다. 관념과 이성(理性)의 간격에서 움직이는 정서는 '사이'의 존재이다. 언어의 한계는 풍경에 의해 극복된다. 그 풍경을 풍경으로 도출시키는 '사이'는 이분법 언어의 메커니즘을 탈주시키는 장소이다. 이원론의 한계는 '사이'에 의해서 극복된다. 하지만, 완전한 것에 이를 수 없는 사유의 근원이 말줄임표에 의해서 지속된다. 지속을 가로지르는 사물들의 차이들이 다양성으로 엉키면서 의미를 생산한다.

1
허공으로 함부로 솟은 산을
하늘이 뒤에서 받치고 있다

집들은 서 있다

2
집의 일부는 창을 통해
밖으로 나온다

3
벽은 방을 숨기고 길을
밖으로 가게 한다 집과
집 사이에서 길과 함께 집을
짓지 않은 나무들이 서서
몸을 부풀린다
부푼 나무의 몸들이
매일 가지와 잎들을 들고
집을 지운다

—「안과 밖」 부분

위의 시는 안과 밖의 교류를 통해 고정관념을 허무는 모습을 보여주고 있다. 〈1〉에서는 허공의 하늘이 밖이고, 산이 안이다. 하늘이 산을 받치고, 산은 움직인다. 그 산을 바로 세우는 것은 집들이다. 〈2〉에서는 집과 창을 통해 안과 밖의 교류를 보여준다. 창을 통해 집의 일부가 밖으로 나오고, 산과 하늘은 창에 붙어 집의 일부가 되고, 창이 된 산과 하늘은 안에서 밖을 보는 것을 방해하지 않는다. 〈3〉은 벽이 안이고, 길은 밖에 있다. 벽이 방을 숨기기 때문에 길을 밖으로 가게 한다. 집과 집 사이에서 집을 짓지 않는 나무들이 집을 지우고 있다.

사유는 자신을 둘러싼 세계와의 교류이다. 이러한 사유의 추상성이 산과 하늘, 집과 창, 벽과 길의 교류를 통해 가시화된다. 집은 중심을 이루고, 정체된 채 외부의 움직이는 사물들을 안으로 들이면서, 동시에 밖으로 향하고 있다. 산과 하늘을 들인 창을 통해 벽이 방을 숨기고 비로소 길을 밖으로 가게 한다. 길은 벽에서 나와 길이 되고 있다. 그러나 그 벽은 방을 숨겨야 길을 생산할 수 있다. 하늘과 산을 들인 창은 우주와 교류하는 통로이다. 그 속에서 자신의 사유를 정립한 벽을 가질 때, 길이 되고, 인간에서 변신된 나무의 생각으로 인간의 집들을 지울 수 있는 것이다. 집을 지울 수 있는 나무는 집과 집 '사이'에 있을 때 가능하다. 집을 만들지 않을 때 이루어진다. 안과 밖의 차이들을 차이대로 존재할 수 있는 공간으로, 차이들이 이동하는 순간적 낙차 속에, 심연의 방을 숨긴 '사이'에서 사유의 길이 열리고 있다.

……쥐똥나무 울타리 밑에서
박새 한 마리가 새의 길을 밟고 있다
새의 길을 보면서 한 사내가
발이 앞서 있는 곳을 딛는다
장미의 붉은
그림자가
얼굴에 털썩 달라붙는다
사내의 발에
고인 물 속에서 새 그림자가 밟힌다
아카시아를 지난다 허공을 나누고 있는
새를 보낸다
늙은 사내의 뒤를 보낸다
길 건너편에서는
집들이 지붕을 하늘로 들어올리고

　　　　　—당신은 이 시가

어디에서 시작되고 어디에서 끝나야

한다고

생각하는가?

—「시작 혹은 끝」 부분

　'시작 혹은 끝'은 시작과 끝이 혼합되거나 아니면 시작이거나 끝이다. 아니 시작도 끝도 아닌 무엇일 수도 있다. 시는 말줄임표에 비밀을 담는다. 사내와 아이, 여자에 의해 허공이 배경을 이루며 움직인다. 허공과 함께 움직이는 사람들이 연속적인 광경으로 이어진다. '허공'은 사내에게 겹쳐지고, 새의 움직임으로 이어지다가, 한 여자의 치마의 움직임에 의해 되살아난다. 사람과 함께 '허공'이 움직인다. 장미의 그림자와 새의 그림자가 사내의 신체에 달라붙으면서 입체적으로 살아난다. 여자가 '허공을 두고' '길에 파묻힌다'. '허공에 기대고서 있던 아이'가 '여자의 치마'를 '길 밖으로 잡아당긴다'. 아이는 들찔레 가지의 빈자리로 길을 밟는다. 늙은 사내는 댕댕이덩굴에 시야를 담그고 있다. '북구풍 카페'가 '넓은 뜰'을 들고 있다. '문 닫힌 건물은 배경이 되어' 뒤에 있고, 길가의 '소년 어깨'에 '잔광'이 올려진다. 길 건너편에서는 집들이 하늘을 들어올리고 있다. 시의 끝을 독자에게 물으면서 시적 화자는 독자의 공간을 시에 배치한다.

　어디까지인지는 모르지만 사물이 움직이는 운동의 반복 속에 창조적인 진화의 생명이 있듯이, 사물을 언어로 살려내는 움직임 속으로 독자를 유인하여 독자에게 어떤 창조의지를 부여한다. 시적 화자는 아무런 거리낌없이 사유의 문을 열어두고, 독자를 유인할 뿐 해석하지 않는다. 권력이 된 지식은 삶의 형식을 만든다. 왜곡이 전제된 '언어놀이'가 만드는 확실성이 오히려 의문의 여지가 있음을 말한다. 그리하여 시는 불확정성의 말줄임표의 시작과 마무리로 독자에게 다시 시작과 끝을 묻는다. 사내는 '새의 길을' 보면서 다시 날아야 할 새를 키우기 위해 사유자의 시작 혹은 끝의 반복에 있을 뿐이다. 새는 허공을 나누면서 늙은 사내의 뒤를 보내고, 칡덩굴의 길을 지나 시멘트의 길을 걷다가 다시 댕댕이덩굴을 보고 있다. 새는 덩굴에 엉키고 있는 무엇을 보고 있는 것일까?

> 사랑하는 사람에게 우리는 모두
> 사랑이라는 말 하나로
> 사랑한다, 사랑한다고 한다.
> 사랑하는 사람이 바뀌어도
> 그 말을 그대로 옮겨
> 사랑한다, 사랑한다고 한다.
>
> 사랑하는 사람의 이름으로 우리 모두 사랑을 말하듯
> 우리 모두 자기의 이름을 사랑으로 말하는 게 가능한 것도
> 사랑의 숨김 때문이지만,
> 말해 보아라 너는 무엇을 숨겨 두었느냐
> 사랑아, 너는 무엇을 숨겨 두었느냐.
>
> ―「그 말 그대로」 부분

72세의 백남준은 지금 하고 싶은 일은 무엇이냐고 묻는 기자에게 '연애'라고 대답했다. 사랑은 지구상의 가장 많은 사람들 틈에서 회자되고 있는 단어이다. 사는 일이 사랑하는 일이라고 오규원 시에서 말

하고 있는 것처럼 어쩌면 사는 생명 자체가 사랑이므로 사랑을 떠나서 살 수 없으리라. 그래서 사랑은 반복되어도 여전히 신선한 이름이 되고, 그래서 사랑은 무언가를 숨기는 것이 된다. 셸링은 예술의 비가시성과 가시성을 잇는 사이의 힘이 사랑이라고 한다. 그러면 우리는 사랑이 연결하는 전체성의 세계를 무엇이라고 명확하게 명명할 수 있을까? 실재성과 가상의 진실을 어떻게 다 설명할 수 있을까? 다만 새롭게 물음을 던지면서 끊임없이 미끄러지는 물음을 이어가는 신비만을 체험할 뿐이다. 반복되는 물음에 마녀의 주문처럼 무의미한 어떤 신비를 경험하지만, 언어로 표현할 수 없는 세계의 무엇이 되고 만다. 그래서 사랑에게 명령한다. '사랑아, 너는 무엇을 숨겨 두었느냐.' 그러나 사랑은 말하지 않는다. 어차피 말하는 것은 정말로 표현할 진실을 다 말할 수 없기 때문이다. 그래서 다시 신비의 미로 속으로 사랑은 몸을 숨기면서 많은 사람에게 사랑받는 사랑이 된다.

제3장

'사이'와 '허공'의 유목 공간

오규원의 시는 견고한 의미의 틀과 틀 '사이'에 있는 유목 공간에 시의 영토를 구축한다. 그 영토는 관습적인 사유에 역전을 단행하는 곳이다. 사유의 역전은 자신의 껍질을 고수하려는 의미와 부딪치며 이루어진다. 유목 공간은 굳어진 의미를 흔들어 새로운 의미의 생성으로 나아가기를 종용하는 곳이다. 이러한 생성은 비가시성과 가시성의 '사이'를 왕래하는 리좀과 같은 잡초의식에서 이루어진다. '사이'의 세계는 끊임없이 달아나는 한계와 이동하고 교체하는 경계선이 있는 곳이다. 비가시성과 가시성 그 '사이'의 세계는 오규원 시를 관통하는 나무의 물관 같다. 오규원 시의 형이상학은 관능적인 여자와 아이들이 장난하는 몸짓에 의해 드러난다. 오규원의 시는 비가시성과 가시성의 '사이'에서 비가시성과 가시성의 조합과 분리, 동시성을 역동적으로 보여준다.

1. '사이' 세계의 잡초의식

명확한 의미는 안주하는 행복을 준다. 그러나 더 이상의 행복을 생산하지는 못한다. '사이'의 세계에 있는 의미는 안주하는 행복에 머물 수는 없지만, 끊임없이 의미를 생산하고 있으므로 역동적이다. 새로운 세계의 창조는 부수는 아픔을 경험하면서 이루어진다. 오규원 시의 의미는 단정에 이르지 않는다. 단정된 의미의 사이에서 고민하고 있다. 양가적이면서, 양가적인 의미를 다 수용하지도 못하고, 오히려 다중적인 의미의 톱니바퀴로 돌아가고 있을 뿐 멈출 수 없다. 끝없이 새로운 세계의 영토로 떠나기를 종용하는 사유는 이미 어디에도 도착할 곳이 없다.

1) 이름과 이름 사이

'사이'는 끊임없이 새로운 사유의 영토를 향하여 떠나는 곳이다. 다음의 시에서 시가 탄생되는 과정으로 이러한 사유 과정이 표현되고 있다.

> 지장을 찍어주고 나는 한 집의 비밀을 사들였습니다.
> 나보다 먼저 이 집에서 산
> 그 사람보다 먼저 이 집에서 죽은
> 한 남자의 죽음이 남긴 죽음까지 사들였습니다.
>
> —「서(序) 1—지장(指章)을 찍어주고」 부분

나는 오늘도 곡괭이와 그리고 땅과 함께 살기 위해 어제보다 투박하고 메마른 땅을 골라 곡괭이질을 합니다. 심장을 풀어놓습니다. 아아아 죄

가 없는 순간과 몸과 뼈, 죄가 없는 심장에 나의 죄가 전해지고, 짓뭉개진
땅의 살이 짓뭉개지는 쾌감 위에 허옇게 떠오르고, 그래서 나는 계속 곡괭
이를 휘두르고……

—「서(序) 2—말은 내 몸에 와 죄를 짓고」 부분

　　나는 날마다 아침이면 그 깨어진 돌과 바위와 잡초에 걸려 넘어지며 걸
어가 거만한 한 그루 나무와 만나고, 만날 때마다 적은 양의 눈물과 피를
바치는 부끄러움이 되어 잡초 사이에 놓입니다.

—「서(序) 3—한 그루 나무를 키우는 나의 뜰에는」 부분

　「서(序)1·2·3」에서 시의 처음 행은 비밀을 담지하고 있다. 비밀의
미로를 헤쳐나가는 행위에 독자는 흥미를 느낀다. 〈1〉의 첫줄은 '지장
을 찍어주고 한 집의 비밀'을 샀다는 것이다. 현실에서 집을 사는 행위
는 도장을 찍고 집을 산다. 그런데 시에서 사는 집은 집이 아니다. '한
집의 비밀'이다. 그래서 '비밀'에 초점이 모아지게 된다. 비밀은 비밀
을 밝히려고 하는 자와 비밀을 밝히지 않으려는 자의 줄다리기에서
긴장을 유발하는 게임이 된다. 현실에서 집을 사는 행위는 살기 위해
서 산다. 그러나 이 시에서 집을 사는 행위는 죽음을 사는 것이고, 살
기 위해서 집을 산 것이 아니라 죽기 위해서 산 것이다. 때문에 '비밀'
은 증폭된다. 이 집의 비밀은 세계와 만나는 뜰이 있고, 아무 것도 얻
으려고 하지 않는 사람이 있고, 잎에게 서류를 다 주는 요정 같은 사
람이 있다. 이제 미래와 과거를 '비밀로밖에' 소유할 수 없는 현재의
집이 시적 화자의 심장 위에 있는 것이다. 〈2〉에서 '말을 믿는 어린 신
앙'으로 땅을 파는 곡괭이 자루를 통해 팔로 전이되는 전율은 '땅의
살이' 짓뭉개지고, '나'의 살이 짓뭉개지는 쾌감이다. 〈3〉은 곡괭이를
휘두르며 만난 언어의 명령으로 한 그루의 나무를 키우는 뜰에서 하

늘을 만난다. 그 나무는 눈물과 피를 마시며 산다. 신과 만나는 신부의 제의처럼 시적 화자는 부끄러운 눈물과 피를 '잡초 사이'에 놓으며한 그루의 나무를 만난다. 이렇게 시는 신께 드리는 신부의 금욕처럼화자의 고통과 인내를 요구하면서 시적 화자에게로 온다. 시적 화자는 시를 만나는 뜰이 자신의 생명이면서 동시에 슬픔임을 고백한다.그러나 시가 태어나는 슬픔의 쾌감을 느낀 자는 그 쾌감을 벗어날 수없는 것이다. 수많은 언어가 시인의 사유의 접점을 통과한 불꽃으로신성이 함께 하는 비밀의 집을 짓는다. 시는 우리 삶의 '비밀'을 비밀로 잉태할 때 비로소 예술이 된다. 예술은 끝없이 삶을 사유하게 하는비밀의 통로를 만드는 것이기 때문이다.

층계의 위는 밑에서 보면 높지만
위에서 보면 층계의 위도
내 발의 아래이고 내가 신은 구두의 밑이다
층계의 위에서 보아도 층계의 위는
언덕의 밑이고 산의 밑이다

—「층계 위에서」 부분

층계 위는 아래에서 보면 높지만, 위에서 보면 낮다. 어디에서 보느냐에 따라 물리적 현상은 다르다. 우리들의 인식이 어느 곳에 있는가에 따라 사물은 변화된다. 그러나 어느 곳은 언제나 중요한 것 같지만동시에 중요하지 않다. 층계 위는 언제나 내려가야할 층계이고, 층계는 '헛구역질 속'에 있기 때문이다. 구역질을 하되 헛것으로 하고 있으니 진짜와는 거리가 있다. 화자는 층계를 통하여 우리들의 인식의차이들 '사이'의 불협화음을 지켜본다. 시대가 오늘로 인하여 구체화되는 것같지만 역시 크로노스와 아이온의 대립처럼 모호하다. 마치

96

어떤 구체적인 것에는 추상적인 것이 붙어 있는 것처럼 층계에 붙어
있는 추상의 필연은 예술이 본질에 대한 반복적 물음에 합류한다.

—「세헤라쟈드의 말—「千一夜話」別曲」부분

　밤마다 대왕이 입을 벌리고 다음 말을 기대하도록 만든 다음에 하루
의 생을 연장할 수 있었던 세헤라쟈드의 이야기가 갖는 힘은 무엇일
까? 목숨은 신체가 살아있음이다. 신체의 연속성은 정신보다 훨씬 놀
라운 것이다. 자신을 죽이려고 하는 자의 심장이 뛰는 소리도 듣기 좋
고, 밤의 몸은 아름답다. '욕망의 본적지'인 몸은 정신 이상이다. 몸은
욕망이 활동하는 힘들의 자의적인 산물로 살아 있다. 신체의 현상은
지적인 면에서 우리가 생각하고 의욕하는 의식적인 방식보다 우월하
다. 벌거벗은 몸의 아름다움과 죽음을 가두는 자궁의 힘으로 사랑을
얻으면서 몸은 살게 된다. 삶은 사유의 파고를 견디며 삶을 긍정하기
에 이른다. 삶을 사유하는 것은 삶의 새로운 가능성들을 발견하는 것
이며, 만들어내는 것이다. '이다/아니다'의 이분법이 '아니다 아니

다·······················'의 이중 부정으로 긍정이 된다. 아니 '이다'에 이어서 '아니다'의 반복은 긍정을 파괴하면서 사유의 생명을 지속시킨다. 두 부정에서 분리된 긍정은 아무 것도 아니고, 자신을 긍정할 수도 없다. 두 부정의 차이 반복은 재생산의 원리이고, 영원회귀의 차별자들의 차이로 이루어지는 하나이다. 사유의 근원은 미래를 이용할 수 있는 자유로운 인간이 되는 것이다. 세헤라쟈드의 말은 미래를 이용하기 위해 긍정과 부정에 속하지 않는 차이를 반복하여 재생산의 힘을 발휘한다. 그리하여 신체의 생명을 연장할 수 있었다. 질 들뢰즈는 삶이 길을 잃게 하고, 속이고, 감추고, 현혹시키고, 눈멀게 하는 것을 목적으로 한다는 것이다. 진리를 찾는 자는 도덕적인 힘의 역할로 그러한 삶을 벗어나려고 한다. 진리의지는 진리의 위험성과 무용성에도 불구하고 형성되어야 하는 것이다. 세헤라쟈드의 진리의지는 대왕의 진리의지를 속이려는 삶의 목적을 이용하여 살아남는다. 결국 죽음을 벗어날 수는 없었지만, 사는 날까지의 진리의지는 우리를 길을 잃게 하는 삶의 목적에 대립하며 투쟁하는 과정인 것이다.

거리에서

1984. 1. 무너진 것은 모두
온몸으로 묻혔는가

1984. 1. 깊은 곳은 말하자면
여자뿐인가

수도가 얼었다 깊은 곳은 어디쯤에서 시작하는가 눈이 내려도 산은 묻히지 않았고 눈이 녹자 무너진 것은 모두 온몸을 드러냈다 깊은 곳은 얼마나 따스한가

켄터키 치킨 센터에서

이 봄이 봄이라고 하더라도
작년의 봄 같지는 않게

꽃이라고 하더라도 꽃 같지는 않게
시 같은 시 같지는 않게

정말 시라고 하더라도 시 같지 않게
시라고 하더라도 지금은 시 같지는 않게

4317년 5월

오월에 교황이 오고 한국은
거국적으로 환영했다

몇 개 남지 않았던 우리집
개나리꽃이 진다
지는 우리집의 꽃 사이로
오월에 교황이 오고
꽃 지는 봄이 오고

다시 거리에서

복합 비타민 레모나와 빵빠레 사이에
세종 콘텍트 렌즈와 마운빌 상사 사이에
아모레와 조아모니카 사이에
쌍방울과 애니 사이에

자미온과 나드리 사이에

망가진다

둥글둥글
당신이 벌린 입이 둥글고
배꼽이 항문이 내 아버지의
무덤이 둥글다
이슬 속에
내 무덤을 만든다

나는 밥을 먹을 때마다
본능에 맞추어 입을
동그랗게 한다

입을 동그랗게 한다
신화를 완성하기 위하여
본능이 계란 노른자가 보인다

아버지—
아버지—

—「서울·1984·봄」 부분

「서울·1984·봄」은 작은 제목 〈거리에서〉, 〈켄터키 치킨 센터에서〉, 〈4317년 5월〉, 〈다시 거리에서〉, 〈둥글둥글〉로 구성되고 있다.
　1984년 1월은 〈거리에서〉 깊은 곳을 생각한다. 깊은 곳이 여자뿐인가라고 묻고 있다. 그 물음은 깊은 곳이 시작되는 곳을 생각하게 한다. 이어서 얼어 있는 수도를 녹이려고 하지만, 녹지 않는 과정으로 깊은 곳의 사유 과정을 나타낸다. 물을 먹기 위해 계속 수도를 녹게 하려고 하지만, 녹지 않고, 이웃에서 물을 얻어 온다. '여자'와 '수도', '온몸'을 깊은 곳과 연결하자 모두가 관능적인 이미지로 변화한다. 무너진 깊은 곳이니, 성애의 장면을 연상하게도 된다. 인부가 언 수도를 녹여 간단하게 노출시키지만, 수도는 얼었고, 사랑스런 눈이 녹자 무너진 온몸을 드러낸다. 깊은 곳은 참 따스하다고 한다. 2월에는 나뭇가지 끝에 비가 머물고 있다. 3월에는 싼 것을 찾아다니며 집을 짓는 서울이 있고, 4월에는 비가 꼿꼿하게 내리고 있다. 그래서 1984년 봄의 서울은 빗속에 갇혀 있다.

〈켄터키 치킨 센터〉에서 젊은이와 소주를 마시는 '나는' '낮은 것의 산에 안겨', '시라고 하더라도 지금은 시 같지 않게' 시를 창조하는 것을 생각한다. '4317년 5월'에는 교황이 오고, 온 나라의 국민들이 거국적으로 교황을 환영하고, 우리집 개나리꽃이 지고, 지는 꽃 사이로 교황이 오고, 꽃이 지는 봄이 오고 있다.

〈다시 거리에서〉 명명되고 있는 상품들 '사이'에서 망가진, '신의 아그네스'와 개성을 입는 점퍼 '사이'에서 망가진다. 더 망가질 것이 없으니 '둥글둥글' 본능대로 입을 동그랗게 하고 신화를 완성시킬 수 있다.

오규원의 시는 깊은 사유의 세계를 빠르게 전달하는 우회로로 여자의 몸을 빌려온다. 깊은 사유의 추상성을 관능적인 온몸의 구체성으로 각인시킨다. 이어서 마치 나비가 꽃가루를 묻히는 행위처럼, 추상성의 모호함을 일상성의 수도와 물과 연결시킨다. 추상은 일상을 통과하면서 이미지를 형성한다. 그러한 과정으로 〈켄터키 치킨 센터〉가 나오고 있다. 그런데 그 일상성에 오월의 교황이 출현하고 있으니 또 한번 일상성은 추상적인 것과 부딪친다. 일상에 들어온 교황이라는 신분에 의해 다시 추상성과 일상이 맞물리는 것이다. 교황이 깊은 곳을 사유하는 것으로 전환된다. 교황은 무엇이라고 명명할 수 없는 꽃 '사이'로 오고 있다.

그래서 〈다시 거리에서〉는 모든 것이 혼합되는 '사이'의 공간만이 형성된다. 신과 상품과의 '사이'에 있는 사유는 무엇이라고 해야 할까? 망가진 무엇이다. 깊은 것을 생각하는 사유의 공허일 것이다. 이미지를 형성하기 위한 신과 상품의 우회로는 결국 일상으로 돌아와 유희를 즐긴다.

〈둥글둥글〉은 단지 본능에 맞추어 입을 동그랗게 만들면서 신화를 완성하는 것이다. 일상성에 들어온 신화는 심각한 깊은 사유가 아님을 촉발시킨다. 이러한 익살은 사변적인 다의성을 이끌어낸다. 언어의 기표가 항구적으로 의미를 만들며 미끄러진다.

2) 수직과 수평 사이

덜자란 잔디와 웃자란 잔디 사이 웃자란 잔디와 명아주 사이 명아주와 붓꽃 사이 붓꽃과 남천 사이 남천과 배롱나무 사이 배롱나무와 마가목 사이 마가목과 자귀나무 사이 자귀나무와 안개 사이 그 안개와 허공 사이

오늘과
아침

―「오늘과 아침」 부분

'사이'는 이념과 현실의 틈에 있다. 이 틈새에서 이념과 현실이 대화주의에 이른다. '오늘'은 '아침' 사이에서 오늘의 일부를 생성하고 있

다. 오늘 사이에 아침이 있고, 아침 사이에 오늘이 있으며, 오늘이면서 동시에 아침이고, 아침이면서 동시에 오늘이다. 땅의 표면과 공기는 '사이'에 의해서 서로 다른 차이를 만들어낸다. '내 구두의 바닥'과 '발바닥'은 그 '사이'에 의해서 발과 구두의 차이가 형성된다. 그 차이들이 반복적으로 움직이면서 생명적인 운동을 생성시킨다. '땅'과 '채송화의 잎 사이', '수국'과 '모란 사이', '모란꽃'과 '안개 사이', '안개'와 '허공 사이'도 '사이'에 의해 서로의 차이를 드러내면서 각각의 이름이 살아난다. 동시에 비가시성도 '사이'에 의해 생명을 얻는다. '사이'는 비가시성과 가시성의 차이들을 카오스모스적인 세계로 공존시킨다. '사이'는 리좀적이므로 이원론이 빠져나갈 수 있는 곳이다. '수국'과 '모란'의 차이가 차이일 수 있는 공간은 '사이'의 빈틈에서 형성되므로 이원론의 결정을 지연시키면서 사유의 톱니바퀴를 돌리는 것이다.

> 편견이란 얼마나 위대하냐
> 나는 아직도 꽃이
> 아름답다는 편견이 배 밑에 깔려
>
> 송충이의 배 밑에 깔려
> 송충이의 솜털 사이에
> 하얀 한 장의 종이로 접혀

―「송충이」부분

송충이가 아름답다고 말하는 것은 보편적인 생각과 다른 생각이다. 예술은 관습적인 어떤 정태성에 경이로운 전환의 동태적 흔들림을 갈망한다. 그러므로 예술의 직관에 있어 본질은 변화이다. 송충이의 몸

놀림에서 새로운 생명의 외경을 발견한 시적 화자의 경이는 독자에게
충격을 준다. 그 동안 송충이가 몸에 닿으면 땅으로 떨어뜨리고 안심
했던 대다수의 사람들은 새롭게 송충이를 보게 될 것이다. 그 작은 몸
을 움직여 '잎 위의 하늘'로 오르고 있는 송충이의 모습은 가히 장엄
하다고 할 수 있을 것이다. 왜냐하면 생명 연장의 욕망적 유기체의 몸
놀림은 인간과 송충이와의 변별적인 경계선이 없기 때문이다. 송충이
의 보드라운 솜털이 '대낮에도 별빛을 옮아'매고, '달빛을 옮아'맨다.
빛은 동경하는 희망이라 볼 수 있다. 생명을 움직이는 움직임 속에는
이미 희망의 빛이 함께 한다. '대낮'에 빛나는 달빛과 별빛은 현실을
가로지르는 환상의 표면이 된다. 시적 화자는 그러한 '송충이의 솜털
사이'에 하얀 종이로 접혀 있다. '솜털 사이'에 있는 하얀 종이는 무엇
인가 기다리는 여백이다. 종이에 나타낼 수 있는 그림 또는 글자 등은
사람의 상상력과 혹은 일상의 자질구레한 소중함, 또는 그 반대일 수
도 있다. 무엇과 무엇을 잇는 중간의 '사이'는 무엇의 이름을 살리면
서 동시에 이름의 벽을 허무는 역할을 한다. 더 나아가 다른 무엇을
창조하는 역동적인 공간이다. '솜털 사이'의 미세한 섬세함이 아련한
파장으로 독자를 사로잡는다. 송충이와 사람과의 무수한 관계를 심연
에 가두면서 한없이 낙하하는 사유의 울림이 이어진다. 사유의 본질
은 변화하는 생성의 운동으로 지속을 이루며, 살아 있는 육체와 영혼
을 옮아매는 빛의 파장 뒤의 어둠으로 침전한다.

   1
봄은 부활절 이전에 부활해서 신문에 난 자신의
사진을 확인한 뒤에야 화염방사기를 주문했다

아무도 부활하지 않는 부활절이 오고

2

봄은 내 몸에 5cc 주사기로 아지랑이를 혈관에 퍼질러 놓았다
봄은 내 허파의 갈라진 아스팔트 사이로 들풀을 진격시켰다

3

나는 봄에게로 가서 어떤 의미가 되지 않았다 나는
기혼 남자였고 아내가 무서웠기 때문이다

4

나는 부활절 이전과 이후에도 부활하지 않았다 전경처럼
개나리 편대의 노란 폭발음에 더 독해지는 최루탄처럼
화장을 하고서야 안심하는 아내의 화장독처럼 나는
살아 있었으므로 부활할 이유가 도처에 없었다

—「나는 부활할 이유가 도처에 없었다」 부분

　위의 시에서 김현이 오규원의 전매특허라고 지적한 대로 보통명사의 의인화 수법을 보게 된다. 〈1〉에서 봄은 '부활해서' 신문에서 자신의 얼굴을 확인하고 '화염방사기'를 주문한다. 새롭게 부활한 봄은 오직 적을 죽이거나 구조물을 태워 버리는 병기의 필요성을 깨닫는다. 〈2〉에서 봄은 '갈라진 아스팔트' '사이'에 '들풀'을 '진격'시킨다. '들풀'은 바람을 견디며 살아가는 강인함을 상징한다. 이념의 차이들 때문에 최루탄을 쏜다. 시적 화자가 차이들의 '사이'에 서 있다. 최루탄을 쏘는 사람들과 최루탄을 방어하는 사람들 '사이'에서 '들풀'이 움직인다. 〈3〉에서 김춘수의 「꽃」을 패러디하면서 이 시는 유희 공간을 연다. 우리를 자유롭게 감정의 구속에서 벗어나게 하는 자유로운 유

희 공간은 놀랍도록 신비를 담게 된다. 우리를 웃을 수 있게 하는 위트와 유머는 형이상학적 토대가 그 속에 포함되어 있기 때문에, 우리를 사유의 미로에 가둔다. 가볍지만 놀라운 웃음은 삶이 그다지 무겁지 않다는 자명함과 동시에 무거움의 복합성을 내포하므로 예술의 위대한 들판이 된다. 다중적인 의미를 생산하는 웃음의 순환은 「꽃」의 의미를 뒤집어 패러디하는 데 있다. 「꽃」은 너가 나를 부르면 나는 너에게 가서 특별한 의미가 되는 것이다. 그런데 이 시의 화자는 기혼자이기 때문에 아내가 무서워서 특별한 연애를 할 수 없었다고 고백한다. 이렇게 자명하게 각인된 의미와 새롭게 패러디한 의미가 부딪쳐 더듬거린다. 그러면서 시는 유희적인 공간으로 자리를 바꾼다. 이념의 차이들 때문에 최루탄을 쏘는 봄이지만, 일상은 변화 없다고 고백한다. 유희는 아무런 의미를 담고 있지 않은 듯 하지만, 무의미까지 포함하는 가벼움으로 사유를 더욱 심화시킨다. 〈4〉에서 '나는' '독해지는 최루탄처럼', '화장독처럼' 살고 있다. 그래서 영원을 꿈꿀 수 있는 '부활할 이유'가 어디에도 없다. 시적 화자의 살아 있었기 때문에 부활할 이유가 없다는 강변은 정신적인 삶의 진정성에 대한 의문이다. 죽은 자만이 부활할 수 있으므로 산 자는 부활할 이유가 어디에도 없다. 그러나 이러한 자명한 대답을 왜 굳이 강조하는가에 의미의 초점이 모아진다. 부활은 영혼과 밀접한 관계에 있기 때문에 정신적인 삶과 연관된다. 부활할 이유가 없는 시적 화자는 일상적 삶의 반복 속에 있을 뿐, 정신적인 삶이 피폐하게 침체되고 있다. 변화없음에 붙박여 있는 화자는 오히려 살아 있어 흔들리며 변화하는 동력을 꿈꾸는 자이다. 그러나 '화장독'처럼 위장된 제도에 편승한 화자는 정신적인 부활을 꿈꿀 수 없다.

내 앞에 안락의자가 있다 나는 안락의자의 시를 쓰고 있다 네 개의 다리

위에 두 개의 팔걸이와 하나의 등받이 사이에 한 사람의 몸이 안락할 공간
이 있다 그 공간은 작지만 아늑하다……아니다 새끼 돼지 두 마리가 배를
깔고 누울 아니 까마귀 두 쌍이 울타리를 치고 능히 살림을 차릴 공간이 있
다 형광의 빛 속에 섞인 시간과 방 밑의 시멘트와 철근과 철근 밑의 다른
시멘트의 수직과 수평의 시간 속에서……아니 나는 지금 시를 쓰고 있지
않다 안락의자의 시를 보고 있다

—「안락의자와 시」 부분

첫 번째 시적 화자는 안락의자의 시를 쓴다고 반복하면서 안락의자
의 시를 쓴다는 것을 독자에게 주입시키고 있다. 시적 화자는 '낭만적
인 관점'이라고 한다. 이어서 안락의자의 자세한 형태를 소개한다. 이
를테면 '네 개의 다리 위에 두 개의 팔걸이와 하나의 등받이 사이에
한 사람의 몸이 안락할 공간이 있다'는 것이다. '편견에서 벗어나' 인
간 대신 '새끼 돼지 두 마리'가 있을 수 있는 것과 '까마귀 두 쌍'이 살
림을 차릴 공간이라고 상상한다.

두 번째는 더듬거리면서 현상에 충실하자고 다짐을 한다. '관념적
인 세계 읽기'라고 한다. 그런데 현상을 만들어내는 내부를 소개한다.
'정방형의 천 밑'에 있는 '스프링의 어깨'가 굳어 있고, '무게 대신 무
게가 없는 형광의 빛을 어깨에 얹고 균형을 바투고' 있다. 스프링은 무
게가 필요한데 형광의 무게 없음에 눌려 '쇠 속의 힘줄'이 녹슬고 있
다. 그러나 이러한 관념은 습관적인 생각이라고 못박는다.

세 번째는 '관점을 바꾸자'하면서 안락의자가 있다고 한다. 빛과 어
둠의 경계선이 오히려 '단단한 세계'를 이룬다고 하면서 이러한 생각
도 '의고주의적 편견'이라고 한다. '나는' 결코 의고주의자가 아니기
때문에 형광의 빛을 내보내고, 빛이 사라진 곳에 존재하는 '형광의 빛
속에 섞인 시간'과 '방 밑의 시멘트'와 '철근과 철근 밑의 다른 시멘트

의 수직과 수평의 시간 속에서' 비로소 시를 쓰고 있지 않다고 고백한
다. 다만 '나는' '안락의자의 시를 보고 있다'는 것이다.

　여기서 첫 번째 제1언어는 안락의자의 시를 쓰는 시적 화자의 독백
이고, 두 번째 제2언어는 인간의 안락의자에서 돼지와 까마귀의 의자
로 환치되면서 인간의 의자라는 습관적인 사고가 더듬거리게 된다.
세 번째 제3언어는 '안락의자의 시'를 보는 것으로 관점을 뒤바꾼다.
그리하여 인간의 '안락의자'라는 속성과 돼지와 까마귀의 공간이 된
'안락의자'의 상상은 서로 충돌한다. 이러한 충돌의 언어가 의미의 n
제곱을 하면서 비로소 '나는' '안락의자의 시'를 보는 것으로 전도된
다. 안락의자의 시를 쓰는 시적 화자의 언어 한계는 침묵상태에 있는
안락의자의 비전으로 극복된다. 안락의자의 기호는 안락의자의 효용
성을 빙빙 돌다가 언어의 심연에 빠진다. 인간과 안락의자의 경계선
을 무화시키는 시간이 태어난다. '철근 밑의 다른 시멘트의 수직과 수
평의 시간'은 공간과 함께 있다. 딱딱하게 굳어진 것을 포용하는 시간
과 공간이 얽히면서 관점의 전환이 이루어진다.

2. '허공'의 공간 조형성

　관습적인 시선은 사물을 따라 움직인다. 그러나 오규원 시의 시선은
사물을 입체적으로 드러내거나 사물의 배경이 되는 허공을 따라 움직
인다. 그래서 허공은 사물이 되어 움직이고, 사물은 허공 뒤의 배경으
로 물러나기도 한다. 이러한 시도는 보통 우리가 보는 시선에 대한 역
전에 의해 이루어지고 있다. 보이는 사물에 의해서만 판단을 하는 속
인들의 시선에 경종을 울린다. 그 사물을 드러내게 하는 보이지 않는
세계의 본질이 그 안에 있음을 알리기 위해, 오규원의 시는 '허공'을

전면에 표면화시키는 것이다. 다음의 시에서 '허공'의 돌발흔적[1]을 통하여 비가시성의 움직임을 보도록 한다.

1) 허공의 돌발흔적

담쟁이덩굴이 가벼운 공기에 업혀 허공에서
허공으로 이동하고 있다

새가 푸른 하늘에 눌려 납짝하게 날고 있다

길 한켠 모래가 바위를 들어올려
자기 몸 위에 놓아두고 있다

—「하늘과 돌멩이」부분

우리의 시선은 보통 사물에 고정된다. 그런데 이 시의 시각은 사물의 주변에 있는 빈자리를 따라 움직인다. '담쟁이덩굴'이 움직이는 운동도 '허공'의 움직임으로 환치된다. 새의 움직임도 하늘이 움직이는 모습으로 변한다. '들찔레'는 '빈자리'를 만들면서 움직인다. 사방이 몸을 비우자 '하늘'이 내려와 '돌멩이'에 얹힌다. 사방은 몸이 되고 하늘이 내려온다. 전도(顚倒)된 움직임은 '모래'가 '바위'를 들어올리는 힘으로 완성된다. 작은 모래와 바위의 전도된 관계를 긍정하게 하는 것은 공기에 의해 움직이는 덩굴의 모습에서 비롯된 보이지 않는 힘이다. 사물을 입체적으로 운동하게 하는 힘이 사물을 감싸는 '허공'에

---

1) 돌발흔적은 고호 그림의 나무들을 비틀고, 하늘을 팔딱 팔딱 뛰게 하는 일종의 혼돈이면서 동시에 질서 혹은 리듬의 싹이다. 베이컨은 돌발흔적이 감각의 영역을 연다고 한다. 질 들뢰즈, 하태환 옮김, 『감각의 논리』(민음사, 1995), pp.139~141 참조.

의해 생산되고 있다. 돌멩이가 돌멩이일 수 있게 하는 유동하는 허공의 선들을 감각하게 한다. 현상과 본질 사이를 누비는 따뜻한 시선이 무거운 바위를 감내하는 모래의 사랑에 머물고 있다.

> 밤새 눈이 온 뒤 어제는 지워지고 쌓인 흰 눈만 남은 날입니다
> 쌓인 눈을 위에 얹고 物物이 허공의 깊이를
> 물물의 높이로 바꾸고
> 열매가 사라진 자리에는 허공이 다시 그 자리를 메우고 있는 날입니다
>
> ―「물물과 높이」 부분

밤새 눈이 내리고 '쌓인 흰눈만 남은 날'에 '멧새와 지빠귀', '콩새'가 '먹이'를 찾고 있다. '하늘'이 새들의 꼬리 쪽에서 꼬리의 움직임을 도출시킨다. 세계와 영혼이 신체에 거주하듯 사물의 의미는 그 사물에 거주한다. '열매가 사라진' 곳을 채우는 '허공'은 물물들을 매개하면서 물물을 변화시킨다. 마치 신체가 세계 안에 있듯이 '허공'은 물물들의 안과 밖을 연계하면서 생명운동을 지속한다. 콩새 한 마리가 하늘과 엉키고 있는 덩굴을 빠져나와 '동쪽'으로 가면서 '하늘에다' 몸을 지우는 날이다. 어제가 지워지고, 눈이 쌓인 날이다. 하지만 눈은 내일이나 모래면 녹아서 사라질 것이다. '허공'은 물물에 의해 깊이를 갖게 되고, 물물은 '허공'에 의해 '물물의 높이'를 갖는다. 보이는 사물과 보이지 않으면서 사물과 동시에 함께 하는 '허공'이 물물과 함께 움직인다. 눈이 쌓인 물물에 의해 허공은 그만큼의 깊이를 확보한 것이다.

새의 몸이 허공에 의해 살아나고 지워지고 한다. 덩굴을 빠져나와 동쪽으로 가는 콩새의 빠른 움직임은 순식간에 일어나는 속도감으로 하늘에 몸을 지운다. 덩굴을 빠져나온 통과는 통과제의를 연상하게 한

다. 도약은 언제나 엉키고 있는 덩굴처럼 복잡한 곳을 통과해야 이루어진다. 높이는 하늘로 향하는 상승의지이다. 수직적인 높이는 도약의 현장이다. 콩새의 빠른 움직임은 인간의 삶을 도약시키는 역동성이다.

> 작약꽃이 한창인 아파트 단지에서
> 나비 한 마리가 길을 가고 있다
> 날아넘은 허공을 뒤돌아본다
> 뒤돌아보며 몸을 부풀린다
>
> ―「나비」 부분

'작약꽃'이 피어 있는 '아파트 단지'를 돌고 있는 '나비'와 '허공'이 움직인다. 나비의 형태와 맞물려 있는 허공은 나비 형태의 또 다른 외부이다. '허공'을 돌아보는 나비에 의해 '허공'은 확인된다. 그러면서 나비의 몸이 부풀려진다. 나무와 나무의 사이를 잇는 허공의 세계에서 돌고 있는 나비는 노마드 세계에 있다. '나비'는 '사이'의 세계에서 허공으로 날아오르고, 그 허공을 돌아보면서 몸을 부풀리면서 다른 세계를 향하고 있다.

2) 길의 구부러짐

오규원의 시에서 길은 언제나 끝나지 않는다. 길은 선들과 지역들의 흔적을 감싸면서 구부리고 있을 뿐이다. 보이는 세계에 은폐된 현상으로 살아 있는 비가시성의 세계를 감싸면서 길은 지속된다.

> 허공에서 생긴
> 새들의 길은

허공의 몸 안으로 다시
들어갑니다

—「새와 길」 부분

　'허공'은 새들에게 자신의 몸 안으로 새의 길을 허락한다. 새들은
'허공'의 그 길로 들어간다. 다른 새는 '길 밖에서' 날기도 한다. 이 새
는 뜰에서 '지워질 길'을 만들기도 한다. 새는 허공에 만든 길로 들어
가고 다시 들어간다. 허공은 새의 길이 되고, 길은 허공의 몸 안으로
들어간다. 허공은 몸이 되어 길을 만들기도 한다. 새는 길을 향해 떠
나고, 길은 새를 위해 길이 되고 있다. 이러한 반복은 새의 생이다. 이
러한 '새와 길'이 '허공'에 의해 불확실성으로 반복되고 있다. 이 불확
실성은 저 너머에 영구히 존재하고 있을 것같은 생명의 힘을 향하여
길을 만드는 역동성을 준비한다. '허공'은 '새'에 의해 유동적인 모습
으로 변하고, '새' 역시 '허공'에 의해 모습이 변한다. 변화는 생명 지
속을 위한 운동성이므로 의미가 있다.

길이 끊어진 곳에 멈추어
서 있는 길이 있습니다
서 있는
길을 보며 집이 앉아 있습니다

허공에서 생긴 새들의 길은
허공의
몸 안으로 들어간 길 밖에서
다른 새가 날기도 하고

—「지붕과 창」 부분

길과 집이 마주보고 있다. 집의 지붕에 앉아 있던 '새가 간 뒤'에 '오로지 지붕'이 된다. '지붕과 창으로 이어진 길은' '햇빛'이 되고, '방으로 이어진 길은' '어둠'이다. '허공에서 생긴 새들의 길'과 그 '길 밖에서' '다른 새'가 날기도 한다. 길 밖에 있는 새는 '지워질 길'을 만들고, 서 있는 길 뒤에는 꽃들이 피었다 질 자리를 감추고 있다. '감추고 있는 그곳까지 감추어질 길'이 있다.

새들의 지워질 길이 집과 지붕, 새들, 꽃들과 어우러지는 허공과 함께 있다. 때로는 새들을 얹혀 놓다가도 자신만의 지붕으로 남는 지붕과 창으로 이어지는 '길'이 '햇빛'이다. 창은 하늘을 방안으로 들인다. 순간에 접합된 과거와 미래의 길이 열리고 있다. 꽃들이 피고 지는 세월은 삶의 순환이고, 길의 순환이다. 그러나 그 순환을 거슬러 서 있는 길 뒤에서 감추고 있는 길을 찾아본다. 왜 꽃들이 질 자리에서 길을 감추는 것일까? 길은 생명과 연결될 수 있다. 꽃이 진다는 것은 생명이 다한 자리인 것이다. 그래서 감추고 있는 생명의 뒤안길에서 죽음은 감추어질 길로 남아 생명과 함께 있는 것이다.

　　한 여자가 길 밖에
　　머리를 두고
　　길 안으로 간다
　　은행나무에 걸린
　　허공 아래로 간다
　　허공에 기대고 있던 아이가
　　여자의 치마를 길 밖으로
　　잡아당긴다

—「여자와 아이」 부분

여자의 머리는 허공에 있기 때문에 길 밖에 있고, 길 안에서 여자는 걷고 있다. 길의 안과 밖을 한 여자의 신체에 가두고 있다. 허공은 형체를 윤곽으로 드러내는 외부이면서 동시에 그 형체로 인하여 자신의 모습도 드러낸다. 허공은 여자에 의해 유동적인 모습으로 변한다. 길을 경계로, 한 여자의 머리를 밖으로 배치하고, 걷는 다리를 길 안으로 들여놓은 것은, 인간의 존재론적 내면과 외면의 관계를 분리하면서 동시에 합하는 것이다. 여자의 치마 끝에서 펄럭이는 길은 여자의 내면과 외면의 융합과 동시에 분리의 가시화이다. 여자는 길 위에 있는 허공에서 걷고 있다. 허공에서 지고 있는 '메꽃'과 '여자'는 '허공을 거기에 두고', 길에 파묻힌다. 아이는 허공에 기대어 있다가 '여자의 치마'를 허공으로 '잡아당긴다'. '허공'은 길 위에 있으므로 '길 밖'이 된다. 사람은 직립으로 걷고 있으니 길 밖의 허공에서 머리가 가는 것이다. 아이는 여자보다 작은 키니까 치마를 허공의 길 밖으로 잡아당길 수 있다. 여자와 아이는 낭만적인 이미지를 형성한다. 허공 안에서 움직이는 사람의 형체는 허공을 배경으로 마치 조각의 오목화처럼 되고, 허공은 사람의 움직이는 유동성과 함께 합류하며 침묵으로 말한다. 여자와 아이는 어딘가로 함께 가고 있을 것이다. 아이는 여자의 치마 끝을 당기면서 사탕을 사달라고 했을지도 모른다. 여자와 아이에 대한 이러한 상상은 침묵하는 허공을 사람의 감성의 흐름과 함께 유동시키기 때문에 가능하다. 우리가 흔히 길에서 보는 여자와 아이는 엄마와 아이라고 상상할 수 있다. 그러나 엄마보다 확장된 의미의 여자가 오히려 아이와의 관계를 이성적으로 만든다. 엄마라는 모성만의 다정함보다 여자는 인간의 다정함을 포함한 엄마라고 상상할 수 있다. 때문에 여자와 아이의 단순한 행위에서 사람과 사람의 관계 또는 자연과 인간의 관계로 의미의 증폭을 이룬다. 생명들의 움직임은 언제나 '허공'과 함께 움직이고 있다. 움직임에 깃들은 생의 고결한

숨소리가 허공을 메운다. 아이가 여자의 치마 끝을 당기는 모습이 더욱 천진하고 예쁘게 연상되고, 한 번의 숨소리 뒤에 웃음을 머금게 된다. 다음에 이어지는「새와 집」은 진한 글자로 강조되는 허공의 전면 도출에 의해 사유의 깊이에 홈을 파고 있다.

길 건너, 집이 있습니다. 이층집이 넷, 사층이 하나, 오층이 하나, 단층이 둘; **배경은 모두 허공입니다.**

집에는 창이 있습니다. 열린 창이 둘, 커튼 걷힌 창이 여섯, 아침까지 불켜진 창이 하나; 배경은 모두 벽입니다.

집에는 단풍나무가 둘, 등나무가 하나, 모과나무가 하나, 측백이 하나, 목련과 반송이 둘, 그리고 배롱나무가 하나; **배경은 모두 허공입니다.**

골목이 하나 사층과 이층 사이로 생겨 있습니다. 길의 끝에는 한 남자와 여자가 끌어안고 주둥이를 붙이고 있습니다. **배경은 모두 허공입니다.**

그 허공에 지금 막 한 마리 새가 생겨나서 뾰족한 부리를 앞세워 숲 쪽으로 가고 있습니다.

—「새와 집」 전문

'새와 집'의 의미를 말하기 보다 무엇이 그 의미가 아닌가를 말하는 것이 쉽다. 신비주의에서의 마법의 주문처럼 무의미한 언어가 어떤 초월적 인식으로 확장되어 가듯이 '새와 집'의 배경이 되고 있는 '허공'은 그러한 무의미에 속한다. 집의 여러 모양의 허공이 되고, 이어서 집에 창이 있음과 창의 여러 모양의 배경을 벽이라고 한다. 허공과 창과 벽은 연결망을 형성한다. 창은 허공과 벽을 이어준다. 집에는 나무들이 있고, 배경이 허공이다. 골목이 '사층과 오층 사이'에 있고, 길의 끝에서 남자와 여자가 주둥이를 붙이는 배경이 허공이다. 그런데 그 허공에서 '한 마리의 새'가 탄생하여 '부리'를 앞세워 '숲 쪽'으로 가고 있다. 남자와 여자의 입맞춤은 골목의 길 끝에서 이루어지고 있고, 그러자 새가 탄생하여 숲 쪽으로 간다. 남자와 여자의 입맞춤은 새의 부리와 동일한 이미지이다. 이들의 입맞춤은 사랑의 산물인 새의 눈부신 비상이 된다. 그들의 사랑은 '사층과 오층 사이'의 길에서 이루어진다. 집은 고정된 관념이고 창은 고정을 유동시킬 수 있는 통로이다. 허공은 창을 통해 벽으로 둘러싸인 집의 고정관념과 교류한다. '사이'는 어떤 집의 모양도 거부한 자유로운 통로이면서 동시에 허공이다. 그러한 허공에서 새가 생겨나고 있다. 허공은 형체를 변화시키면서, 혹은 형체에 의해 자신이 변하는 유동적인 움직임을 되풀이하고 있을 뿐, 고정된 견고함을 만들지 않는다. 이러한 허공의 유동성은 형이상학이 탄생하거나, 죽으면서 다시 살아나는 영원 회귀의 과정을 나타내는 것이다. 생명의 탄생은 신비한 비상이다. 허공은 이러한 신비를 뒷받침하는 초월적 이미지를 형성하고 있다. 그러나 명확한 의미를 비켜가고 있다. 의미 아닌 그 무엇에 대하여 의문을 가지고 다시 사유의 뒤안길로 접어들게 한다.

1
높은 곳으로 올라간 길은 흔히
작은 집을 만난다 그 집은
나뭇가지 끝에서도 발견된다
그 집은 수액을 받기까지는 오랜
시간이 걸린다

2

꺾인 길이 탄력을 즐긴다
집을
좋아하는 길은 자주 막힌다

3

땅 밑의
뿌리를 직접 본 사람은 없다

6

하늘에는 집이 없다
너무 멀리 간 길은
무덤 없는 하늘에 묻힌다

—「집과 길」 부분

길은 작은 집을 만나고, 골목이 되어 꺾어지고, 길은 집을 좋아하기 때문에 자주 막힌다. 창이 있는 집은 나무를 키우고, 나무는 하늘 앞에 선다. 사람들의 소리를 따라 다니는 땅 밑의 '뿌리'를 직접 본 사람은 없다. 골목에서 '아이'들이 놀고, '집 안'에서 '어른'들이 '옷'을 벗고 논다. '알몸'의 놀이 때문에 길이 집을 들었다 놓는다. 길은 '층계'에서 '구두 한 켤레'를 '납치'한다. 그 길은 좌우가 끊어져 있고, 길은 집이 없는 하늘에 묻힌다.

길은 인간의 삶을 상징한다. 인간은 길에 있고, 자신의 집을 가지고 산다. 집은 사유의 틀이다. 사유는 삶에 봉사한다. 동시에 삶은 사유에 봉사한다. 사유는 이성에 종속되어 있고, 이성 안에 표현되는 모든 것에 종속된다. 지식을 위한 본능은 사유이고, 이 사유의 틀로 집을 짓는다. 사유하는 행위는 삶에 대한 새로운 가능성을 발견하는 것을 말한다. 지식에 인도되는 본능은 습관적으로 살던 집의 모양을 포기하게 만든다. 그리고 스스로 불확실한 것에 자신을 던지는 것이다. 삶을 의욕하는 본능은 스스로를 세우기 위한 새로운 자리를 마련하기 위해 어둠 속에서 그 자리를 더듬어 찾기를 강요한다.

삶은 알몸이 그림자와 함께 가벼움에 노출되자 새로운 가능성을 이룬다. 길이 특정한 무거움에서 벗어나 새로운 발견의 가능성을 연다. 삶은 구두 같은 작은 틀로 층계를 만든다. 그러한 길이 하늘에 묻힌다.

골목과 집, 창과 알몸, 층계를 지나 하늘에 이르는 과정으로 삶의 길을 그리고 있다. 삶이 사유를 벗어날 수 없는 과정은 '나뭇가지 끝'에 있는 '작은 집'과 창을 뚫어놓은 집으로 나타낸다. 창은 외부와의 교류를 나타내고, 그러한 교류가 나무를 키울 수 있는 여건이 되는 것이다. 집은 사유의 틀이면서 동시에 삶의 형상이다. 집과 창을 통하여 외부와 관계를 맺으면서 살아갈 수밖에 없는 생의 의미를 표현한다. 소리들을 따라 다니는 땅 밑의 뿌리는 삶을 본질로 이끄는 형이상학적 후광이다. 보이지 않지만, 삶을 이루는 것들이다. 집은 나무와 동일하다. 수액으로 살고 있으며, 나뭇가지가 집에 의해 꺾이기 때문이다. 사유의 틀이 나무가 되어 수액으로 살아가고, 길이 되어 돌진하는 모습은 하늘에 이르는 힘으로 부각된다. 이 모든 것은 삶의 생성 과정이고, 순환 과정으로 돌아오는 것이다.

3. 유목 공간의 시간의식

모든 진리는 요소와 시간과 장소의 진리이다.[2] 지속이 같은 장소의 형태를 띠고 시간으로 공간에 투사되는 것은 운동을 매개로 이루어진다. 이 운동은 시간의 본질이 직관된 생성이다. 이 때의 생성은 지금 연속적으로 나타나는 것을 말한다. 그래서 시간은 관념적이기는 하지만, 하나의 사물로 직관된다. 지금이라고 말하는 시간의 자연 속에서는 과거와 미래가 구별 없이 이루어진다. 현재의 위치와 우리의 기억이 이전의 위치라고 부르는 것 사이에서 우리의 의식이 행하는 종합은 그 상들(images)이 서로서로 스며들면서 보충하며 지속되는 것이다.[3] 이와 같이 시간은 시간이면서 동시에 공간이다. 외부 공간이 신체를 위한 장소를 제공하듯이, 내부 공간은 우리의 내면에 존재하는 것을 거주하게 한다. 유목 공간의 시간은 창조를 전제한다. 시간은 공간을 지나가면서 가분성의 세계로 귀속된다.

1) 시간의 표면화

시간이 보이는 것은 우리들의 습관적인 생각의 경계선을 와해시키

---

2) 질 들뢰즈, 신범순 외 옮김, 『니체, 철학의 주사위』(인간사랑, 1993), p.190.

3) 공간은 시간이다. 시간은 직관된 생성이다. 헤겔은 직관된 생성을 존재에서 무(無)로 이행하는 것이거나 무에서 존재로의 이행되는 것으로 보았다. 여기서 생성이란 발생인 동시에 소멸인 것이다. 시간은 '직관된' 생성이며, 이 이행은 사고되는 것이 아니다. 다만 금연속(今連續)에 있어서 나타난 것이다. 시간의 본질이 직관된 생성으로 규정된다면, 지금에 입각하여 허락되는 것이고, 지금에 의한 직관으로 눈앞에 보인다고 양해된 것이다. 구체적인 현재는 과거의 결과이고, 미래를 잉태하는 것이다. 마르틴 하이데거, 전양범 옮김, 『존재와 시간』(시간과공간사, 1992), pp.552~554; 지속은 동질적인 장소에서 시간과 공간에 투사되는 운동을 매개로 이루어진다. 공간 속의 사물들은 불가입적이고 상호 외재적이나 의식의 사실들은 상호침투적인 것이다. 때문에 동질적 장소로 인식되는 시간은 진정한 시간이 아니다. 순수 의식에 공간 관념이 침투한 사생아적 개념인 것이다. 순수한 지속은 우리 자아의 각 상태들이 서로 구별되는 것이 아니다. 한 선율의 음들이 서로 상호 침투하는 것처럼 유기적으로 결합된 전체인 상태이다. 그 때 동일하면서 동시에 변화하는 존재자인 자아의 상태들은 모두 질적으로 다른 이질성이다. 부분은 이미 전체를 반영하고, 전체로부터 고립되지 않는 것이다. 지속은 시간을 공간에 투사한 연장이다. 때문에 외재성과 시간의 내재성은 삼투압을 이루면서 시간을 잴 수 있다고 생각하는 것이다. 앙리 베르그송, 최화 옮김, 『의식에 직접 주어진 것들에 관한 시론』(아카넷, 2002), pp.93~163 및 pp.340~341 참조.

며 긴장과 창조의 갈등을 만든다. 비가시성의 시간은 공간의 움직임
으로 자신의 존재를 드러낸다. 시간의 움직임을 통하여 언어의 추상
성을 현상으로 나타낸 시들을 묶어서 보도록 하자.

〈Ⅰ〉빛

(1)
떨어지는 순간
빛은
하얀 空間에
꽃병도 없이 어딘가 꽂힌
꽃이 된다.

(2)
그는
알 수 없는 宗敎가 되어
알 수 없는 낱말과 눈짓이
출렁거리고 있다.

〈Ⅱ〉幻想의 땅

고요한 幻想의
出張所
뜰, 뜰의
抽象의 나뭇가지에
살고 있는

言語들 중의
몇몇은
위험한 나뭇가지 사이를
날아다니다
떨어져 죽고.
고요한 幻想의
出張所
뜰에
새가 되어
내려와 쉰다.
의식의
고장난 수도꼭지에서
쉰다.

―①「몇개의 現象」 부분

(1)

言語는 추억에
걸려 있는
18세기 型의 모자다.
늘 방황하는 기사

(2)

빈 하늘에 걸려
시간을

아이들은
공처럼 굴린다.
言語는, 겨울날
서울 市街를 흔들며 가는
아내도 타지 않는 電車다.
抽象의
위험한 가지에서
흔들리는, 흔들리는 사랑의
방울소리다.

(3)

言語는, 의식의
먼 江邊에서
출렁이는 물결소리로
차츰 확대되는
空間이다.
출렁이는 만큼 설레는,
설레는 江물이다.
神의
안방 문고리를
쥐고 흔드는
건방진 나의 폭력이다.
廣場에는 나무들이
외롭기 알맞게 떨어져
서 있다.

—②「現像實驗」부분

낱말은 지친 바람을

가만가만 풀잎 위에 안아 올린다.

낱말은 외로운 그 몇 사람처럼

아직 날지 못하는 새를 기르며

단절된 시간을 한 장씩 넘기고 있다.

空間에 의자를 내놓고 책을 읽으며

때때로 어린 새의 質量을 느끼며

아, 떨리지 않는 건강한 손으로

소멸할 하루의 日程을 거두어드린다.

— ③ 「現像實驗(別章)」 부분

①에서 〈빛〉의 (1)은 '빛'이 낱말과 낱말 사이의 하얀 공간에 '꽃'으로 피는 상황이다. 빛은 '神의 손에서' 풀려 나오면서 '확확 타는 꽃'이 된다. 이어서 (2)는 신에서 풀려 나온 빛이 '종교가 되어 변신하여' 땅으로 떨어져 사람의 눈 속에서 '알 수 없는 낱말'로 출렁거리면서 빛나고 있다. 〈幻想의 땅〉에는 언어들이 뜰에서 쉬고, '抽象의 나뭇가지 사이'에서 언어가 날다가 몇몇은 죽고, 고장난 수도꼭지에서 죽는다. 살아 남은 건강한 아이들의 언어는 환상의 출장소 뜰에서 알을 까고 새가 되어 '의식의 고장난 수도꼭지에서 쉰다.'

종교는 무한과 일시를 합일이 가능한 의식으로 결합한다. 언어는 추상의 나뭇가지 '사이'에서 날다가 떨어져 죽거나 산다. '사이'는 시작이나 끝이 아닌 어떤 곳이며, 굳어진 질서와 굳어진 무질서에도 속하지 못한 장소이다. 아직 의미로 명명되지 못한 언어는 나무와 리좀 '사이'에 있다. 언어의 의미상(意味像)은 신의 손에서 풀려 나온 종교가 변신한 새의 모양이다. 새는 아직 사유되지 않은 영토로 가기 위해 환상의 땅에서 쉬고 있다. 왜 새가 된 언어는 날지 않고 '의식이 고장 난 수도꼭지에서' 쉬고 있을까? 언어는 어떤 의미에 갇히는 것을 거부하며 '사이'의 세계에서 날다가 죽거나 살아남았다. 귀속되지 못한 의미는 의식의 통로를 횡단하기도 하고, 그 안에서 길을 잃기도 하고, 덩굴 속에 갇혀 빠져나오지 못하는 경우도 있다. 의미를 찾는 언어가 비상하기 위하여 휴식을 취한다. 사방으로 퍼지는 빛의 백색이 뿜는 공간에서 지금까지 사유되지 않았던 영토로 가기 위한 휴식이다. 언어는 우상이 된 언어로 변신했어도 여전히 현실이 아닌 환상의 언어이다. '사이'의 언어는 환상과 현실을 잇는 '물자체'이다. '물자체'는 어떤 유형의 의미도 진정한 의미가 되기 위해 부서지기를 반복하는 '진리의 섬나라'이다.

②에서 '言語는 18세기 型의 모자다.'와 '아내도 타지 않는 電車다.'는 이후에 발표한 「한 잎의 여자」의 부제로 다시 쓴다. '神의 안방 문고리를/쥐고 흔드는/건방진 나의 폭력'은 이후에 발표되는 장시 「김(金)씨의 마을」에 다시 등장한다. 시인은 반복하는 언어로 자신의 상징을 담는다.

'言語는 오래된 18세기 型의 모자다.' 텅 빈 상상 속에 가끔 누군가 찾는 초인종 소리가 언어다. 또 언어는 빈 하늘에 걸려 음과 절이 끊어진 시간을 아이들이 굴리고, 아무도 타지 않는 전차다. 추상의 위험한 가지에서 사랑의 방울소리를 내는 것이 언어다. 언어는 의식의 강변에서 물결소리로 확대되는 공간이다. 출렁이는 만큼 설레는 강물이다. 신의 안방 문고리를 흔드는 폭력이 언어이다. 광장에는 나무들이 '외롭기 알맞게' 떨어져 있다.

언어는 시의 도구이며 목적이다. 시 예술에 있어서 언어는 감각과 지성 '사이'에 단층을 형성하기도 하고, 때로는 이 단층을 부수면서 언어를 건축한다. 예술은 건축본성을 가진다. 우리는 언어 속에서 태어났다. 마찬가지로 이성 안에서 태어났다. 그러나 우리가 궁극적으로 도달하게 될 이성이 일찍이 포기했던 이성이어서는 안 된다. 의미는 감각적인 것처럼 완전하게 표현될 수 없다. 표현은 안개 속으로 내딛는 걸음걸이와 같은 것이다. 때문에 최상의 이성은 비이성과 근접해 있다. 무의미를 포함한 의미가 최상의 의미가 되듯이 최상의 이성은 비이성과 가장 근접한 이성인 것이다. 그래서 언어는 모자가 되고, 소리가 되고, 아이들이 굴리는 시간이 되고, 전차가 되면서 비로소 추상을 드러낼 수 있는 것이다.

②의 언어는 시를 창조하는 과정을 시로 표현하고 있는 것이다. 시는＝예술은＝삶이라 해도 동일한 의미를 찾을 수 있다. 시간을 굴리는 아이와 공간을 확대하는 설레임은 기존의 관념들에 근거한 의미 획득이 아니다. 재구성 요소로서 사용되고 있는 시간적·공간적 배열에 의한 사유가 아니다. 지각으로서 발견하는 것의 즐거움을 말하는 것이다. 이 시는 사물에 대한 교육적 서술이나 관념의 해명이 아니라, 독자를 시적 상태로 이끈다. 독자는 언어 도구의 창조인 시의 본질이 흐르는 강변에서 물결의 흔들림만큼 확대되는 공간의 설레임을 듣는다.

③에서 심상의 바다 속에서의 하루의 일정을 거두는 시간이 낱말에 귀를 열고 있다. 낱말은 바람을 풀잎 위에 올리고, 이유가 두근거리는 그곳은 환각의 땅이다. 낱말은 아직 날지 못하는 새를 기르고, '시간을 한 장씩 넘기고', 공간에 의자를 놓고 책을 읽기도 한다. 책을 읽으면서 어린 새의 질량을 느낀다.

심상의 바다는 마음의 세계이다. 마음의 세계는 오랫동안 활동성이 제한된 추상성에 머물렀다. 그러나 이 시에서는 마음의 추상성의 오랜 관습이 무너진다. 심상은 반성 이전의 생활 세계에서 활동을 한다. 추상적 의미의 낱말이 일상성으로 돌아와 귀를 열고, 바람을 풀잎 위

에 안아 올리고, 새를 기른다. 낱말은 반성(이분법) 이전의 훗설의 생
활세계에 있다. 심상은 투명하다. 낱말이 살고 있는 추상 공간에 대한
생각을 잠시 중단하면 일상성으로 전이된 의문의 공간을 만나게 된
다. 그 공간에 의자를 놓고 책을 읽는 행위는 친근하다. 그러나 그 친
근성에 애매성이 쌓인다. 단절된 시간을 한 장씩 넘기는 곳이기 때문
이다.

　시간과 공간은 하나의 동질적인 장소이다. 공간 속의 의자는 시간의
의식과 상호 침투한다. 시간은 진정한 시간이 아니라, 순수 의식의 영
역에 공간 개념이 침투한 사생아적인 시간이 된다. 시간의 지속에 침
투된 공간은 우리 자아 상태를 각각 구별하는 것이 아니라, 한 선율의
음들처럼 서로 녹아 들어가 상호 침투하면서 전체를 이룬다. 결국 지
속의 시간 연장을 공간에 투사한 것이다.

　아직 날지 못하는 새를 기르면서 단절된 시간을 한 장씩 넘기는 행
위는 일상이 되지 못하고 관념으로 맴도는 낱말의 모호함의 한계를
고백한 것이다. 추상과 일상을 잇는 낱말은 아직 날지 못하는 새로 머
물고 있다. 왜냐하면 아직 환상의 공간에 갇혀 있는 낱말이기 때문이
다. 그러나 어린 새의 질량을 느끼는 책 읽기는 머지 않아 비상할 낱
말의 미래를 예시한다. 미래의 낱말은 추상과 현상, 그 사이를 이을
수 있는 낱말로 날아갈 새이다.

　이와 같이 생각 속의 낱말은 현상의 형태로 사색에 귀를 열고, 실재
의 거리에서 소외된다. 생각과 실재의 상황은 병치되면서 동일성의
시간을 지속시킨다. 때문에 지극히 추상적인 낱말의 행위에 실재의
일상성이 자연스럽게 어울린다. 동시에 추상은 일상에서 가장 멀리
낯선 영토에서 차이의 폭을 확장한다. 일상과 추상의 동일성과 이질
성의 차이들이 사유의 파고를 만들며 한없이 미끄러진다. 일상과 추
상의 그 '사이'에서 현상의 실험이 계속 이어진다. '소멸할 하루의 日

程'을 거두어드리는 건강한 손은 무엇을 잡는 것일까? 일정은 일상의 사소한 무엇이다. 니체는 소멸이 창조의 근원이라고 했다. 낱말은 결국 추상과 일상의 사이를 잇는 생활세계로 돌아온 것이다.

①에서는 언어가 종교로 변신했어도, 아직은 환상과 현실을 잇는 비상하는 새가 되지 못하고 비상할 미래를 위해 쉬고 있다. ②에서 언어는 18세기 모자이고, 아무도 타지 않는 전차이지만 신의 문을 흔드는 언어이다. 그러나 ③에서 언어는 환상을 반성 이전의 생활세계와 맞물려 돌아가게 한다. 그리하여 건강한 손으로 하루의 일정을 거둔다. 언어는 끊임없이 신이 되기 위해 비상을 꿈꾸지만, 이성이 시작되기 전의 생활세계에서 환상과 현실을 결합할 수 있었다. 이성과 감각이 직관의 세계에서 결합되고 있음을 언어의 현상(現像)으로 보여주고 있다.

개봉동 입구의 길은
한 송이 장미 때문에 왼쪽으로 굽고,

장미는 이곳 주민이 아니어서
시간 밖의 서울의 일부이고,

말해보라
무엇으로 장미와 닿을 수 있는가를.
저 불편한 의문, 저 불편한 비밀의 꽃

—① 「장미」 부분

자아바, 자아바
쿵(발을 구른다)

　　고올라, 자바
　　짝짝(손뼉을 친다)
　　아무 놈이나
　　쿵, 짝짝

　　여기는 남대문 시장 오후의
　　난장이다 티를 파는 李씨는

　　자바자바
　　그놈
　　골라자바
　　그놈

—② 「자바자바 셔츠」 부분

　①에서 개봉동의 장미는 현존재의 일상과 역사의 시간 내부성으로
완성된다. '길'은 시간을 내포하고, 공간을 담는다. 현존재로서의 장
미는 시간과 동시에 공간적 존재이다. 장미 때문에 길이 '왼쪽으로'
굽는다. 장미에 의해 길은 '제 혼자 가고', 장미의 가지는 '길 밖에' 서
있다. '장미는' '서울의 일부'이고, 가지는 서울이지만, 완전하게 서울
이라 할 수 없는 서울 밖의 개봉동에 있다. 잎들이 마음대로 흔드는
시간은 서울 밖의 서울의 일부인 개봉동에 있다 하지만, '장미는' 개
봉동의 시간 밖에 있는 서울의 일부로 개봉동의 주민이 아니다. 역사
적으로 개봉동은 서울이면서 서울 같지 않은 흙길이었던 시절이 있었
다. 때문에 서울이면서 동시에 서울 같지 않은 서울의 일부였다. 서울
안의 시간과 서울이면서도 서울 밖의 시간을 지나고 있는 개봉동의
공간은 비오는 날에는 흙길에 발자국이 패였다. 서울이면서 동시에

128

서울이 아닌 공간 속에서, 서울이라는 이름을 온전히 가질 수 있는 길은 의문의 비밀을 담는 장미를 통해 제기된다.

　장미의 화려한 모습과 닿아 있는 서울과 개봉동 입구의 장미는 서울이면서 동시에 서울일 수 없는 곳에서 길을 안내하고 있다. 개봉동의 문은 장미의 비밀을 풀기 위해 두드려도 열리지 않는다. 서울과 서울의 변두리는 서울이라는 같은 이름 아래서의 불일치이다. 세상에는 같은 이름으로 살면서도 확연하게 구분되어 살아가는 것들로 가득 차 있다. 인간의 존엄성도 법 앞에서의 평등이지만, 현실에서 법이 평등하게 적용된다고 할 수 없다. 개봉동 입구의 장미는 화려한 덩굴로 이어진 장미의 아름다움은 아니다. 한 송이의 장미가 서울의 화려함을 웅변하며, 개봉동의 길을 굽게 하고, 개봉동의 길 밖에 서 있다. 같은 이름 아래 차이들의 충돌을 서울 밖의 서울의 일부인 개봉동의 공간을 통해 표현하고 있다.

　②는 생활현장의 소리로 가득한 시장에서 자본의 생리적 리듬이 흐르고 있다. 좀 더 싸게 사기 위해 모인 여자들과 그 여자들 위에서 내려다보는 사내가 있다. 그러나 결국 사내가 내려다보는 상황은 역전되어 '그놈'을 고르는 여자들이 '그놈'을 잡고 있다. 상품과 인간을 '그놈'과 '여자' 사이에 맞물려 놓는다. 사람이 고르고 있는 상품이 인간을 고르는 상황으로 뒤바뀐다. 명품을 도용한 가짜 메이커의 상품을 고르는 여자들의 손놀림이 바쁘지만, 그 가짜를 즐기는 사람들의 허구적인 환상이 생의 리듬이 된다. 남대문 시장은 서민들과 밀접한 관계를 맺는다. 대다수의 사람들은 진짜 명품의 메이커도 모르면서 사람들을 따라 고르고 있다. 남들이 하니까 따라서 달라붙은 사람들은 李씨가 부르는 고성에 이끌린 무리이다. 그들은 진짜 상품의 품질이 난장에 있는 상품과 질적인 면에서 얼마나 다른지 알지 못한다. 다만 찍혀진 메이커의 모양만 보고 상품을 고르고 있다. 마치 인간의 프

로필로 인간 관계를 맺는 무리들과 같은 상황이다. 그 사람이 무엇을 정말 좋아하고, 어떤 것을 느끼면서 살아가는 것이 중요한 것이 아니다. 그 사람의 외적인 것을 인간 관계의 척도로 삼는 무리를 가짜 메이커를 고르는 모습에 빗대어 보여준다.

하늘을 뚫고 처음으로 1994년의
잠자리 두 마리가
불쑥 뜰 안쪽에 나타났다

1994년 5월 19일
급히 시계를 보니 바늘이
오후 3시 14분을
긁고 있었다

두 마리는 서툴게 허공을
서너 번 열고 다니더니

—① 「1994」 부분

발맞추어 다시 그런 시간의 반복되는 행진을
그리고 그리고로만 발맞추는 사람을 빠져나와
고독하게 길 위에 발자국을 찍는 시간과

—② 「행진」 부분

뜰이 조금씩 황폐해지고 있다.
사람과 시간이 친절하게도 그것
을 돕는다. 육체도 정신도 역으로

따스하다.

―③「운동」부분

감동할 시간을 주지 않고 한 사내가
간다
핸드백과 한 여자의 아랫도리 사이
하얀 성모 마리아의 가슴에
주전자가 올라붙는다
시간을 주지 않고
나는 시간을 따로 잘라내어 만든다

―④「거리의 시간」부분

①에서 '잠자리 두 마리'가 불쑥 뜰에 나타나, '죽은 서나무' 가지를 '가운데 두고', 하늘의 몸을 가지고, '머물며' 내려다보다가 '돌아보며' 어두워질 때까지 '있다가 갔다'. 니체의 영원회귀는 지나감의 문제에 대한 대답이다. 회귀는 생성되는 것의 존재이다. 잠자리의 움직임은 순간적인 현재였다가 과거로 지나갔다. 순간은 동시에 현재이고, 과거이기 때문에 그것이 지나가기 위해 공존해야 한다. 순간은 현재, 과거, 미래와 맺는 종합적인 관계이다. 오후 3시경 처음 나타난 잠자리 두 마리가 '어두워질 때까지' '있다가 갔다.' 잠자리가 가는 순간에 오후 3시경에서 어두워질 때까지의 잠자리의 과거와 '오지 않았다'의 미래가 포섭된다. 왜 하필 '죽은 서나무'를 '가운데 두고' 잠자리가 돌다가 갔을까? 역설적으로 죽음은 생명이다. 죽음에 머물다 지나간다는 것은 생명이 지상에 머물다 가는 시간성이라 할 수 있다. 순환적 사이클로 도는 삶과 죽음은 차이들의 역동성으로 이루어진다. '잠자리'는 '하늘을 뚫고' 잠시 나무에 머물다 갔다. 이는 생명의 끝없는 반

복과 생명의 유한성이다. 영원회귀는 부정을 변이시키고, 무거움을 가벼운 어떤 것으로 변화시킨다. 그것은 부정이 긍정을 가로지르는 힘이다. 잠자리 두 마리의 영원회귀는 뜰에 있는 서나무에서 잠시 머물다 지나가는 행위로 이루어지고 있다. 죽은 나무는 죽음에 잠시 머물다 사라지는 어떤 생명을 유추하게 한다. 죽음은 오히려 삶으로 변이되고, 죽음의 무거움은 삶의 가벼운 움직임으로 하늘의 몸을 가진다. 잠자리는 죽음과 삶의 무거움을 순간적으로 보이다 사라진다. 그리하여 삶과 죽음은 잠자리의 가벼움으로 변이되며 지나가고 있다.

②에서 시간은 하이데거가 말하는 지나가는 일 '그 자체'로서 스스로를 나타낸다는 말과 상통한다고 볼 수 있다. 때문에 시간은 행진을 하면서 스스로를 나타낸다. 베르그송은 시간이 공간이라고 한다. 때문에 시간이 '눈과 눈 사이'의 공간을 지나가고 있다는 것도 설득력을 가질 수 있다. 앞으로 향하여 전진하는 시간은 인간과 '발맞추어' '행진'을 반복한다. 그러나 시간은 인간의 발을 맞추다 빠져나와 '고독하게 길 위에 발자국을 찍는'다. 그러나 인간을 벗어날 수 없는 시간과 또다시 시간의 그 발자국에 함께 찍히는 인간의 모습은 반복된다. 행의 끝에 있는 '시간과'는 끝날 수 없는 무수한 반복적 의미의 강조이다. '과'는 시간이 반복되는 삶과 죽음의 발자국을 잇는 순환적 반복이 연결되기를 기다리는 연결어이다. 생명과 죽음은 시간이 행진을 하면서 순환적 반복을 계속하기 때문이다.

③에서 무너지고 있음은 새로운 시작의 조짐을 느끼게 한다. 사람과 시간은 황폐하게 사라지는 시간에 동참한다. 살아 있는 생명체의 움직임은 운동의 지속으로 이루어지는 것이다. 운동은 공간과 시간의 순환적 움직임을 역동적으로 이어가는 힘이다. 고정된 정체성은 더 나은 것으로 가는 길을 멈추는 행위이다. 움직임은 고정성을 흔들고 새로운 것을 받아들이기 위한 운동이다. 생명의 연속은 다양한 지층

과 다양한 공간 혼합의 지속적인 운동으로 이루어진다. 이 운동은 새
로운 것을 위한 무너뜨림으로 반복된다. 고정되었던 생각의 뜰을 무
너뜨림으로써 새로운 뜰이 태어난다. 무너지는 것의 사라짐과 새로운
생명의 유동성을 잇는 끈은 따스함이다. 그리하여 우리는 생명에 대
하여 외경에 휩싸인다.

④의 시간은 사내와 여자의 지나가는 움직임으로 진행되며 나타난
다. 보이는 것은 보이지 않는 시간을 짝으로 나타난다. '감동할 시간
을 주지 않는' 시간을 사내와 여자의 움직임으로 이어가다가, '나는'
시간을 잘라 만드는 역할로 반전한다. 반전은 비계획적 틈이 만든 자
연의 손길과 같다. 견고한 이성이 순간적 이탈로 정서를 포용한다. 언
제나 흘러가고 있던 시간을 주지 않고, 그것을 내가 잘라낸다는 파격
적인 시도가 그렇다. 탄생과 죽음이 흔적으로 비밀에 부쳐진 시간을
만들고, 사물의 형태로 변이된 시간이 있다.

사내와 여자가 거리를 지나가는 모습은 현재의 순간적인 움직임이
다. 그러다 여자는 모가지를 남의 어깨에 붙이고, '내'가 제 자리에
'나'를 붙이고 있다. '여자의 아랫도리 사이'에 '하얀 성모 마리아의
가슴'이 있고, '마리아의 한쪽 가슴에서' 물이 흐른다. 성모 마리아의
출현은 가시적인 세계에서 비가시적인 세계의 이행을 나타낸다. 성모
마리아의 가슴에 달라붙는 '주전자' 때문에 비가시성의 세계가 '여자
의 아랫도리' '사이'로 이동된다. 여자가 자리에 멈추고, 아스팔트의
'트럭'에 의해 '사내와 여자들'이 뭉개지고 있다. 거리에서 움직이는
물체들은 시간의 비가시적인 세계와 함께 한다. 비가시성과 가시성,
그 사이의 시간은 사내와 여자의 형상이 뭉개지는 모습으로 사라진
다. 사라짐은 지속되는 시간의 운동을 만드는 긴장이 된다.

장미를 땅에 심었다

순간 장미를 가운데 두고
사방이 생겼다 그 사방으로 길이 오고
숨긴 물을 몸 밖으로 내놓은 흙 위로
물보다 진한 그들의 그림자가 덮쳤다
그림자는 그러나
길이 오는 사방을 지우지는 않았다

—① 「사방과 그림자」 전문

사루비아를 땅에 심었다 꼿꼿하게
선 그 위에 둥근 해가 달라붙었다
사루비아 옆은 여전히 비어 있어
모두 길이다

—② 「사루비아와 길」 전문

①에서 장미의 요소가 생명의 시간과 장소를 만든다. 사방을 만들고, 길을 만들고, 흙 위로 '그림자'를 덮고 있다. 장미에서 빠져나온 '그림자'는 변형된 장미이다. 장미의 변형인 '그림자'는 우리를 움직임 속에 들어가게 하고, 움직임이 함유하고 있는 추상적 사고의 뒤뜰로 안내한다. 추상은 다시 장미의 형상 속으로 귀속된다. 움직임의 역동성은 순환을 이루고 있다. 우리는 여러 형태들을 뚜렷하게 구분할 수 없는 지역에 서게 된다. 이 지역에는 선들의 명확성이 빠져나온 곳이다. 장미가 빠져나와 그림자가 되고 장미는 움직이지 않으면서 사방은 움직이고, 길이 오고 있다. 장미를 통해 사방과 길을 감각하게 하기 위해 흙의 움직임을 조합한다. 흙은 몸이 되어 물을 몸 밖으로 내놓고 있다. 장미는 몸이 되자 사방을 몸 밖으로 내놓고, 그림자를 몸 밖으로 빼낸다. 이제 보이지 않던 사방의 공간은 자신의 몸을 보이

면서 움직이고 있다. 길을 지우지 않고 받아들이는 행위로서 움직이는 것이다. 마치 생명을 위해 사고하는 의식은 죽음에 대하여도 동시에 의식하고 있듯이 사물과 공간은 동시에 움직이는 운동성 속에 살고 있음을 사방과 그림자의 움직임을 통하여 보여주고 있다.

②를 본다. 사루비아의 옆이 '여전히 비어 있어' '모두 길'인 그곳은 침묵의 얼음, 그 아래에서 사유의 물고기가 자유롭게 움직이고 있음을 느끼게 한다. 길은 사루비아를 심는 행위에서 열리고 있다. 수직으로 꼿꼿하게 서 있는 사루비아에 해가 달라붙고, 비어 있어서 모두 길이 된다. 비어 있는 곳에 허공이 가득하다. 사루비아와 길 사이의 허공 때문에 사루비아와 길은 서로의 차이를 살릴 수 있다. 사루비아는 더욱 사루비아답게 서 있을 수 있고, 길은 길답게 길이 된다. 비어 있는 허공이 사루비아와 길 사이에서 공명을 일으킨다. 땅과 해 사이에 사루비아가 있고, 땅과 해는 사루비아를 매개로 연결되고 있다. 사루비아와 허공 사이에서 모두 길이 된 길은 유목 공간이다. 유목 공간은 언제나 어긋나는 힘을 발휘함으로써 이원론을 빠져나와 유형화된 계열을 거부하는 카오스모스적 공간으로 나아가는 곳이다.

> 육체도 없이 늘 사랑한다고 말하며 와서 함께 자고 가는 시간
> 의 이불 밑에서
> 이불 밑에서 나와
> 혼자 식탁에 숟가락을 놓고 있는 여인이여
>
> —① 「別 曲」 전문

> 시간과 시간 사이를
> 쇠비름이 파고든다
> 시간과 시간 사이의

엉뚱한 곳에서
인간의
길을 좁힌다
시간과 시간 사이를
한 시인이 지나간다
시간의 아니 장소의
흙냄새가
신발 밑에 붙는다

— ② 「잡풀과 함께─황동규에게」 부분

①에서 시간의 추상성이 현상화(現象化)를 이루고 있다. 우리는 현상을 통해 추상을 추적하다가 다시 현상으로 돌아오는 과정에서 본질이 잠시 현시하는 것과 만난다. 시간은 우리와 함께 살고 있지만, 그 모습을 숨긴다. 그러한 시간의 육체성이 없음을 상기시키다 가장 육감적인 여인으로 바뀐다. 잠시 왔다가 사라지는 순간의 본질을 여인으로 환기시키는 것이다. 그리하여 시간은 있음의 존재성을 확보한다. 우리는 시간과 동시에 공간을 떠나 살 수 없다. 자유는 순간들이 모이는 지속 속에서 이루어진다. 시간은 공간과 같은 동질의 장소에 있다. 지속을 이끄는 시간은 공간과 더불어 이루어진다. 시간이 공간에 투사되는 것은 운동성의 매개이다. 때문에 이불 밑이라는 공간은 시간과 더불어 있는 공간이다. 우리들의 자아는 우리 안에만 있는 것이 아니다. 이미 밖의 외부 세계를 만지는 것이다. 밖은 시간과 공간의 동질적 연속에 속하는 곳이다. 시간은 동질적인 공간이 위치를 다르게 하면서 서로의 구별을 돕는다. 현재에서 지속되는 순간은 지속과 함께 사라지는 순간을 공간 속에 흔적으로 남긴다. 그러한 순간 운동의 지속성을 여인의 모습으로 상기시키고 있다.

136

②에서 잡풀은 일구지 않은 황폐한 공간에 있으며 그곳을 채울 뿐이다. 그것은 다른 것들 사이에서 자란다. 이름과 이름 사이에 있는 잡풀은 이름의 역할에 구속되지 않는다. 때문에 잡풀이 모든 존재 중에서 가장 만족스런 삶을 영위하고 있다. '시간과 시간 사이를' 파고드는 '쇠비름'은 어떤 유형에 귀속되는 것을 거부한다. 시간과 시간 '사이'의 유목 공간은 '쇠뜨기'와 '살갈퀴'와 '엉컹퀴'를 변화시킨다. '씀바귀'와 '뽀리냉이'와 '떡쑥이'가 우연히 '인간의 길'을 변형시킨다.

'시인'이 '시간과 시간 사이'를 지나가고 있다. 시인은 이름과 이름 '사이'에서 자라는 잡풀처럼 노래한다. 유형의 이름을 거부하는 좁은 길에서 '흙냄새'를 '신발 밑'에 붙이고 있다. '냄새'는 보이지 않는다. 비가시성의 세계를 '신발 밑'에 붙이는 시인은 모든 것들의 차이들을 차이로 역동시키는 자유를 연다.

2) 시간의 스밈과 짜임

「순례」는 「순례 서(序)」에서 「순례」를 부제로 1~20까지 이어진다. 연작은 사유 과정과 사유하는 자의 경험에 대하여 관찰하고 있다.

  1

    들은 길을 모두 구부린다
    도식주의자가 못 되는 이 들[平野]이
    몸을 풀어
    나도 길처럼 구부러진다

  2

종일
바람에 귀를 갈고 있는 풀잎
길은 늘 두려운 이마를 열고
나를 멈춘 자리에 다시
웅크린 이슬로 여물게 한다

모든 길은 막막하고 어지럽다 그러나
고개를 넘으면
전신이 우는 들이 보이고
지워진 길을 인도하는 풀이 보이고
들이 기르는 한 사내의
편애와 죽음을 지나

먼길의 귀 속으로 한 발자국씩
떨며 들어가는
영원히 집이 없을 사람들이 보인다

바람이 분다 살아봐야겠다

3

바람이 분다, 살아봐야겠다
숲이 깊을수록 길을 지워버리는 들에서
무엇인가 저기 저 길을 몰고 오는
바람은

저기 저 길을 몰고 오는 바람 속에서

호올로 나부끼는

몸이 작은 새의 긴 그림자는

무엇인가 나에게 다가와 나를 껴안고

나를 오오래 그림자로 길가에 세워두고

길을 구부리고 지우고

그리고 무엇인가 멈추면서 나아가면서

저 무엇인가를 사랑하면서

나를 여기에서 떨게 하는 것은

—「순례 서(序)」 전문

〈1〉에서 도식주의자도 되지 못한 '들[平野]'과 '나'를 병치시킨다. 들이 길을 구부려 '나'도 '길처럼 구부러진다.' 〈2〉에서는 '바람에 귀를 갈고 있는 풀잎'과 길이 된 '나'의 이마의 두려움이 '웅크린 이슬'로 여물게 한다. 길이 된 나와 객관적인 '모든 길'을 병치시키면서 어지럽다고 토로한다. 들이 울고, 풀은 지워진 길을 인도하고, 들이 기르는 한 사내가 길의 '귀 속으로' 조심조심 들어가면, 영원히 집이 없을 사람들이 있다. 바람이 귀를 열어주니 살아봐야겠다고 다짐한다. 〈3〉에서 바람이 불어 살아야겠다고 다짐을 한다. 바람은 길을 몰고 오기 때문이다. 그 바람 속에서 작은 새의 그림자가 '나'를 껴안고 있다. '나를' 그림자에 세우고, 길을 구부리고, 지우고, 무엇인지 모르지만 무엇인가 멈추면서 나아가는, 저 무엇인가를 사랑하면서 '나를' 떨게 하는 것에 대하여 묻는다.

들은 환하게 열려 있는 공간이다. 누구도 벽을 둘러 형식을 강요하지 않는 들이다. 때문에 들은 도식주의자도 될 수 없다. 벽과 벽이 차단을 이루는 공간은 바람을 막아 휴식의 공간이 된다. 그러나 바람이 없는 휴식공간에는 길이 없다. 왜냐하면 길은 바람에 의해 형성되기 때문이다. 들은 바람에 의해 길을 구부릴 수 있다. 길은 어떤 틀로 나아가는 통로이다. 하지만 들의 바람이 길을 구부리기 때문에, 안정을 선사할 틀을 만들지 못한다. 구부러지고 있는 길은 계속 구부러질 뿐, 형체를 만들 수 있는 선이 될 수 없다. 바람이 잎의 귀를 내어, 사내는 그 잎의 귀 속으로 들어가, 평화의 집을 가질 수 없는 사람들의 모습을 본다. 들이 기른 사내는 길을 몰고 오는 바람 속에 있다. 사내는 입체를 망각한 작은 새의 '그림자'가 된다. 사내가 사랑하고 있으면서 떨게 하는 무엇이 길을 구부리고 지우면서 나아가게 한다. 그 무엇인가는 무엇일까? 영원히 안주할 집으로 가는 길이 아닌, 죽음조차 지나가는 먼길이다. 죽음조차도 안일을 던져줄 수 없는 곳에는 상승의 욕구를 가진 자들의 방황이 있을 뿐이다. 니체의 말을 빌리면, 천민의 무리에서 벗어나 초인이 되고자 소망을 품은 자들의 끝없는 도전일 것이다. 그들은 신이 이룩한 진리를 감히 침범하고자 힘을 합친 전사이다. 신의 왕국에 있는 진리를 훔쳐 단 한 순간의 희열을 맛보고자 한다. 아니면, 희열이 없다하더라도, 그렇게 위를 향하여 끊임없이 사유의 문턱을 넘을 수밖에 없는 자들의 숨 가쁜 행렬일 것이다. 진리를 사랑하는 그 떨림 하나로 죽음의 문턱도 지날 수 있는 자들의 호흡이다.

그러나 니체식의 수직적인 상승욕구로 무엇인가를 다 말할 수 없다. 왜냐하면 수직적인 것도 아닌, 수평도 아닌, 들의 바람이 구부리는 길이 된 '나'이기 때문이다. 수직적인 틀을 가진 자들은 하늘을 향하여 수직을 타고 상승하고자 올라간다. 수평적인 틀은 넓게 펼쳐진 공간으로 가면 된다. 하지만 수직도 수평도 아닌 곳의 구부러짐은 모양이 없다. 어떠한 틀도 없는 들이다. 들이 들로 있는 들이 아니라, 들의 바람이 구부리는 길이 있는 들이다. 신이 가진 도식을 부수면서 또다시

신의 자리에 무언가를 생산한 우상을 부수는 길이다. 끊임없이 부수
는 힘은 새로움에 대한 도전이기에 세상을 바꿀 수 있다는 희망의 힘
이다. 집을 가질 수 없는 자들의 방황은 새로운 세상도 도식으로 이루
어진다는 것을 알고 있다. 그럼에도 불구하고, 틀이 오히려 그 틀을
부수게 하는 이유가 되기 때문에 삶의 이유가 되는 것이다.

　이 시는 들의 모습으로 사유의 형태를 보여준다. 추상과 현상이 씨
실과 날실로 교직되면서 사유의 긴장이 물비늘처럼 이어진다. 시의
첫줄 '들은 길을 모두 구부린다'에서 시작된 사유는 '나를 여기에서
떨게 하는 것은'의 마지막 행과 함께 톱니바퀴에 맞물려 돌아간다.
마치 시의 첫 행이 프러펠러라면, 마지막 행은 프로펠러에 바람을 부
여하는 것과 같다. 그 바람 속에 있는 독자는 사유의 물결을 피할 수
없다.

　「순례 서(序)」는 이어지는 부제 「순례 1—20」을 요약하여 표현한
시라 할 수 있다. 부제 「순례」의 1에서 20까지는 성지를 찾는 행위가
시간과 공간을 매개로 이루어지듯이, 사유 과정 또한 시간과 내면 공
간을 매개로 이루어지고 있음을 나타내고 있다. 시간과 공간은 사유
과정과 상호 침투하고 있다. 때문에 공간의 외재적 현상이 서로 불가
입적이지만, 우리들의 의식을 점령하는 것은 서로 구별된 사물들의
상호침투 현상으로 들어온다. 다음은 부제 「순례1—3」을 묶어서 보도
록 한다.

　강가에서
　그대와 나는 비를 멈출 수 없어
　대신 추녀 밑에 멈추었었다
　그 후 그 자리에 머물고 싶어
　다시 한번 멈추었었다

비가 온다, 비가 와도
강은 젖지 않는다. 오늘도

비가 온다, 비가 와도
젖은 자는 다시 젖지 않는다.

—「비가 와도 젖은 자는—순례 1」 부분

상처의 어두운 골짜기에서
날아오르는 새들
깊고 오래된 메아리 하나처럼
잔가지 사이로 길의 부리를 묻는다.

그물에 걸린 길만 생선처럼 퍼덕인다.

—「적막한 지상에—순례 2」 부분

아무도 죽음을 부축할 수는 없다.
그러나 움켜쥔
죽음의 손은 펴지지 않는다.
잡힌 사람들은 그의 손에서 떠나지 못한다.

비가 내린다, 거울 속에
구름이 간다, 그 거울 속에.
비가 내린다,
비를 먹고 무성히 자란 잡풀 속에.

움직여라 죽음이여

그대는 풀잎 하나 흔들지 못한다.

―「기댈 곳이 없어 죽음은―순례 3」 부분

「비가 와도 젖은 자는―순례 1」[4]의 첫째 연은 과거이다. '강가에서' 비를 멈출 수 없어 그대와 내가 '대신 추녀 밑에' 멈추었었고, '그 후' '그 자리에 머물고 싶어' 다시 한번 멈추었었다. 둘째 연은 지금 비가 오고 있고, 강은 젖지 않는다. '나'의 외재성만 젖게 하고, '나와 그대'의 안으로 비가 젖어들지 않는다. 시간은 그대와 내가 떠나도, 비 '사이'로 '들판'을 갈 것이다. 시간의 미래를 제시한다. 셋째 연은 강물이 혼자 가고, 여름을 보낸다. 그 여름의 옷자락은 잠시 머물 수 있다. 잠시는 생명을 가진 모든 것들의 유한성을 의미한다. 넷째 연은 고기들이 강을 거슬러 오르다가 하늘로 가지 않고, 잠시 머물며 이름 속에서 잠시 쉬고, 스스로 그 이름이 되어 강을 떠나고 있다. 다섯째 연은 비가 오고, 젖은 자는 다시 젖지 않는다고 단정한다.

시간의 비가시성에 구속되는 생명의 시간성은 공간을 통하여 그 존재의 형상을 부각시킬 수 있다. 비가 내리는 강가에서 그 비에 단 한 번만 젖을 수 있는 '젖은 자'는 시간과 이름 속에 잠시 머물다 떠난다. 생명을 가진 존재가 지상의 공간과 시간 속으로 스며들다가 사라진다. 하지만, 시간은 순례 속에서 영원히 지속된다. 공간과 시간의 존재인 생명들은 일정한 공간과 시간을 자신의 의식으로 끌어들이다가 결국 소멸한다. 그 소멸은 다시 시간의 지속성으로 생성되고, 이 생성은 직관적으로 계속 이어진다.

강은 비들의 모임으로 이루어진다. 빗줄기의 하나가 하나의 생명의

---

4) 부제 「순례 1―20」은 이후 제목과 부제 순례를 생략하고, 숫자 표기로 한다.

이름이라면, 이름 속에서 살다가 이름이 되어 강을 떠나는 생명들의 유동성이 결국 비가 된다. 단 한번 젖을 수 있는 비로 살다가 떠난다. 비가 떠나는 과정과 젖지 않는 강물이 병치를 이루면서 교차된다. 같은 물에 두 번 발을 담글 수 없다는 헤라클레이토스의 말처럼 일회적인 사건과 연결되는 크로노스적 시간과 순간이면서 동시에 영원의 아이온적 시간이 충돌하며 사유의 스펙트럼을 펼친다.

'비'이면서 동시에 '강물'인 존재의 유한성과 무한성의 교차는 비를 멈출 수 없어, '대신 추녀 밑에서' 단 한 번 다시 멈추는 반복의 수행으로 생명의 일회적 시간에 반역을 이룬다. 때문에 생명은 감각을 얻을 수 있었고, 비에 젖을 수 있었고, 자유를 얻어 자신이 스스로 이름이 되어 강을 떠날 수 있었다. 반역은 인간의 의지로 연장시킨 시간이다. 순리를 부수고 의지로 만들어낸 시간의 연장은 냉철한 거리를 유지한다. '비가 온다.' '비가 와도 젖은 자는 다시 젖지 않는다.'라는 마지막 연에서 시간의 일회적 절대성을 수용하는 것이다.

〈2〉는 〈1〉에서 시간의 일회성을 인정한 생명이 '적막한 지상에' 자신의 이름 속에서 생을 진행한다. 상처 난 '어두운 골짜기'에서 생명은 '잔가지 사이'로 '길'을 묻는다. 가지와 가지 사이에 있는 길의 물음은 '생선처럼' 퍼덕이는 생의 리듬이 된다.

그러나 〈3〉에서 생의 퍼덕이는 리듬도 '죽음'을 부축할 수 없기에 지상에 죽음을 눕히고 만다. 사람들은 죽음의 손에 잡혀 떠나지 못한다. 죽음은 생을 에워싸고 있는 어두움이다. 이 어둠은 생의 빛을 부각시키는 배경이 된다. 배경은 생의 자리를 대신할 수 있고, 생은 죽음의 배경이 되기도 한다. 죽음과 생은 서로 교통한다. 죽음과 생의 '사이'를 잇는 거울의 세계에 비가 내리고 있다. 생과 죽음은 거울의 매개로 영혼과 육체를 종합한다. 죽음을 먹고 자란 '잡풀 속'의 실체를 향하여 죽음이 움직이기를 소리친다. 그러나 죽음은 부동이다. 이어서 「순례 4—6」을 보기로 한다.

　　— 아무리 색칠을 해도 영원히
　　 절망은 혼자 아름답다.

　　확인하리라. 달빛에 수태하는 잠을
　　잠 속에 앉은 그대의 부서지지 않는
　　그림자의 자물쇠가 일대(一代)를 덮고
　　길게, 기일게 빛남을.

— 「아무리 색칠을 해도—순례 4」 부분

　　시간의 잎이 몸 하나 다치지 않고
　　그곳을 통과한다
　　얼마나 가벼운지!

— 「허공의 그 무게—순례 5」 부분

　　어둠에 젖지 않는 것들
　　자물쇠와 별빛과

　　호명이 끝난 뒤에
　　그대의 웃음소리

— 「마지막 웃음소리—순례 6」 부분

　〈4〉에서 그리하여 죽음은 절망한다. '아무리 색칠을 해도' 절망은 혼자이다. 생명의 빛은 탄식인 동시에 웃음이다. 빛은 서로 엉키지 않고, 흩어져 길을 사라지게 한다. '밤의 문을 열고 들어선 그대와 나는' '잠

속에 암처럼 앉는다'. '그대와 나는' 무제한 증식되는 '암'처럼 휴식을
취한다. 그들은 '숲의 이슬'로 부풀어 '그림자의 자물쇠'가 된다. '그림
자'는 한 세기를 넘어 길게 빛난다. 생명을 무제한 연장하는 '그림자'
는 윤곽 안에 국지화된 현존을 빠져나온 신체이다. 길을 사라지게 하
면서 빛으로 무한히 증식된 그림자는 생명을 수태하는 잠 속에 있다.
'부서지지 않는 그림자의 자물쇠'가 되어 '일대(一代)'를 확보한다. 그
리하여 〈5〉에서 시간의 잎은 하늘을 앉히고 가볍게 허공을 통과한다.
  〈6〉의 어둠에 젖지 않는 '자물쇠'와 '별빛'은 비에 젖지 않는 강물과
유사한 이미지이다. 어둠에 젖지 않는 것들은 그림자의 자물쇠가 길
게 남긴 '별빛'과 이름으로 호명되지 않는 생명으로 살아난다. 이름
뒤안길의 생명은 삶의 사슬을 이끄는 웃음소리를 낸다. 죽음으로 떠
나다 남긴 길이 저희들끼리 몸을 섞으며 별빛 아래서 살아난다. 다음
은 「순례7—9」를 보자.

예수는 서른 살에서 서른세 살까지
3년 동안 할 일을 모두 끝냈다는 이 밤

나는 서른한 살
아직 죽을 때가 못 된다고 이 밤은 단정한다.
내 육체를 비벼대는 비, 비, 비—

—「호명하지 않아도—순례 7」 부분

그대, 바다로 오라
누구나 바다에 닿지는 못하지만
옷 벗은 사람을 만나리라.

—「바다에 닿지는 못하지만—순례 8」 부분

146

떨어져 내린 빛은
숲에서

우리 몸에 와서
흐르는 반야(般若)로 떠돈다.

—「떨어져 내린 빛은—순례 9」부분

〈7〉에서 그러나 이름을 부르지 않아도 밤이 오고, 밤은 어둠을 다시 깔아놓는다. 비가 내리고, 다시 밤이다. 예수의 생애와 비교되는 서른한 살의 '나는' 죽지 않아야 한다고 단정한다. 비는 그러한 나의 육체를 비비고 있다.

〈8〉의 '나는' 예수처럼 죽을 수 없기 때문에 살아야 한다. 사는 행위는 바다에 이르기 위한 과정에 있다. 빗줄기의 '나는' 강물이 되지만 바다에는 이르지 못한다. 누구나 바다에 이르지 못하는 한계를 알지만, 그럼에도 불구하고 바다로 향하는 마음을 잃지 않는 사람들은 진실을 만날 수 있다. 바다를 찾는 사람들이 미래에는 알몸의 진실을 만나기 때문이다.

〈9〉에서 빛은 숲에 이르러 사방으로 흩어지면서 새가 되어 날아간다. 물에 이르러 물새가 되어 숲으로 가는 빛이 된다. 그 빛은 그대의 몸에서 물소리를 내고, 우리 몸에 와 만물의 이치를 깨닫게 한다. 이어서 「순례10—12」를 보도록 한다.

살아 있는 주검의 비밀은 주검만이 안다.
우리가 주검이 두려운 건
우리가 주검의 비밀이기 때문이다.

—「그리고 우리는—순례 10」 부분

살아 있는 것은 흔들리면서
살아 있는 몸인 것을 증명한다.

피하지 마라
빈 들에 가서 깨닫는 그것
우리가 늘 흔들리고 있음을.
—「살아 있는 것은 흔들리면서—순례 11」 부분

우리는 우리가 무엇에 진실로
물드는지 모르고 있다.

연탄집의 햇빛은
연탄가루 때문에
조금씩 엷어져가고.
—「진실로 우리는—순례 12」 부분

〈10〉에서 우리는 만물의 깨달음으로 살아 있는 '주검의 비밀'을 감지한다. 우리의 삶이 주검과 동일시되고 주검과 삶이 교류하고 있다. 우리는 주검이면서 동시에 생이다. 때문에 '주검의 비밀'을 지키기 위해 '주검'의 모든 '구멍'을 막고, 팔다리를 묶어 안심하기 위해 지하에 묻고, 흙으로 봉분을 쌓는다. 주검의 입을 흙으로 막아 '주검은 한잔 할 길이 없다'. 그러면서 생은 낄낄거리면서 웃고 있다. 잠시 생은 자신의 모습인 주검을 망각하고 싶은 두려움 때문에 주검의 비밀을 겹겹이 에워싸고 있다.

그러나 〈11〉의 '살아 있는 것은 흔들리면서' 자신의 존재를 증명한다. 주검을 꼼짝 못하게 하고, 생은 들판의 슬픔과 고독, 그리고 고통으로 바람에 쓸리며 자신을 헤집는다. 아무 것도 없는 들에서 항상 흔들리고 있는 생의 비밀을 깨닫는다.

〈12〉에서 생이 흔들리고 있음으로 존재를 확인한 우리는 이웃의 '연탄집 아저씨의 웃음이' 검어지는 이유를 모르면서 지낸다. 일상의 변화를 간과하면서 우리는 진실로 무엇에 의해 우리가 변화되고 있는지 모르고 지낸다. 연탄집의 햇빛이 연탄가루 때문에 조금씩 엷어지고 있는데, 우리 자신은 무엇에 의해 살아가고 있는지 모르고 있다. 다음은 「순례13—19」를 묶어서 보기로 한다.

비가 온다. 어제도 왔다.
비가 와도 이제는 슬프지 않다.
슬픈 것은 슬픔도 주지 못하고
제 혼자 내리는 비.

—「비가 와도 이제는—순례 13」 부분

이 거리에서 나는
살아 있어 병이 깊다
그대 무엇이 깊겠는가
거리의 이 우리들 찬란한 유희 앞에서

—「비밀—순례 14」 부분

— 그대와 내가 기다리는 것은
    돌연히 얼굴을 나타낸다.
그때다, 그대와 내가 서둘 때는.

그때다, 그대와 내가

한 잎 뒤의 세계를
서둘러 훔칠 때는.

—「우리가 기다리는 것은—순례 15」 부분

어둠은 눈〔眼〕이 없어 뭉치고, 손이 없어 뭉치고, 입이 없어 뭉친다.
존재가 없어 뭉치고, 뭉쳐서 빛이 된 저 한 송이 흑장미의 웃음을!

—「어둠의 힘—순례 16」 부분

나를 만나려거든
나 대신 그 낱말이 있는 곳에 가봐라.

—「만남이 무엇인지도 모르고—순례 17」 부분

꽃을 죽이고, 꽃 속에 들어가 꽃의 아내와 아이들을 죽이고, 지하로 숨은
뿌리를 적발해내고, 마지막으로 꽃의 시체를 뜰에다 내려놓으면

비가 그친 거리에는 아이들 몇몇이
구름 깔린 하늘의 일부를 뜯어내고 있습니다.

—「푸른 잎 속에 며칠 더 머물며—순례 18」 부분

인생은 살기 어렵다는데 시가 이렇게 쉽게
씌어지는 것은 부끄러운 일이다.

—윤동주

내가 내 얼굴을 문지를 때
손자국이 스쳐간 나의 볼에도
동주씨

붉은 물감이 조금 묻어납니까?

　　　　　　　　　　　　　　　　　　—「아름다움은 남의 나라—순례 19」 전문

　〈13〉에서 이웃과 나의 관계도 모르고 살아가는 우리는 비가 와도 슬프지 않다. 비는 비일 뿐이다. '나'를 젖게 하지도 않는다. 사람들은 비 속으로 우산을 받쳐들고 비가 오지 않는 세계를 만들며 가고 있다. 세상과 다른 자신의 지붕을 만드는 사람들과 그 비에 젖는 사람들의 모습을 구경한다. 시적 화자는 구별된 두 세계에 속하지 않는다. 그들을 멀리서 보고 있다. '나'를 젖지 않게 하는 비는 이제 '나'와 유리된 세계일 뿐이다. 그래서 비는 아무런 감정을 일으키지 않는다. 슬프지 않고, 그저 비가 스스로 슬픈 상황이다. 비는 세상의 모든 이념이나 틀이라고 생각할 수 있다. 그 틀에 동요하는 사람들이 비에 참가한 사람들이라면, 자신이 지붕인 우산에 그 비를 피하고 있는 사람들은 자신의 도식으로 살아가는 사람들이다. 그러나 '나는' 두 세계의 이분법에 밀려나 자신의 틀을 만들지도 못하고, 그들을 관망하면서 세상을 구경하는 사람으로 서 있다. 아무런 감정이 없는 그 세계는 무엇이라 할 수 없다. 냉소도 아닌 열정도 아닌, 세상 무엇과도 교류를 차단하면서 거리를 유지하는 산책자일 뿐이다.

　〈14〉에서 삶은 비밀에 싸여 있다. 시적 화자는 그 비밀의 문을 열고자 노력을 하다가, 아무 것도 할 수 없다는 한계만을 느끼고 말았다. 삶을 관망하면서 거리를 걷는 산책자로 살아가고 있다. 거리에서 삶 속으로 들어가지 못하고, 그것을 구경만 하고 있다. 병은 깊어만 간다. 그러나 절망의 끝에 있는 문을 열면 빛나는 유희가 기다린다. 삶은 절망으로 의미심장한 말을 건다. 자신을 멋대로 규정하지 않을 수 있는 우리는 감정을 구속당하지 않고, 자유롭게 절망의 병을 앓는다. 죽음의 심층에 도달한 절망에 이르러서야 유희 공간이 열린다. 절망은 유희로 가는 길목에 있다.

〈15〉에서 유희의 문을 열었을 때, '그대와 나'는 돌연히 기다리던 얼굴을 만나게 된다. 그 문은 '그대와 나'를 흔들었던 바람에 의해 열리고 있다. 바람이 한 잎 뒤의 세계를 보여준다. '그대와 내가' 그 세계를 서둘러 훔친다. 그들은 삶의 비밀이 담긴 한 잎 뒤의 세계에 빠진다. 이 세계는 이성과 감성의 분리를 하나로 모은 무언의 어둠이다. 이러한 〈16〉의 어둠은 아무 것도 없어 서로 뭉친다. '존재가 없어' '빛이 된' '흑장미'의 '웃음'처럼 숫자로 분리하는 것을 잊어버리는 세계에 들어서는 것이다. 이러한 세계는 완전을 위한 과정에 있다. 완전은 언제나 과정 속에서 동경의 대상으로 머물 뿐이다. 때문에 시적 화자는 무언의 창조를 위한 시작을 꿈꾼다. 새로운 시작을 기다리는 시적 화자는 〈17〉에서 '만남이 무엇인지도 모르고' 만남을 갈구한다. 이러한 만남을 원하는 사람은 장소가 아닌 '낱말'에게로 가야 한다. 낱말이 겹겹으로 에워싸인 이 세계의 밀폐된 비밀의 통로를 열기 때문이다.

〈18〉에서 비밀은 추상으로 통한다. 추상은 현상의 밑그림이 만드는 미로를 지나 현상의 그림자가 된다. 잎 뒤의 세계에서 현상적 외재성을 죽이고, 꽃 속으로 들어간다. 그리고 자기 안의 자기를 죽인다. 죽음은 뿌리를 드러낸다. 죽이고, 죽임을 당한 꽃과 '내'가 하나님께 간구한다. 생의 비는 그치고, '내'가 죽은 후의 아이들이 하늘의 일부를 뜯어낸다. 죽음에 이른 시적 화자는 아무 것도 원하지 않는다. 또다시 사람들은 죄를 짓고 햇볕을 찾고, 또 몇몇은 자신의 집을 나와 다른 마을로 갈 것이라고 예견한다. 푸른 잎 뒤의 세계에서도 여전히 삶과 죽음은 반복되고 있다. 하나의 세계로 합류하지 못하는 사람들은 다른 길에 합류할 수 없음을 알면서 또 다른 길로 떠난다.

〈19〉에서 공동체에 속하지 못한 체념 때문에 시적 화자는 사유를 놓아 버렸다. 사유가 사라진 허탈한 가벼움으로 시인 윤동주를 부르며 자신의 처지를 토로한다. 순수를 잃은 자는 아직 볼에 '붉은 물감'이 있기를 갈망한다. 마지막으로 「순례 20」을 보도록 한다.

1. 상(像)

때때로 그것은 들에서
서걱이는 나뭇잎과 나부끼는
옷자락 사이로
그 형체를 나타낸다.
잠시 그리고
영원히.

때때로 큰 길에서
숲 속으로 느닷없이 그림자를 감추는
작은 길과
돌연히 우리의 뒷덜미를 잡는
그저 푸른 하늘,
하늘에 그 형체를 나타낸다.

우리가 그 앞에 멈추었을 때
그것은
흔들리는 나뭇잎과 옷자락
그리고 바람만을
우리 앞에 내놓는다.

번번이 실패하고 다시 기대하면서

우리는
우리를 위하여
단 하나
단 하나의 확신을 구한다.

수면은 가장 음험한 얼굴로
우리를
길 밖에 머물게 한다.

수면에 비쳐 있는 세계
잡을 수 없으나 가장 명확한
그러나
명확한 만큼 우리의 말을
정면으로 빈정대누나.

2. 소리

그대는 들을 것이다 밤중에
모든 것들이 자기 이름을 빠져나와
거기 그대 옆
풀밭을 거니는 발자국 소리를.

그대는 들을 것이다 길에서
바람도 불지 않는데
풀들이 눈을 뜨고
갑자기

벌레소리가 일제히 멈춤을.

명사로 부를 수는 없으나
동사로
거기 있음을 확신하는,
명사로 부를 때까지
오오래 서늘한 발자국 소리를
그곳에서 내는
그대는 볼 것이다
소리가 사라진 뒤에 남는
소리의 이슬 몇 방울을.

3. 말

나를 확신하기 위하여
나의 말을 믿는다.
모든 것을 확신하기 위하여
나는 말을 믿는다.

확신의 그늘에서 우는 풀벌레
확신의 울 안에서 서성이는 소
확신과 확신 사이로 내리는 어둠
꿈꾸지 않고 나는
꿈꾸는 대신 꿈을 씹는다.

나의 말이 지금 이 순간까지 한번도 확실하게 나의 형체를 드러내지 못

했고 미래까지 이 순간이 반복된다 하더라도 나의 믿음으로 믿음, 허위의
믿음이라도 믿음으로 믿음이다.

꽃을, 꿈을, 한국을, 인간을 하나의 명사로 믿을 때, 꽃도 꿈도 한국도,
물론 인간인 그대도 행복하다. 행복하기를 바라는 사람은 믿으라. 이 말은
예수의 말이 아니므로 믿으라.

—「별장(別章) 3편—순례 20」 전문

〈상(像)〉에서 예술은 본질을 담은 현상임을 표현한다. 의미는 현상
자체에 있다. 감각적 현상과 초감각적인 의미의 합일은 들에서 나뭇
잎과 서걱이는 옷자락 사이에서 형체를 나타낸다. 큰길에서 그림자를
감춘 작은 길과 돌연히 만나는 푸른 하늘에 그 형체가 있다. 우리가
그 앞에 멈출 때, 그것은 흔들리는 나뭇잎과 옷자락, 그리고 바람만을
우리 앞에 내놓는다. 흔들게 하는 형체는 무한한 것과 흔들리는 순간
의 일시성이 전체적인 합일을 이룬 세계이다. 이상과 현상이 내적 통
일을 이루는 세계이다. 이러한 세계는 우리를 수면의 길 밖에 있게 하
고, 수면에 세계를 비추면서 만질 수 없게 한다. 그러나 그 세계는 잡
을 수 없으나 명확하다. 그 세계는 명확한 만큼 그 세계를 잡으려는
우리를 빈정대고 있다.

〈소리〉는 밤중에 이름을 빠져 나온 발자국들의 움직이는 소리이다.
길에서 바람이 불지 않는데 풀들이 눈을 뜨고, 벌레들의 소리가 멈춘
다. 이름으로 부를 수 없으나, 동사로 거기 있음을 확신하게 하는 발
자국 소리이다. 사유는 발자국 소리로 청각화를 이룬다. 감각으로 움
직이는 사유는 명사로 명명되기까지의 움직임이다. 소리가 사라진 뒤
에 소리는 몇 방울의 이슬로 남는다. 이슬은 잠시 영롱하게 빛나다가
사라진다. 명사의 이름으로 명명되었던 이념의 집을 나와 발자국으로

156

걷는 이념의 사각형은 형체를 잃어버리고, 단 한 순간의 이슬로 남아 현상을 이루다 사라진다. 수면 위의 명확한 세계를 향하여 걷던 사유는 이슬로 남는다. 사유는 잠시 이름으로 있다가 이름을 빠져나와 또다시 들을 걸어야 한다.

〈말〉은 '나를' 믿기 위해 '나의 말'을 믿는다. '확신과 확신 사이로 내리는 어둠'으로 '나는 꿈꾸는 대신 꿈을 씹는다'. '말'은 한번도 '나의 형체'를 드러낼 수 없었다. 이러한 반복이 미래까지 이어져도 믿음은 '내'가 믿기 때문에 '믿음이다.' 꽃과 꿈을, 인간을 하나의 명사로 믿을 때, '행복하다.' 명사와 명사 '사이'의 방황에서 벗어나, 하나의 명사에 갇혀 있는 틀을 믿으면서 행복하기를 희구한다. 이 열렬한 희구 속에 역설적으로 절대로 그렇게 단순하게 명사를 믿을 수 없음을 드러낸다. 믿음을 믿으라는 강력한 어조에 오히려 믿을 수 없음을 내포한다. 예수의 말이 아니므로 믿으라는 강변으로 더욱더 믿지 못함을 강조한다. 행복하려는 사람들은 '믿으라'고 강력하게 명령하는 이면으로 믿는다는 것의 위험을 강조한다. 사유자의 영토는 믿음으로 안주할 수 없는 유목 공간에 있다. 힘찬 어조는 오히려 믿음에 대한 희화화를 만들게 된다.

이상과 현상이 내적 통일을 이루고 있는 형체를 수면 위에서 보고 있으나, 잡을 수 없다. 그것을 갖기 위해 이름을 벗어나, 움직이고 있으나, 남은 것은 단 한 순간에 불과한 몇 방울의 이슬이다. 형이상학적 진리의 세계에 대한 희구는 사물과 사물의 '사이'에 있다. '사이'에 있는 사유는 어둠을 감수하면서 밤중에 길을 간다. 하지만, 아주 잠시 이슬이 될 뿐이다. 그러한 사유의 덧없음을 위해 미래에도 반복할 수밖에 없는 진리는 무엇일까? 믿음에 안주할 수 없는 의미의 물음은 진리의 심층이다. 영원히 알 수 없음을 알면서 항상 고단한 유랑의 길을 떠나도록 종용당하는 예술의 길이다.

제4장

시학의 주사위

주사위 놀이는 낮은 곳에서 높은 곳으로의 변화이다. 웃음은 웃음소리의 다수성을 긍정하고, 그 다수성을 단일성으로도 인정한다. 주사위는 하늘로 한없이 올라가지 않는다. 하늘로 오르는 상승지점에서 인간이 갖는 최대의 소망을 잠시 현현하다 땅으로 내려온다. 소망은 이성의 세계로 돌아오는 것보다 비합리적인 열정의 귀환을 원한다. 비합리적인 권리로 던지기를 포기하지 않는 것이 예술의 욕구이다. 물비늘처럼 흔들리는 사유를 지나 유희 공간을 여는 예술이 놀라운 신비를 선사한다. 놀이는 자신의 고유한 규칙에 따른다. 선재하는 규칙은 없다. 그런 이유 때문에 모든 우연은 필연적으로 승리하는 던지기 안에서 매번 긍정되는 것이다. 놀이에서 제외되는 것은 아무 것도 없다. 주사위 던지기는 던지기의 열린 공간 안에서 정착적인 분배가 아니라, 유목적인 분배를 한다. 그래서 놀이의 이념은 순수하다. 유희는 사유가 태허(太虛)를 만나 한없이 무거워지다가, 그 무거움을 압축하는 가벼움이 창조하는 천재예술의 본질이다. 유희는 인식 능력의 자유로움을 우리에게 선사한다. 예술의 언어는 우리의 감정을 구속하지 않는다. 자유의 유희 공간을 연다. 이러한 공간에서 예술의 놀라운 신비를 체험하게 한다. 유희 충동은 형상 충동과 질료 충동 사이의 조화를 만든다. 이러한 유희가 기관 없는 몸체에서 사유의 스펙트럼을 확대한다. 그래서 사유는 차이들의 음표로 화음이 되어 철학의 웃음에 이를 것이다.

1. 기관 없는 몸체

살아 있는 신체는 일련의 경련을 통해 구멍으로 빠져나가는 작용을 한다. 우리는 사랑을 할 때, 자기 혼자서, 타인의 기관 없는 몸체와 함께 하나가 된다. 기관 없는 몸체는 기관들의 조직화를 제거한 것이다. 때문에 더욱더 생동하고 북적대는 충만으로 가득 찬다. 기관 없는 몸체는 유기체의 생식적인 문제가 아니라, 세계적 개체군의 문제를 말한다. 단지 기관 이름의 조직과 결합하는 것이 아니라, 기관의 이름을 획득하지 못한 신체의 모든 것과 하나가 되는 것이다. 이러한 기관 없는 몸체는 마치 멜로디를 들을 때, 모든 음이 관통하고 있는 것과 같은 것이다. 즉, 우리들의 삶의 요소들이 내적으로 관통하고 있는 것과 같다. 신체는 니체적인 의미에서 우연의 산물이고, 가장 놀라운 것이다. 사실상 의식과 정신보다 훨씬 더 놀라운 것이 신체이다. 영혼이 신체에 거주하듯 형이상학은 신체에 거주한다. 육체가 된 사고의 본질은 변화하는 생성의 운동으로 지속을 이룬다.

1) 몸의 비밀

정신이 몸에 거주한다. 카프카와 베이컨의 작품에서 인간의 '동물 되기'는 인간의 인간되기의 방법으로의 차용이다. 오규원 시의 비가 시성의 세계는 몸의 동사되기로 움직인다. 추상은 입체적인 몸의 움 직임으로 예술이 숨기는 비밀을 추적하는 미학의 미로를 생산한다. 오규원 시는 비가시성의 세계를 일상적인 사소함과 결합함으로써 언 어가 모든 것을 다 표현할 수 없는 한계를 극복한다. 비가시성과 몸 의 동사적 결합은 리비도의 뿌리와 그 승화의 상승의지를 모두 아우 른다.

개울가에서 한 여자가 피 묻은
자식의 옷을 헹구고 있다 물살에
더운 바람이 겹겹 낀다 옷을
다 헹구고 난 여자가
이번에는 두 손으로 물을 가르며
달의 물때를 벗긴다
몸을 씻긴다
집으로 돌아온 여자는 그 손으로
돼지 죽을 쑤고 장독 뚜껑을
연다 손가락을 쪽쪽 빨며 장맛을 보고
이불 밑으로 들어가서는
사내의 그것을 만진다 그 손은
그렇다—언어이리라

—「손—김현에게」 전문

물은 순환의 논리로 생명을 가장 자연스럽게 이어간다. 더러운 것을 씻을 수 있는 물은 인간의 육신과 신이 만나는 장소로도 사용했다. 생명의 순환은 어미와 자식의 관계만큼 정확한 것은 없다. 피 묻은 자식의 옷을 개울에서 빨고 있는 한 여자의 손이 '달의 물때'를 벗기면서 몸을 씻고 있다. 달은 여성의 달거리, 혹은 잉태와 관계를 맺는다. 피와 자식, 달과 물은 생명이 잉태되고, 살아가고, 사라지는 순환이다. 손은 생의 순환과 함께 한다. 그 손으로 '돼지 죽을 쑤고', '장독 뚜껑'을 열고 '장맛을 보고', 생명을 잉태시키는 '사내의 그것'을 만진다. 그리하여 생명의 순환이 가장 일상적인 사소한 생활과 병치된다. 이제 달의 신성과 장맛이 부딪치면서 서로 상보하며 의미를 생성한다. 의미는 사물의 무게를 견디는 스프링처럼 내면 공간에서 추상과 일상이 고수하는 차이들의 무게로 튀어오르며 낙하하는 반복을 지속한다. 멈출 수 없는 일상과 추상이 만드는 먼 길의 사유 과정이 스프링의 움직임에 의해서 반복되며 본질의 순환을 드러낸다. 손은 신성과 일상의 '사이'에서 무수히 점으로 이어지는 많은 것을 사유하는 과정을 표현한 도구이다. 언어는 손과 같은 것이라고 추정한다. 그러나 어떤 의미의 단정을 비켜가기 위해 마지막 행에서 '이리라'로 끝나고 있다. 단정에 이를 수 없는 의미는 다시 사유 과정에서 움직이기를 시작할 뿐이다.

나의 장난기—꽃, 그 女子의 앞가슴 단추를 따고 손가락 하나를 곧추세워 乳房의 꼭지를 누른다.

내 앞의 現實, 나의 가장 아름다운 解體, 나의 가장 아름다운 幻想의 입체. 잡풀들. 克己로 가는 내 꿈의 殘骸들이다.

나는 짓궂은 어린이, 모험을 즐기는 동화 속의 한 아이. 보물섬의 젖꼭지
를 누른다. 나의 철없는 사랑. 나는 아버지를 반역하고 흔들리며 흔들리는
만큼의 쾌락에 잠긴다. 시커먼 洞窟이 있는 그것으로 이미 행복한 者. 나
는 世上이 모두 길로 이어져 있음을 길에서 보았다.

—「보물섬—幻想手帖·1」부분

위의 시는 환상수첩에서 '보물섬'을 찾는 놀이이다. 추상이 추상적
일수록 관능적인 표현에 가까워야 추상을 살릴 수 있다. 이 놀이의 이
념은 매우 추상적이므로 여자의 관능을 전략적 도구로 사용한다. 이
미 환상수첩 위에 있는 여자의 육체는 하나의 놀이 대상일 뿐이다. 환
상의 평면성을 여자의 입체성으로 예술의 건축 본성을 살린다. 골목
의 사이에 뒹구는 '잡풀들'이 '꿈'으로 가는 잔해이다. 이성과 이성 사
이를 가로지르는 잡풀의 속성은 카오스적이다. 카오스는 질서가 없는
것이 아니라, 질서가 너무 많은 상태이다. 잡풀이 꿈일 수 있는 것은
모든 질서를 혼합하여 새로운 질서로 나아가기 때문이다. 하늘이 사
각 모서리에 걸리고, 도시는 권태로 일그러진다. 하지만 '구름'을 향
한 '사다리'를 오르는 사람 때문에 '예루살렘의 닭이' 울고 있다. 이러
한 소리를 듣는 '나'의 귀는 '귀의 장난' 때문에 들을 수 있다. 사람들
은 자신의 관념끼리 어울린다. 사물도 그들끼리 살고, 사랑도 그들끼
리 한다.

하지만 놀이를 하고 있는 '나는' '짓궂은 어린이'라 '모험'으로 경계
선을 무화시키는 것을 즐긴다. '보물섬의 젖꼭지'를 누르고, 배를 타
고 '보물섬으로' 간다. 아버지를 반역하면서 가는 쾌락의 섬에서 세상
이 모두 이어지고 있는 길을 본 행복한 자가 된다.

아버지의 질서를 반역하면서 자신의 섬을 만드는 자는 행복한 자가
된다. 반역은 치열한 투쟁을 겪어야 하는 바닥에 있다. 그 바닥을 뛰

어 넘어 높이로 올라가는 주사위처럼 놀이는 우연의 필연을 긍정하는
운명애로 올라간다. 무엇인가 무너뜨리는 의지로 물음이 되는 것이
사유의 생식성이다. 창조를 위한 반역의 놀이는 그 본질상 언제나 중
요한 물음을 던진다. 그리하여 물음은 물음으로 끊임없는 파도를 만
들며 이어진다.

　한 사내가 슬그머니 사과 속으로 들어가더니 아무도 없는 응접실의 접시
위 사과가 어슬렁 어슬렁 거닐고 대낮의 욕정이 全身으로 내리박히어 벌겋
게 毒이 오른 맨살 밑의 캄캄한 공간에서 씨방이 분주하게 삽질하는 소리
가 들린다.

—「사내와 사과」 전문

　사내의 욕정은 사과의 맨살과 씨방의 분주한 움직임으로 투사되어
가시화된다. 사과는 발갛고, 둥글고, 반짝이는 껍질과 하얀 맨살을 가
지고 있다. 열매만큼 수분을 가진 관능은 없다. 사내의 사과되기는 사
내의 형상이 사라지게 될 더 깊은 알 수 없는 되어짐을 향한 단계이
다. 사과로 들어간 사내의 형상은 사과의 모습으로 변형되어 사내의
속성을 사과와 일치시킨다. 사과의 하얀 맨살이 벌겋게 달아오르고
있다. 사과 씨방의 움직임이 사내의 생식기관의 움직임과 연결된다.
'삽질하는 소리'는 신체가 팽창되는 감각적 리듬이 된다. 사과의 빨간
껍질에 햇살이 달라붙는 소리처럼 감미로움을 선사한다.

　1
뚫린 구멍마다 뚫린 구멍이 있읍니다.
구멍은 뚫린 곳에서부터 시작됩니다.
구멍 속은 구멍이 구멍을 비워 놓고 없어 깜깜하기도 하고 구멍이 구멍

을 들여다보느라고 들고 있는 거울에 하늘이 좀 들어와 있기도 합니다.

  2
  사랑은 언제나 끝이 아니라 시작이므로 시작의 시작과 시작의 가운데와
시작의 끝이므로 사랑도
  뚫린 곳에서부터 시작됩니다.

—「구멍」 부분

살아 있는 구멍은 유기체의 내부와 외부를 연결하는 장소이다. 이 구멍으로 빠져나오는 내부는 살아 있음의 시작이고, 시작의 중간이고 시작의 끝이다. '구멍은 뚫린 곳에서 시작되고', '사랑도 뚫린 곳에서' 시작된다. 시작과 끝은 뚫린 구멍이 스스로 '마개'가 되어 스스로 텅 비워 놓은 구멍이다. '나는' '끝'을 만나기 위해 구멍을 사랑한다. '내가 사랑하므로 뚫린 구멍은 뚫려 있다.' 그 구멍은 구멍을 비우기 때문에 깜깜하고, 구멍이 '들고 있는 거울에 하늘이 들어와' 있다. 제일 잘 만들어진 '마개'는 '온몸'으로 '마개'가 되어 있는 구멍이다. 온몸이 구멍이 된 몸은 기관 없는 몸체이다. 사랑은 언제나 시작에 있고, 끊임없이 생성되는 카오스모스적인 공간에서 이루어진다. 어디로든 뚫려 있는 구멍은 깜깜함과 동시에 하늘을 담는다. 구멍은 무엇과의 연결을 기다리는 공간이다.

'구멍'에서 육체는 우주로 확대된다. 살아 있는 구멍은 유기체의 내부와 외부를 연결하는 '사이'의 공간이다. 그래서 깜깜함과 동시에 하늘이 있다. 사유는 어둠과 하늘의 움직임으로 신체에 거주한 본질의 비밀로 나아가고 있을 뿐, 의미의 단정에 이르지 않는다.

1

　내 몸은 온통 투명한 끈으로 묶여 있다. 다시 보면 내가 묶여 있는 게 아
니라 내 몸이 끈을 키운다. 많은 끈에 묶여 있는데도 내 몸은 참 자유롭다.

2

　끈은 자라면서 잎을 매단다. 나의 미친 눈짓 하나에 한 잎, 나의 미친 손
짓 하나에 한 잎, 햇빛 속에 고개를 내밀고 탄소동화작용도 한다. 언어의
물과 사랑의 물이 햇빛 아래 함께 모여 펼치는 뒤죽박죽의 잔치. 나는 한
잔의 보리차를 마시면서 등나무의 아름다움이 등나무의 튼튼한 줄기와 무
성한 덩굴이듯 나의 아름다움인 나의 끈과 그 덩굴이 키운 잎의 그늘 속에
내가 있음을 본다.

　　　— 나의 아름다움, 그러나 나의 敵이여.
　　　　나는 그러나 또한 보고 있다.
　　　　이미 아름다운 것은 모두 위험함을.
—「끈」부분

　우리들의 삶을 관통하고 있는 형이상학의 추상성을 투명한 끈과 그
끈에 자라고 있는 잎, 그 잎을 달고 있는 등나무의 덩굴로 가시화한
다. 자신의 몸이 키우고 있는 끈은 몸 속의 깊은 곳에 뿌리를 내리고
있다. 그런데 몸이 자유롭다고 고백한다. 끈에서 자란 잎에서 '만남의
탄소와 헤어짐의 산소, 깨달음의 탄소와 죽음의 산소, 언어의 물과 사
랑의 물이' 햇빛 아래서 뒤죽박죽 잔치를 하면서 탄소동화작용을 하고
있다. 삶을 이루고 있는 사랑과 이별과 죽음이 뒤죽박죽 어울리면서

166

‘나의’ 몸을 제물로 놓는 ‘잔치’에서 ‘나는 갈증을’ 느끼며 ‘보리차’를 마신다. 그리고 자신의 아름다운 끈으로 키운 잎의 그늘에 자신이 있음을 보게 된다. 자신의 아름다움에 취해 자신을 보았지만, 자신의 아름다움이 곧 자신의 적이라고 고백한다. ‘이미 아름다운 것은 모두 위험’하다고 한다.

  투명한 끈은 내적 공간의 사유 과정을 나타낸 것이다. 자신의 몸을 제물로 삼을 만큼 진리에 대한 목마름은 자신의 몸 속에서 이루어지는 생체적인 물질적 움직임과 같이 이루어진다. 사유는 투명한 끈이 키우는 잎이 탄소동화작용을 하는 신진대사처럼 물음의 신진대사를 하고 있다.

우리들 陰毛만큼이나 어둡고 따스한 곳에
송수관을 묻고 우리가 사는 이 대지의
수도꼭지인 나무들
대지의 상처는 가을이라는 이름 밑에
단정적이고 통계적으로 숨겨진다

더러워도 끝내는
사랑해도 끝내는 꿈꾸리라
따뜻한 우리들의 내상

인간에게 위험한 숲속의 별이
어둠의 잎과 가지 사이에 태어난다

아직 돌아가는 길을 정하지 못한 나는 즐겁게
즐겁게 불안한 간격의 가지 위에

딱새의 둥지를 틀고 들어앉아

남북과 동서 통합의 누른 내상이

엎질러진 달빛의 飛瀑에 가 씻길 동안

결국 불안해할 수 있는

살아 있는 내 육체가 아름답구나

—「詩人 久甫氏의 一日 2 -南山에서」 부분

'대지의 수도꼭지인 나무들'의 단풍 색채가 인간의 상처에 담긴 고름 같다. 사랑은 고름처럼 더러운 가운데 꿈꾸고 그래서 따스하다. 상처는 영원히 지속되는 것이 아니라, 언젠가는 낫는다. 그래서 상처는 살아 있음이고 행복이 된다. 다시 상처를 덧칠하는 '유령이' 있어도 그 상처 때문에 '별'이 '소주병'으로 떨어진다. 별은 '어둠의 잎과 가지 사이'에서 태어난다. 성스럽고 동시에 더러운 노동이 빛이 된다. 가지와 가지의 간격이 불안한 '나는' 그 사이에 '딱새의 둥지'에 앉아 상처를 달빛에 씻으며 육체가 아름답다고 생각한다. 대지의 수도꼭지인 나무의 색채와 상처의 색채는 동일하다. 내상(內傷)은 가을의 단풍과 같은 색채이기 때문에 그 밑에 숨을 수 있다. 사람의 상처는 자연의 아름다움 밑으로 숨을 수 있다. 자연이면서 동시에 인간이므로 사람의 상처는 자연 속에서 치유된다. 내상을 달빛에 씻을 수 있는 것은 아픔을 받아들이는 시적 화자의 긍정성이 있기 때문에 가능하다. 살아 있는 육체의 아름다움에 감탄하는 것은 육체의 위험성을 경험한 상태에서 가능하다. 육체가 아픔으로 소멸할 때, 반동적으로 육체는 생명의 힘을 발휘한다. 육체의 내상은 사람의 정신을 살리는 힘이 된다. 상처로 육체의 건강을 상실한 자는 정신의 청명함으로 육체의 아름다움을 자각하게 된다. 시적 화자는 그러한 아픔을 겪으면서 '딱새 둥지'에 앉아 가지 사이의 불안을 느끼는 불안을 오히려 육체의 살아 있는 감각의

168

고마움으로 느끼고 있다. 내상의 고통으로 말미암아 실재적인 육체를 분석하는 대신, 형이상학적 직관으로 육체를 투시하게 된다. 때문에 육체는 물질적이면서 동시에 정신적인 투시의 대상이 된 것이다. 상처는 이와 같이 육체와 정신을 순환시키는 원동력이 되어 살아 있음의 아름다운 행복이 되는 것이다. 내상 속의 사유는 삶의 새로운 가능성을 발견하는 것이다. 사유는 삶을 긍정하는 능력이다. 육체와 정신 그 사이에 있는 내상은 육체와 정신을 직관하게 만든다. 육체의 아픔 속에 도사린 불확실성에 투신하려는 자신을 사유하면서, 육체에 거주하는 정신의 본질을 찾는다. 그 본질의 힘은 내상을 넘어 삶을 충동하는 힘으로 넘어가기를 종용한다. 이와 같이 인간의 내상은 나무가 대지의 수도꼭지이듯이 삶을 살게 하는 생명의 역동성이 되고 있다.

2) 몸의 논리

몸은 추상적인 형이상학의 근거지이다. 인간의 사유능력은 이성의 필요성과 육감의 조화 사이에서 신성한 것에 대한 질문과, 그 질문에 대한 대답을 웃음으로 이끈다. 삶은 축제와 같다고 한다. 노예의 근성을 가진 사람들은 명성이나 이익을 찾아 헤매지만, 예술의 추구는 진리를 찾아 헤맨다. 카오스적인 지각과 동시에 코스모스적인 이성의 최고지점을 발산하는 것은 몸의 논리에서 이루어진다.

달이 나무 잎사귀를 툭툭 치며 간다
모래들만 몸 푸는 아득한 소리를 듣는다
사라지고 없는 산의 길을 불러모은다
높은 곳에서 불러도 깊은 길만 오는구나
空山의 달은 잠깨지 않는 길을 혼자 간다

잠깨라 잠깨라 하는 空山 깊은 계곡의 물소리

—「空山明月」 부분

달이 몸이 되어 움직이는 실재성과 산 속의 사물은 이해의 사상(事象)을 매개로 새로운 세계를 열고 있다. 달의 신체적 물활론은 낯선 세계를 연다. 달은 모래가 몸을 푸는 소리까지 듣는다. 얼마나 고요하면 작은 모래들이 몸 푸는 아득한 소리를 들을 수 있는 것일까? 모래가 무엇을 잉태하였기에 몸을 푼다고 하였을까? 정말 아득한 물음에 발을 담그게 된다. 밤의 시간이 달의 신체를 관통한다. 밤의 적막은 달빛의 움직임만을 받아들이고 있다. 달이 신체를 회복하자 의식과 정신보다 훨씬 놀라운 것으로 변모되고 있다. 생물이 내부에 있는 자기 자신에 의해서 움직이는 것은 영혼을 가지는 것이다. 달의 몸이 잎사귀와 빈 가지와 관계를 맺으면서 산 속의 모든 사물이 새롭게 깨어나고 있다. '잠깨라'는 계곡의 물소리와 적막한 침묵의 소리가 상충되면서 상보적인 의미로 나아간다. 깨어나라는 계곡의 물소리의 재촉이 밤의 침묵에 잠긴다. 밤의 침묵은 깨어나려는 생명과 부딪치며 흔들린다. 다음은 「물과 길1—5」를 묶어서 보도록 한다.

> 물에서 나온 사내가 강을 돌아보며
> 돌밭에 올라선다 강은
> 주저하지 않고 사내가 빠져나간
> 자리를 지운다 대신 땅에 박힌
> 돌이 사내의 벗은 몸을 세운다
> 얼굴을 닦으며 강 건너편을 바라보는
> 사내의 몸에서 몸으로 들어가지 못한 것들이
> 두 다리와 남근으로 각각 모여들어

몇 줄기 물을 이룬다

―「물과 길 1」 부분

돌밭에서도 나무들은 구불거리며 하늘로
가는 길을 가지 위에 얹어두었다
하늘은 새의 배경이 되었다 어떤 새는
보이지 않는 곳에까지 날아올랐지만
거기서부터는 새가 없는
하늘이 시작되었다

―「물과 길 2」 부분

사내의 허리쯤에 걸쳐져 있는
돌밭에서는 모닥불이 타고 있다
자주 몸으로 강과 사내를
숨겼다 내놓았다 하는 한 여자의 목을
그 여자의 긴 머리채가 감아쥔다
그래도 여자의 엉덩이는 강물보다
높은 곳에 얹혀 있다

―「물과 길 3」 부분

절벽은 그러나 자주 몸을 헐며
동그랗게 숨구멍을 뚫고 물총새가
절벽과 함께 몸을 두고
새끼를 기른다
절벽 끝에 사는
키 작은 망개나무와 싸리나무가 하늘의

별과 달을 들어올릴 때도 있다

—「물과 길 4」 부분

한 여자가 파라솔 그늘 밖으로 나간
자신의 다리를 따라간다
물이 강으로 흐르는 한가운데로
들어간 사내가 보인다
강이 된 여자도 있다 거기 있었다는
증거는 강이 가져갔다
햇볕만 내려와 엉기다가 풀리고
그러나 강변의 사람들은 물이 되지 않고
물 밖에서 벗은 몸이 사실로 있다

—「물과 길 5」 부분

〈1〉은 강에서 나온 사내의 몸을 지우는 강이 있다. 그리고 강 대신 사내를 세우는 돌이 강과 강의 밖을 오가는 사내의 몸에 의해 드러난다. 사내의 몸으로 들어가지 못한 것들이 모여 몇 줄기의 물을 이룬다. 사내의 몸을 중심으로 강 건너에서 산으로 가던 길이 처음과 끝을 숨기며 산 속으로 몸을 숨긴다. 사내가 '갯버들 가지'를 꺾자 '하늘로 가던 나무의 길이 하나 사라지고,' '그 길이 거기에 있었다는 사실도 사라졌다.' 길이 있다가 사라지는 것처럼 사내의 움직임에 의해서 배경이 변한다. 사내와 사내를 둘러싸고 있는 '물과 길'은 사내에 의해 움직인다. 물의 생명성은 사내의 '남근'에 '모여들어' '몇 줄기의 물을' 이룬다. '하늘로 가던' 길은 상승의지의 생과 연관되고, 생은 사유 과정에 있다. 길의 사라짐은 사내의 형이상학적 사유의 길이 사라질 위험에 처한 것을 나타낸다.

172

<2>에서 사내는 하늘로 가던 길을 사라지게 할 수 없어 가지 위에 얹는다. 가지는 물의 길이 끊어진 곳에서 멈춘다. 나무들이 멈춘 그곳에 집을 짓고 새들이 날아오르고 있다. 하늘은 새의 배경이 되었고, 어떤 새는 보이지 않는 곳까지 날아올랐지만, 거기서부터 새가 없는 하늘이 시작되었다. 새는 하늘에 오르기 위해 올랐지만 하늘의 시작에도 갈 수 없었다. 다만 새의 배경에 이르는 그곳까지만 갈 수 있었던 것이다. 사내를 세운 돌밭에서 나무들이 구불거리고 있으니, 나무들이 곧 사내라 할 수 있다. 사내가 집을 짓고 그곳에서 형이상학적 공간의 하늘을 향했지만, 결국 형이상학적 사유의 시작에도 이를 수 없었던 것이다.

<3>에서 사내를 세운 돌이 강물에 숨어 있다. 사내는 돌을 두드려본다. 어떤 소리인지 분명하지 않은 소리로 강이 흔들렸지만, 해는 사내를 따라 올라앉는다. 불 속에서 타는 나무 속의 물이 꺼멓게 하늘로 올라가며 들을 구불구불 자르면, 하늘도 잘린다. 한 여자의 목을 감아쥐는 머리채와 여자의 엉덩이가 강과 사내를 숨겼다 내놓았다 한다. 여자는 강물보다 높은 곳에 얹혀 있다.

나무가 사내이고, 나무 속의 물이 여자라면, 사내의 허리쯤에서 타는 모닥불은 사랑의 행위라 볼 수 있다. 나무의 속에서 타는 물은 사내 속에 들어온 여자이다. 그리하여 하나가 된 사내와 여자가 하늘로 오르며 들과 하늘을 자른다. 사랑은 세상을 변모시킨다. 육체는 하늘을 받아들임으로써 구체적인 형이상학으로 변모된다. 형이상학은 기본적으로 생물학적 틀에서 시작되기 때문이다. 여자의 엉덩이가 강물보다 높이 있다는 육체적 사실성 속으로 추상을 흡입하고 있다. 자연이 말하는 추상성은 여자의 엉덩이에 의해 구체적인 사실이 된다. 여성의 육체는 생명의 움직임으로 사랑의 추상을 드러내는 역할을 한다. 이 시는 어떤 현재의 미래가 미래의 본질이듯이 여성의 신체로 사

내의 몸을 숨기고 내놓는 것으로 본질의 세계를 구체적으로 드러내고
있다.

〈4〉에서 강의 뒤로 물러선 산이 하늘과 닿고, 산이 물러선 자리에
절벽이 생겨 물이 모여 반짝이고 있다. 절벽이 몸을 헐면서 물을 받
고, 그곳에서 물총새가 새끼를 기르고 있다. 물총새는 강을 굽어보기
도 하고, 해를 들고 있기도 한다. 작은 망개나무와 싸리나무가 하늘의
별과 달을 들어올릴 때도 있다. 사랑은 새끼를 기르는 행위로 구체화
되고, 그러한 사랑은 비로소 하늘을 들어올린다.

〈5〉에서 강은 여자이고, 그 강에 몸을 담그는 자는 사내이다. 여자
가 파라솔 밖으로 나간 '자신의 다리'를 따라간다. 강의 한가운데로
사내가 들어간다. 그리고 〈1〉의 사내가 강에서 나온다. 〈5〉의 사내와
〈1〉의 행위는 원으로 순환된다.

이와 같이 「물과 길 1—5」는 여자와 사내의 사랑 행위를 물과 길의
모습으로 보여준다. '햇볕만 내려와 엉기다가 풀리고' 있는 강에서 사
내와 여자의 흔적은 사라졌다. 강과 강 밖이 그들을 숨기고 내놓고,
그러다 그들을 삼키고 있는 강은 생명의 순환적 리듬이다. 햇빛의 유
희적인 가벼움이 기관 없는 몸체로 결합된 사내와 여자를 통해 사유
의 자유로움을 변주한다.

당신이 사용했던 스탠드와
벽시계와 꽃병과 슬리퍼를 모아
기념 사진을 찍었습니다

찻잔은 책상 위에 스탠드와 나란히
벽시계와 꽃병은 창틀 좌우에
슬리퍼는 의자 끝에 있습니다

174

사진 속의 의자는 당신의 엉덩이와
허리를 창틀은 가슴을 받치고
슬리퍼는 당신의 발가락을 나란히 하고

당신이 앉았던 그 의자와
당신이 턱을 고였던 그 창틀과
당신이 마셨던 찻잔과
슬리퍼를 지금은 내가 사용합니다
그 모든 나를 한자리에 모아
기념 사진을 찍었습니다

사진 속의 의자는 내가 턱을 고였던
창틀 밑에 있습니다

사진 속의 의자는 나의 엉덩이와
허리를 창틀은 가슴을 받치고
나의 시간을 밝히고

두 장의 사진이 있습니다
두 장의 사진은 꼭같습니다 꼭같은
의자와 창틀과 찻잔과 스탠드와
벽시계와 꽃병과
슬리퍼가 있습니다
당신의
나의

아닙니다 의자의
아닙니다 창틀의
아닙니다 찻잔의
스탠드의
벽시계의
꽃병의
슬리퍼의 기념 사진입니다
아닙니다 당신과 나의……

—「두 장의 사진」 부분

의자, 찻잔, 스탠드, 벽시계, 꽃병, 슬리퍼는 같으나, '당신'이 그 사물을 배경으로 할 때와 '내가' 있을 때 사물이 변화되고 있음을 스냅 사진으로 나타낸다. 당신과 나의 관계를 사물과 인간의 관계로 표현하고 있다. '당신과 나', 그 사이를 이어주는 매개는 사물이다. 이 때의 사물은 하나이면서 여럿일 수 있는 리좀적 논리이다.

1, 2, 3연은 '당신'에 대한 사물의 사진이 되고, 4, 5연은 당신의 사물이 내게 온 한 장의 사진이 된다. 6연에서 사물들이 생물로 숨을 쉬고 있다. 7연에서 두 장의 사진을 같다고 강조하면서 '당신과 나'의 합일을 꾀한다. 8연은 동질의 합일에서 이탈을 한다. 아니라고 부정을 하는 것이다. 그러나 이 부정은 오히려 '당신과 나'의 합일을 긍정하는 힘이 된다. '당신과 나'의 합일의 긍정이 부정으로 어긋나면서 오히려 풍부한 '당신과 나'의 관계로 확산된다. 부정의 반복은 긍정의 대응점에서 긍정과 가장 근접한 형태로 부딪친다. 동시에 부정은 부정대로 의미의 폭을 늘리고, 긍정은 긍정대로 긍정의 힘을 모은다. '당신과 나'의 동일시는 동일하면서도 끝없이 동일하지 않다. 그러나

'당신과 나의' 서로 다른 차이들을 긍정과 부정 사이에 위치시키고, 사유의 폭을 긴장시킨다. 작은 스냅사진을 채우고 있는 의자, 창틀, 찻잔과 슬리퍼의 움직임으로 '당신과 나'는 동요된다.

의자는 사회적인 자리가 되고, 창틀은 관념과 관념 사이의 통로가 되며, 찻잔은 아늑한 이미지로 삶의 부분이 된다. 삶은 단정할 수 없는 복잡한 무엇이다. 다만 삶은 '당신과 내가' 하나가 되기도 하고, 혹은 각각 살아가는 것으로 뒤얽히고 있다. 그리하여 '당신과 나'에 의해 삼라만상의 모든 것들이 함께 숨을 쉬기도 하고, 혹은 멈추기도 하면서 호흡한다. 인간과 사물의 동일성은 그것을 함께 공유하면서 관계를 맺는 공명에 있다. 찻잔은 차를 담고, 그것을 드는 주인을 만나 자신의 존재를 밝히듯이, 당신과 나는, 당신은 나에 의해, 나는 당신에 의한 공명으로 호흡한다. 의자와 창틀과 찻잔과 슬리퍼가 인간에 의해 살아난다. '당신과 나'를 합일의 긍정과 부정으로 이어주는 매개체로서의 사물은 '사이'의 세계에 있다. 사이를 점령한 사물은 유목 공간으로 모든 것을 이어주면서 동시에 어긋나게 하는 곳이 된다. '당신과 나'의 '사이'에 있는 사물들은 하나이면서 동시에 여럿일 수 있는 리좀의 무한한 생성의 힘이 되고 있다. '당신과 나의……'

2. 사유의 신시사이저

오규원의 시는 사유 과정과 그 사유 과정을 사유하는 화자의 시선을 전면으로 돌출시켜 움직이게 한다. 사물은 사유의 배경이 되거나, 비가시성의 세계로 숨는다. 흔적의 세계에 있던 사유 과정이 일상에 돌연히 출현하고, 가시성을 점유하였던 일상의 움직임은 정지되거나, 관념의 배경으로 물러나고 있다. 내면 공간을 점유하여 활동하는 사유 과정이 동사되기로 나타난다.

1) 리좀의 공간

사유 과정과 그 사유 과정을 사유하는 화자의 내면 공간의 움직임은 언제나 중간에 있는 리좀과 같다.

> 피곤한 人質의 잠이
> 소집당하고 있다
>
> 24시간 1,440분 86,400초가, 차례로
> 검토되고 있다
> 86,400초의 관계가, 살을 내놓고
> 옷을 벗는다 그리고 과거가 소집당하고 있다
> 獨立할 수 없었던 미래가, 아 순진한
> 미래가 체포되어 식탁 위에 오르고 있다
>
> —「무서운 사건」 부분

하루의 시간은 과거와 미래를 병치시키면서 서로서로 스며든다. 하루에 맺은 관계가 옷을 벗고 눕는 잠의 과거로 소집당하고 있다. 기억은 의식 속의 이미지들과 혼합되면서 연속된다. 지속이 동질적 장소의 형태를 띠고 시간이 공간에 투사되는 것은 운동을 매개로 이루어진다. 시간은 '접시'와 '식탁'과 '의자', '장롱과 방바닥 밑의 그림자'로 투사되고 있다. '그림자'가 '눈을 뜨고', '24시간'을 검토하고 있다.

시간에서 빠져 나온 또 다른 시간의 육체는 공간의 그림자다. 흘러간 시간은 지속으로 측정되는 산술적 평가가 이루어지지 않는다. 24

시간의 관계는 흘러간 시간에 대한 검토이다. 시간은 공간에서 전개됨으로써 양이 된 시간으로 지각된다. 사물은 나눌 수 있지만 시간의 움직임은 나눌 수 없다. 베르그송에 의하면 시간의 움직임은 공간을 지나가면서 가분성을 귀속시킨다는 것이다. 때문에 과거에서 미래는 독립할 수 없는 것이다. 과거·현재·미래의 동시성이 24시간에 의해 투사되어 누군가에게 체포되어 식탁에 오르고 있다.

> 詩에는 무슨 근사한 얘기가 있다고 믿는
>
> 낡은 사람들이
>
> 아직도 살고 있다. 詩에는
>
> 아무 것도 없다
>
> 조금도 근사하지 않은
>
> 우리의 生밖에.

—「龍山에서」 부분

　아름다움을 목적으로 하는 예술은 감성계에 머물 수밖에 없으므로 감각적인 경험 이상으로 나아갈 수 없다. 시는 예술이다. 때문에 시가 아름다움을 목적으로 한다고 믿을 수밖에 없는데 시는 근사하지 않다고 한다. 시는 전혀 아무 것도 의미하지 않는다는 것이다. 그러나 그것은 전혀 아무 것도 의미하지 않는다고 말할 수 있을 만큼 많은 것을 의미한다. '우리들의 生밖에' 없는 시이기 때문에 生의 많은 의미를 내포한다. 생이 있는 시에는 니체의 말대로 삶의 위대한 자극제가 숨어 있는 것이다. 生은 역사적인 시간을 등에 지고 산을 오르는 숨결이다. 이러한 생의 무게는 한 순간 일어나는 주사위 놀이의 우연성이 필연을 만들듯이 일어난다. 우리의 의지와는 상관없이 이루어지는 생의 무게에 짓눌려 있음은 어리석은 일이다. 놀이에 의해 법칙이 만들어지듯이 우연히 만들어진 법칙에 의해 살아가는 생의 이야기는 실재보다는 가상에 가깝다. 그러한 가상에 의해 우리의 진실이 속박당할 수는 없다. 그래서 근사하다고 믿고 싶은 환상의 어리석음으로 사기치는 확실함이 확실하지 않은 것이다. 근사한 것은 오직 근사한 풀밭에 자라는 '잡초'이다. 잡초는 노마드 공간의 리좀적 생식으로 자란다. 안주할 수 없는 이곳의 미래는 언제나 웃음으로 처리된다. 무게는 가벼움으로 전환을 이룬다. 그런데 오히려 이 가벼움 때문에 무게의 전이를 이루며 순환된다. 무거움과 가벼움이 뒤섞이는 순환은 긴장과 이완의 물결을 생성하기 때문에 사유의 텐션으로 유연성을 형성한다. 生! 어떻게 말할 수 있을까?

　　커피나 한 잔, 우리들께서도 커피나 한 잔, 새께서도 한 잔. 이 50원의 꿈이 쉬어가는 곳은 50원어치만 웃는 것이 技巧主義라고 우리들은 누구에게 말해야 하나.

　　풀잎은 理由 때문에 흔들리지 않고, 풀잎은 풀 때문에 흔들린다고 잠 못 드신 들판께서도 피곤하실 테니 커피나 한잔.

—「커피나 한잔」 부분

'커피나'에서 커피 끝에 붙은 '나'에 진지함을 삭제한 장난끼를 유발하고 있음에도 불구하고, 오히려 의미를 찾는 사유의 무게에 지친 상태임을 숨길 수 없다. 커피를 마시는 시간은 휴식과 가까운 시간이다. 그런데 커피를 마시는 당사자가 인간과 함께 있는 창이고, 새이고, 기교주의이기 때문에 시적인 상황이 된다. '살의 事實'과 '살의 꿈'을 지나 '살의' '확인의 뿌리'도 쉬어야 한다고 한다. 감각은 자유의 시작이다. 확인은 결코 도달할 수 없는 곳에 있다. 확인하려는 의지가 패배에 이르러 무엇을 말하려고 하는지 묻는다. 풀잎이 흔들리는 것은 이유 때문이 아니다. 다만 풀잎 자신 때문에 흔들리고 있다. 들판은 그러한 것을 긍정하고 그만 피곤할 테니 '커피나 한잔'하라고 한다. '이유'는 의미를 찾는 길에 있다. 이유가 있고 결과가 있다는 사고의 층계는 의미의 다층적 겹에 에워싸인다. 하지만 모든 것은 그 이유보다 스스로에 의해서 움직이고 있다는 자명함을 풀잎을 통해 말한다. 풀잎이 흔들리는 것이 이유가 없다는 것은 의미가 없다는 말과 통한다. 무의미란 의미를 지니고 있는 것은 아니다. 하지만, 동시에 의미가 없다는 의미 부여로 인하여 의미의 부재와 대립하는 것이기도 하다. 무의미는 그래서 의미와 동질로 이해해야 된다. 의미는 결국 무의미를 포함할 때 진정한 의미에 이르는 것이다. 풀잎이 흔들리는 이유없음은 무의미를 포함한 어떤 의미의 영역이다. 아무 것도 확인할 수 없는 사유의 한계를 들판의 피곤함으로 표현한다. 피곤한 사유의 흔들림은 이제 '커피나 한잔'하면서 쉬어야 한다. 사유자의 피곤은 커피를 마시는 들판으로 희화화되면서 가볍게 상승한다. 의식은 높이를 향하여 던져지는 주사위 놀이처럼 가벼워진다. 의미의 뒤집기는 무의미까지 포함한 의미로 확대된다. 이러한 확대는 풀잎의 그 모습 그대로를 향하는 웃음이다. 말하자면 세계를 판단한다는 것은 언제나 헛된 일이고, 그것은 어떤 사유의 결과에 이르지 못하는 가벼움이다. 그래서 이제 창을 통해 외부와의 교통을 시도하는 사유의 헛된 수고는 이제 그만하고 '커피나 한잔'하라고 충고한다.

—MENU—

샤를 보들레르 800원
칼 샌드버그 800원

프란츠 카프카 800원

시를 **공부**하겠다는
미친 제자와 앉아
커피를 마신다
제일 값싼
프란츠 카프카

—「프란츠 카프카」 부분

카프카는 자본주의적 욕망을 소설로 발표하여 현대 철학의 분석 대상으로 각광받고 있다. 질 들뢰즈와 가타리는 카프카의 세계를 자본주의적 욕망의 땅에 있는 일종의 땅굴이며 땅 속에 밝힌 줄기라 본다. 메뉴의 사람들은 학자이고 예술가이다. 이들이 추구하는 가치가 메뉴판에 오른 것은 지식의 몰가치성에 대한 경고이다. 동시에 지식과 예술이 대중의 일상으로 친근하게 자리했다고 생각할 수도 있다. 낭만주의 시대의 시는 천재의 산물이었는데, 이제 누구나 시인이 될 수 있으므로 예술은 특별한 천재의 산물이 아니다. 이제 시인은 일반성에 포함되었다. 인공이 창출한 일상의 도구 모두가 예술적이다. 현대는 디자인 시대이다. 이제 학문과 예술의 지위는 상위에 있는 무엇이 아니다. 이미 신의 독점으로 창조한 자연이 인공의 자연에 의해 그 상위권을 포기하였듯이, 학문과 예술의 신비는 노력에 의해 창조될 수 있는 보편성이 되었다. 마녀의 주문처럼 무언가의 무의미가 더 많은 의미의 신비를 창출하듯이, 메뉴가 된 학자와 예술가는 의미의 신비에 싸인다. 커피값이 된 예술을 어찌 설명해야 할까? 모나리자와 이발소의 그림이 가격에 의해 구분되지만, 예술성의 문제와 더 깊은 관련을 맺는다. 마시는 음료와 학문과 예술의 변별성은 수평의 관계에 있다.

즐기는 자에 의해서 즐기는 것이 감각의 자유이고, 지상의 화려한 인생의 색채이기 때문이다. 즐기는 자에 의해서 즐거움이 되는 예술과 입맛의 즐거움에 따라 음료수를 고르는 즐거움은 대상적 의미가 동일하다. 때문에 공유하고 있는 집단의 무리에 의해서 집단의 무리가 종속되는 시대는 지나간 것이다. 모두는 하나의 객체가 차이들로 모인 무리이다. 객체의 자유로운 감각으로 감각을 즐기면서 살아간다는 가치의 변환은 중요하다. 이미 감각 속에는 형이상학이 함께 거주하기 때문이다.

다음의 시 「한 잎의 여자 1·2·3」은 시 제목과 부제목이 의미의 충돌을 일으킨다. 시의 제목인 여자와 부제목의 관념은 이율배반적이다. 여자와 관념의 부딪침은 부싯돌을 비비는 순간에 튀어오르는 불꽃 같다.

> 나는 한 女子를 사랑했네. 물푸레나무 한 잎같이 쬐그만 女子, 그 한 잎의 女子를 사랑했네.
>
> 정말로 나는 한 女子를 사랑했네. 女子만을 가진 女子, 女子 아닌 것은 아무것도 안 가진 女子, 女子 아니면 아무것도 아닌 女子, 눈물 같은 女子, 슬픔 같은 女子, 病身 같은 女子, 詩集 같은 女子, 영원히 나 혼자 가지는 女子, 그래서 불행한 여자.
>
> 그러나 누구나 영원히 가질 수 없는 女子, 물푸레나무 그림자 같은 슬픈 女子.
>
> ―「한 잎의 女子 1―언어는 추억에 걸려 있는 18세기형 모자다」 부분

> 나는 사랑했네 한 女子를 사랑했네. 난장에서 바지를 삼천원 주고 사입는 女子, 그리고 영혼에도 가끔 브레지어를 하는 女子.

가을에는 스웨터를 자주 걸치는 女子, 팬티만은 백화점에서 사고 싶다는 女子, 더러 멍청해지는 女子, 그 女子를 사랑했네

그러나 가끔은 한 잎 나뭇잎처럼 위험한 가지 끝에 서서 햇볕을 받는 女子.

—「한 잎의 女子 2—언어는 겨울날 서울 시가를 흔들며 가는
아내도 타지 않는 전차다」 부분

내 사랑하는 女子, 지금 창밖에서 태양에 반짝이고 있네. 나는 커피를 마시며 그녀를 보네. 커피 같은 女子, 그레뉼 같은 女子, 모카골드 같은 女子. 창밖의 모든 것은 반짝이며 뒤집히네, 뒤집히며 변하네, 그녀도 뒤집히며 엉덩이가 짝짝이가 되네. 오른쪽 엉덩이가 큰 女子, 내일이면 왼쪽 엉덩이가 그렇게 될지도 모르는 女子, 줄거리가 복잡한 女子, 소설 같은 女子, 표지 같은 女子, 봉투 같은 女子. 그녀를 나는 사랑했네. 자주 책 속 그녀가 꽂아놓은 한 잎 클로버 같은 女子, 잎이 세 개이기도 하고 네 개이기도 한 女子.

—「한 잎의 女子 3—언어는 신의 안방 문고리를 쥐고 흔드는
건방진 나의 폭력이다」 부분

〈1〉의 시는 '언어는 추억에 걸려 있는 18세기형 모자다'를 부제로 결합하여 다시 발표된 것이다.[1] 마지막 연의 '그러나 영원히 나 혼자 가지는 女子'는 다시 발표한 시에 '그러나 누구나 영원히 가질 수 없

---

1) 오규원, 『吳圭原詩選 사랑의 技巧』(민음사, 1975)에 다른 시선과 함께 창작된 시로 발표되고, 다시 78년에 발표한 『王子가 아닌 한 아이에게』에 싣고 있다. 이어서 91년에 발표한 『사랑의 감옥』에 부제와 함께 1·2·3으로 연작된다. 「한 잎의 女子 1·2·3」의 부제는 첫시집 『분명한 事件』에 실린 「現像實驗」(1), (2), (3)의 부분을 (1)은 1에, (2)는 2로, (3)은 3으로 옮긴 것이다.

는 女子'로 변한다. 이 변화는 크다. 왜냐하면 女子는 '病身 같은 女子'이고 '詩集 같은 女子'이기 때문이다. 병신들만 남아서 제복(制服)도 없이 시를 쓰고 있으므로 병신 같은 여자는 시인이다. 70년대만 해도 시가 할 수 있는 무엇을 믿었기에 나 혼자 가질 수 있는 女子가 될 수 있었다. 그러나 90년대 부제에서 말하듯 18세기의 추억은 만질 수 없는 것이다. 시는 너무 멀리 있다.

〈2〉의 부제는 '언어는 겨울날 서울 시가를 흔들며 가는 아내도 타지 않는 전차다.' 우리 나라에서 사라진 '전차'가 시이다. 아무도 주목하지 않고, 아니 기억조차 하지 않는다. 그러나 그녀는 '영혼에도 가끔 브레지어를 하는 女子'이기에 매력이 있을 수밖에 없다. 또 '가끔은 한 잎 나뭇잎처럼 위험한 가지 끝에 서서 햇볕을 받는 女子'를 시적 화자는 지나칠 수 없다. 브레지어를 풀고 싶은 유혹과 연약한 나뭇잎에 앉아 있는 햇살의 따사로운 손짓을 아직 피할 수 없기 때문이다.

〈3〉의 부제는 '언어는 신의 문고리를 쥐고 흔드는 건방진 나의 폭력이다.' 시적 화자는 태양빛에 '뒤집히며' 변하면서 좀체 '우주의 별'을 보여주지 않는 세계를 도둑질하기를 원한다. 그러나 볼 수조차 없기에 안타깝다. 그래도 우주의 별을 시(女子)가 안고 있기에 시(女子)를 사랑할 수밖에 없다. '태양'에 의해 창 밖의 모든 것이 반짝이며 변하는 곳에 시(女子)도 있다. 창 밖의 사물과 여자는 햇빛에 의해 전체(우주) 속에 있는 부분으로 전환된다. 햇빛은 부분적 사물과 전체를 함께 비치기 때문이다. 그래서 女子(시)는 '우주와 우주의 별'을 담을 수 있고, 화자는 그 우주를 보고 싶어 애가 탄다. 여자는 모든 것을 보여주지 않지만, 우주가 시(女子)에 있다는 것만은 보여준다. 우주를 담은 여자는 햇빛을 매개로 비가시성과 가시성, 그 사이에 있다. 사이에 있는 세계는 다의성의 세계와 조우하는 곳이다. 다의적 세계는 여자가 햇빛에 의해 엉덩이가 짝짝이가 되고, 여자는 '잎이 세 개이기도 하고

네 개이기도 한 女子'로 가시화된다. 다수성과 다수성이 하나라는 것
도 인정되는 세계는 빛을 매개로 하는 사물의 변화로 나타난다.

이 시는 제목만으로 읽으면 서정적인 연애시로 볼 수 있다. 부제에
담긴 형이상학은 '女子'의 다양한 모습으로 나타난다. 제목과 부제를
함께 읽으면, 시를 탐구하는 시인의 좌절과 동시에 좌절까지도 사랑
하는 따뜻함을 만날 수 있다. 언어로 드러낼 수 없는 표현의 절망감까
지 수용한 시선의 여유가 '여자 아니면 아무 것도 아닌 女子' 속에 녹
아 있다. 여기서 여자는 생(生)과 시로 볼 수 있다. 아무 것도 아닌데
그래도 사랑할 수밖에 없는 생이면서 동시에 시이다. 때문에 더욱 처
연한 우리들의 삶이지만, 그래서 더 따뜻하게 사랑할 수밖에 없는 생
이 된다. 제목과 부제를 잇는 여자의 물질성과 부제에 나타난 형이상
학적 추상성의 차이가 부딪치면서 긴장감을 형성한다. 의미가 서로
부딪치며 의미의 중첩을 이루다 의미의 차이들만큼 의미의 폭을 확대
한다. 여자의 속성으로 자유로운 언어 유희를 이어가며 새로운 세계
를 포착한다. 이 삶의 비가시성과 가시성을 잇는 무엇을 생각하게 하
는 것이다. 그 무엇은 끊임없이 생성을 향해 발생하는 돌발흔적일 것
이다. 명확하게 드러나지 않으면서 우리를 살게 하는 예술은 추억의
모자나 전차와 같지만, 동시에 신의 영역까지도 흔드는 힘이 되는 어
떤 진정성이다.

2) 부정변증법의 반복

헤겔의 변증법은 발전의 역사에 힘을 제공한다는 점에서 매우 희망
적인 방법이다. 그러나 돌이켜보면 과연 역사는 발전의 원리로 지금
에 이르렀을까 하는 의문을 제기할 수밖에 없다.

언제나 역사의 뒤안길은 제도적 역사에서 멀리 있었다. 오규원 시는

역사의 전면에서 정↔반⇒합으로 충돌하면서 통합되는 일원성보다
역사의 도전에 합류하지 못했던 뒤안길에 있다. 오규원의 시는 일원
성을 거부하며 차이들을 차이일 수 있게 하는 부정변증법을 반복한
다.

　부정변증법의 세계는 빗방울의 세계와 같다. 빗방울이 견고한 숫자
를 무화시키듯, 변증법의 논리를 무화시킨다. 부정변증법은 상반성의
차이들이 서로 다른 차이일 수 있게 한다. 그리고 상반성에 들어가지
못한 무수한 점들의 세계도 점이 되는 모습을 방해하지 않으면서 화
합하는 세계이다. 부정변증법의 세계는 서로의 모습의 차이들을 유지
하면서 더욱 풍성해질 수 있다고 믿는다.

　　사방을 둘러싼 돌담의 넓적한 호박잎에는
　　철쭉의 붉은 얼굴이 와 담기고
　　그 사이 사이에는 산새의 울음이 담기었다.
　　호박잎과 개똥참외의 그 넓은 잎은
　　마을 가시내들의 치마를 흔들었다.

　　시간은 돌담을 닮아 둥그렇게 맴돌다가
　　공이 되어 마을 마당에 내려와 굴렀고
　　아이들이 맨발로 힘껏 차 올려도
　　하늘이 낮아서 공은 앞논밭에 떨어졌다.

　　평화의 마룻바닥 위에 구르던 개짖는 소리는
　　아, 그러나
　　시계 속의 숫자까지는 깨우지 못했다.

―「어느 마을의 이야기―유년기」 부분

유년기는 호박잎의 넓적한 모습이 주는 안정되고 편안한 모습과 같
다. 아직 자라지 않은 '가시내들의 치마'를 흔드는 호박잎의 넓은 이
미지는 치마의 넓은 폭과 합치된다. 호박잎에 담긴 기적소리와 강물
소리는 어른이 되어갈 시간적 이미지이다. 시간은 둥글게 나타나 공
이 된다. 아이들의 맨발에 의해 공은 하늘로 올라간다. 그런데 하늘이
낮아서 '앞논밭'에 떨어지는 공이 된 시간이다. 보이지 않는 세계의
시간은 아이들의 공으로 형상화를 이룬다. 시간의 지속적인 운동은
사물의 변환을 이루어낸다. 아이들이 하늘로 올리는 시간의 공은 그
아이들이 어른으로 자랄 표상이다. 낮은 하늘이 홍시를 떨어뜨리는
소리와 개 짖는 소리로 평화를 가져온다. 하지만, '시계 속의 숫자'를
깨우지는 못한다. 홍시 떨어지는 소리와 개 짖는 소리의 자연은 평화
를 가져오지만, 시계의 숫자에 의한 아이들의 변화는 알지 못하고 만
다. 시간의 흐름에 의해서 변화될 구체적인 일상은 알 수 없었다.

사랑에는 길만 있고
법은 없네

—「無 法」부분

'無法'은 법을 가로지르는 사랑의 무한한 광대성이다. '길만 있고',
법이 없는 사랑은 언어이다. 사랑은 유기체의 지속적인 생명 운동이
다. 이 세상의 모든 법을 포함하며 자연이 된 순환이다. 혹은 모든 법
을 파괴하면서 사랑을 창조하는 힘이 무법이다.

뱃속의 아이야 너를 뱃속에 넣고
난장의 리어카에 붙어서서 엄마는
털옷을 고르고 있단다 털옷도 사랑만큼

다르단다 바깥 세상은 곧 겨울이란다

털옷으로 어찌 이 추운 세상을 다 막고

가릴 수 있겠느냐 있다고 엄마가

믿겠느냐 그러나 엄마는

털옷 안의 털옷 안의 집으로

오 그래 그 구멍 숭숭한 사랑의 감옥으로

너를 데리고 가려 한단다

언젠가는 털옷조차 벗어야 한다는 사실을

뱃속의 아이야 너도 태어나서 알게 되고

이 세상의 부드러운 바람이나 햇볕 하나로 너도

울며 세상의 것을 사랑하게 되리라 되리라만

—「사랑의 감옥」 부분

우리는 함께 살아가지만 혼자 죽어야 한다. 우리는 혼자 죽어가지만 타인들과 함께 살아간다. 타인들이 우리에 대하여 갖는 이미지로써 그들이 있는 곳에 우리 역시 존재한다. 최후까지 자신을 타인과 연결시키면서 판단을 넘어선 행동을 해야 한다. 나와 타인의 관계는 모든 불행과 모든 행복의 조건이기 때문이다. 니체의 글과 같이 영웅이 자기 목숨을 바치는 죽음에의 동경이 아니다. 또 헤겔의 경우처럼 자신이 역사의 소망을 수행하고 있다는 확신도 아니다. 오히려 그것은 우리를 사물과 타인을 향해 내던지는 자연의 운동에 대한 성실성이다. 내가 사랑하는 것은 죽음이 아니라 삶이다. 사랑이나 행동 속에서 인간 사이에 하나의 조화가 이루어진다. 그들의 의지에 사건들이 답을 하기도 한다. 불행과 행복의 조건이 타인과의 사랑에 있다. 우린 이미 태어날 때부터 '사랑의 감옥'에 갇혀 있는 존재이다.

물고기가 물을 떠나 살 수 없는 것처럼 사람도 사랑을 떠나 살 수 없다. 그러나 물고기가 물을 볼 수 없는 것처럼 우리들은 사랑을 보지 못한다. 그리하여 시적 화자는 사랑을 보이기 위해 털실의 따사로움을 우리에게 펼치고 있다. 뱃속의 아이는 사랑으로 만들어진 구체적인 사랑이다. 털옷만큼 다양한 사랑이 있다. 구멍이 숭숭 뚫린 털옷 안의 집으로 아이를 데리고 가려 한다. 한동안 견디어야 하고, 아이가 태어나면 바람과 햇볕 하나로 세상을 사랑하게 될 것이라고 한다. 소박한 털옷을 통하여 지상에서 가장 따사로운 사랑의 모양을 그리는 이 시는 추운 세상을 따뜻하게 감싸는 털옷이 곧 사랑임을 전하고 있다. 사랑은 언어이고 예술이고, 삶이고, 시이다. 우리들의 삶의 조건의 빛 때문에 소중한 것이 보이지 않을 때가 있다. 눈부신 햇살이 투명한 끈으로 사랑의 빛을 엮는다. 사랑으로 부는 '부드러운 바람'과 '햇볕'이 생명의 호흡을 유지시키기 때문이다. 사랑은 우리 모두에게 공유된 연대감을 유지한다. 왜냐하면 사랑은 유기체의 생명이기 때문이다.

 그러나 사랑의 털실은 바람을 막아주는 역할을 계속하지 않는다. 언젠가는 사랑의 털옷을 벗고, '세상의 부드러운 바람'과 '햇빛 하나'로 세상을 사랑하게 되는 것이 사랑의 길이다. 맨몸으로 세상을 받아들일 때, 고통스럽게 울지만, 세상 자체를 있는 그대로 사랑하게 되는 것이다. 이러한 용기가 삶의 진정성을 엮을 수 있는 빛나는 슬픔이 되는 것이다.

사랑하는 그대가 아 그대가
롯데 목캔디를 먹는다

천연 허브향 첨가라는 말의 진실도
엉덩이를 반쯤 들다가 세계의

중심을 잃는다
반쯤 열린 통 안에서 캔디들이
무방비 상태로 속옷 차림으로
갇혀 있다 그대가 입 속의
바람을 빼내며 서슴없이
캔디 하나를 잡아챈다 속옷을
좌악 찢고 알몸의 캔디를
입 속에 집어넣으며 침을 삼키며
나를 보고 웃으며
사랑하는 그대가 아 그대가
롯데 목캔디를 먹는다

그대는 나를 보며 웃고
기고 있는 담쟁이가 거머쥐고 있는 흐린 하늘
어디선가 누가 죽고 있다
누가 발가벗긴 채

—「목캔디」 부분

롯데 목캔디에 적혀 있는 '말의 진실'이 '엉덩이를 반쯤 들다가 세계의 중심을' 잃는다. 중심을 잃었기 때문에 '말의 진실'은 형이상학적이다. 형이상학은 체계의 틈에 끼여 있기 때문에 중심을 갖는 정태적인 모습을 취할 수 없다. '말의 진실'은 엉덩이와 함께 관능적인 모습을 취한다. 진리가 추상적일수록 감각적인 것을 진리 쪽으로 유혹해야만 한다. '말의 진실'의 추상적 의미는 엉덩이의 감각으로 세계의 중심을 보여준다. 추상과 감각은 뒤섞이며 자유로워진다. 자유는 의미의 확대로 미끄러지며 나아간다. 자유의 역동적인 힘 속에 진실이 순간 보이다가 사라진다.

목캔디가 들어 있는 상자를 열고 캔디의 종이 껍질을 벗기는 과정은
사람이 옷을 벗기는 과정으로 의인화된다. 담쟁이가 거머쥔 흐린 하
늘은 삶의 다양한 얽힘을 연상시킨다. 누군가 발가벗긴 채 죽고 있는
상황은 그녀가 먹는 발가벗긴 목캔디와 의미의 중첩을 이룬다.

생존 경쟁 속에 던져진 우리는 무엇에 의해서 서열이 정해지고, 그
서열에 의해 자신의 모습을 결정하면서, 서열에 종속당하며 살고 있
다. 거대 자본이 우리를 구속하는 투명한 손안에 있으면서도, 투명한
손을 보지 못하는 우리들의 정신이 자본에 의해 발가벗겨지고 있음을
암시한다.

> 꽃이 잎과 줄기와 향기로
> 꽃밭을 몸 안으로 잡아당기듯
>
> 욕망의 성기며 육체의
> 현실인 말은
> 오늘도

―「말」 부분

'말'은 꽃이며 '욕망의 성기'이다. '말'은 추상과 구상을 혼합한 이
미지로 꽃의 몸이 된다. 꽃이 된 '말'에 의해 꽃은 언어의 형태가 된
다. 꽃은 모든 것을 '몸 안으로' 잡아당긴다. '현실'이 된 '말'은 '오늘
도' 반복되는 '욕망'을 담는다. '욕망의 성기'이며 '육체의 현실'이 된
말은 존재를 경건하게 받아들이지 않는다. 경건의 정태성에 반동을
건다. 아도르노는 정↔반⇒합의 변증법적 의식 세계는 그 차이를 적
대적 상황에서 표현한 이원론이므로 허위라고 인정한다. 중심에 있는

192

말이 적대적 상황의 말과 부딪치며 하나로 합해지는 말은 허위이다. 부정변증법은 차이들을 적대적인 상황으로 보는 것이 아니라 개체들의 소중한 욕망의 발로로 인정한다. 자유를 향하여 길을 내는 부정변증법적인 '말'이 진실을 향한다. 이러한 '말'은 합에 이르는 발전의 논리에서 제외된 무수한 점들이 전위적 변화를 꿈꾼다. 이들은 더 큰 풍요로움의 세계를 창조하는 과정에 있으므로 '욕망의 성기'가 드러내는 역동적 힘으로 나아갈 수 있는 것이다.

3. 차이와 반복의 유희

예술은 부분적으로 자유의 이미지로 향한다. 가다머는 미와 예술에 대한 마음의 자유는 미의 국가에서의 자유일 뿐, 현실에서의 자유는 아니라고 말한다. 예술 세계에서 느끼는 자유는 현실에서 유리된 예술 세계가 만들어내는 이미지적 자유이다. 현실과 다른 세계의 법칙으로 이루어진다는 점에서의 예술형식과 유희 공간은 유사하다고 볼 수 있다. 이러한 유희 공간은 예술의 자유를 여는 기폭제가 된다.

1) 유희 충동의 자유

사유는 무언의 대화로 진행된다. 충돌은 현재 존재하는 사람에게 야기된다. 충돌은 현재에 일어나는 것이 아니라 현재 안의 과거와 미래의 충돌이다. 사유의 충돌은 한계상황에서 유희의 유혹에 자신을 맡긴다. 유희 충동은 상상력의 돌파구를 마련하면서 사유의 한계를 빛의 스펙트럼으로 무화시켜 오히려 사유의 광대한 들판을 연다.

잠이 오지 않는 밤이 잦다.
오늘도 감기지 않는 내 눈을 기다리다
잠이 혼자 먼저 잠들고, 잠의 옷도, 잠의 신발도,
잠의 문패도 잠들고
나는 남아서 혼자 먼저 잠든 잠을
내려다본다.

남들이 詩를 쓸 때 나도 詩를 쓴다는 일은
아무래도 민망한 일이라고
나의 詩는 조그만 충격에도 다른 소리를 내고

나의 잠은 나를 위해
꺼이 꺼이 울면서 어디로 갔는가.

—「남들이 시를 쓸 때」 부분

카프카와 베이컨이 만드는 인간의 '동물되기'처럼 이 시에서 잠의 명사는 동사되기에 참여한다. '나'와 잠은 전도된 현상이다. 이어서 '나'와 잠은 분리되고 있다. '나'는 잠이 잠든 모습을 보고 있다. '나는' '나' 안의 '나'의 생각을 움직임으로 활동시킨다. '나' 안의 움직임은 인간이 동물로의 변신을 감행하는 행위처럼 자연스럽게 일상 밖으로 출현한다. '내' 안의 '나'의 사유가 '나'의 활동 무대인 일상의 현실에서 활동한다. '나의 잠은 방문까지 왔다가' 갔는지, 방 밖에서 '모래알 허물어지는 소리만' 보내온다. 시는 소리를 듣고 충격을 받는다. 오지 않는 '나의 잠'을 누군가 대신 자고 있는가라고 묻는다. '남의 잠은 평화이고', '나의 잠은 잠의 죽음'이다. '남의 잠은 꿈이고', '나의 잠은 잠의 현실이' 된다. '나의 잠'은 '울면서 어디로' 갔느냐고 묻는다.

잠과 시는 창백한 정태성에서 일상의 운동성에 참가한다. 일상의 움직임 속에 가려지던 사유 공간이 돌출한다. 잠이 옷을 입고, 신발도 신고, 문패도 잠든다. 밖에서 활동을 하던 '나는' 정태적인 모습이 되고, '나' 안의 '내가' 밖에서 활동하고 있다. 잠 속의 꿈은 사라지고, 잠의 현실이 된 잠은 어디로 갔느냐고 묻는다.

시는 뒤집기의 유희 속에서 불면증의 고통이 가벼운 놀이로 전환된다. 울면서 가는 '나의 잠'의 무거운 고통이 이제 웃음을 머금는 상황으로 돌변한다.

2月 6日, 일요일. 10時 5分前 起床. 커튼을 걷고 창밖을 내다봄. 거리는 오늘도 安寧함. 安寧한 거리에 하품나옴.

시간이 엿가락처럼 늘어져 누운 채 〈이 病身, 일요일이야!〉함.

生界엔 별일 없음. 文協選擧엔 未堂이 당선한 모양이고, 내 사랑 서울은 오늘도 安寧함. 서울 S계기의 미스 千은 17살 (꿈이 많지요), 데브콘에이 中毒. 평화시장 미싱工 4년생 미스 洪은 22살(가슴이 부풀었지요), 폐결핵. 모두 安寧함.

亡界의 洙暎은 金禹昌의 농사가 잘 되어 술맛이 좀 풀린다고 히죽 웃음. 오후 3時. 엿가락처럼 늘어져 누워 있는 나에게 亡界의 쥘르兄으로부터 便紙 옴.

—「나의 데카메론」 부분

보카치오의 소설 제목 「데카메론」을 패러디한 「나의 데카메론」은 희극적이다. '2월 6일 일요일'에 있었던 하루를 낙서처럼 나열하고 있지만, 그 시대의 순간성이 드러나고, 죽은 자와 산 자의 교환관계는 낙서의 가벼움에서 진지함으로의 전이를 예감케 한다. 7명의 숙녀와 3명의 신사가 각자 하나의 이야기를 하면서 하루를 보내던 「데카메론」을 빌려와, 시적 화자의 하루를 나열하는 구성은 자못 익살스러워 웃음을 머금게 한다. 그러나 아무렇지 않은 듯 무의미를 목적으로 하고 있는 언어의 나열은 오히려 의미의 확대를 생산한다. 베르그송에 의하면, 신체는 모든 순간에 우주적인 생성을 횡단하는 운동들이 사물들과 교통하는 사이의 연결점이며, 운동—감각적 현상의 본거지라고 한다. 시적 화자가 하품을 하며 교통하는 소녀의 약물 중독, 미싱공의 폐결핵은 하품 속을 내통하는 정신이다. 평화시장의 22살 미스 홍은 폐결핵을 앓고 있는데 모두 안녕하다고 하는 긍정 상황에 문제의 심각성이 있다. 타자에 대한 무관심의 극대화를 보여주기 때문이다. 그런데 '나는' 타자에 의해 보여지는 것으로서의 '나'이다. 시인 김수영은 현실 참여적인 시를 썼다. 망계에 있는 수영의 등장은 시적 화자의 현실 참여에 대한 고민을 내포한다. 현실에 적극적인 참여를 하지 못하고 방안에서 하품만 하고 있는 시인은 '쓸모 없는 시인'이 되고 있다.

보카치오의 「데카메론」은 단테의 「신곡」과 견주어 「인곡」이라 한다. 잡다한 하루의 낙서를 통해 권태로운 하품 속에 내재한 세계의 문제적 현실을 익살로 풍자할 수 있는 근거는 시의 패러디 제목에서 중심을 이룬다.

이 世上은 나의 自由투성이입니다. 사랑이란 말을 팔아서 공순이의 옷을 벗기는 自由, 시대라는 말을 팔아서 여대생의 옷을 벗기는 自由, 꿈을 팔아서 편안을 사는 自由. 편한 것이 좋아 편한 것을 좋아하는 自由, 쓴 것보다 달콤한 게 역시 달콤한 自由, 쓴 것도 커피 정도면 알맞게 맛있는 맛의 自由.

世上에는 사랑스런 自由가 참 많습니다. 당신도 혹 自由를 사랑하신다
면 좀 드릴 수는 있읍니다만.

밖에는 비가 옵니다.
이 시대의 純粹詩가 음흉하게 不純해지듯
우리의 장난, 우리의 언어가 음흉하게 不純해지듯

—「이 시대의 純粹詩」 부분

위의 시는 자유라는 언어 유희로 자유의 확대적 의미와 그것을 사용
하는 인간의 잡스런 일상으로 축소된 자유의 형상을 대비하면서 보여
준다. 유희는 우리에게 환상적 심상을 준다. 예술은 우리에게 하나의
새로운 종류의 진리, 즉 경험적 사물들의 진리가 아니라 순수한 형상
의 진리를 준다. 예술가는 과학자가 사실들 혹은 자연 법칙의 발견자
인 것처럼 자연형상의 발견자이다. 우리가 수천번 만난 일상 감각 경
험이었으나 그것을 한번도 보지 못한 것처럼 어리둥절하게 만드는 간
격을 예술이 메운다. 유희는 유기체 일반의 활동이 아니다. 인간의 특
유한 활동이다.

자유에 대한 유희는 우리에게 환상적 심상을 준다. 자유라는 말에
대한 새로운 진리에 대하여 사유하게 한다. 경험적 사실에서 발생하
는 진리가 아닌, 자유라는 말에 의해 일어나는 무수한 일들을 나열하
면서 자유의 순수한 형상적 진리를 일깨운다. 순수하다는 것은 매우
좋은 말이다. 그러나 그러한 순수를 파는 자들은 '무식하지도 못한'
'몸뚱이'들이다.

자유라는 말은 지식인이나 정치인들이 즐겨 쓰는 용어이다. 자유라

는 관념은 속인들에게 수수께끼가 되는 용어이다. 그러나 자유를 진정으로 자유롭게 하기 위해 목숨을 버린 정의로운 몸은 실내악처럼 안정된 행복을 선사한다. 볼테르는 당신이 하는 말은 증오하지만, 그 말을 당신이 할 수 있게 목숨을 걸고 싸우겠다는 사상을 실천한 사람이다. 이러한 자유는 인간을 인간답게 하기 위한 진정한 순수의 얼굴이다. 그러나 그렇게 좋은 자유는 자칫 수많은 사람들의 잡스런 일상 속에서 부서지기 쉬운 것이다. 자유를 이용하는 무리들의 사기성을 조심하라고 경고한다. 자유의 과잉을 통해 역설적으로 자유는 고귀하게 실천되어야 할 신성임을 강조하고 있다.

꿈에 물먹이기 언어에 물먹이기
풀이 풀의 몸에게 저주받듯
詩人이 詩에게 저주받듯
저주 주고 받기 열심히
인간에 물먹이기

생각컨대 외디푸스王은
눈이 하나 더 많았다.
이건 神話가 아니므로
풀은 귀가 하나 더 많고

이 침묵의 상징 시대, 動詞가 없는 시대, 말씀을 하세요 물먹이기 시대.

오, 그런데 선생, 아이들은 길을 웃으며 가고
시간이 재각재각 건널목을 건너가네요.

―「꿈에 물먹이기」 부분

꿈이 물을 먹을 수 있는 생물체가 아니므로 꿈과 언어에 '물먹이기'는 의미의 불협화음 상태에 빠진다. '풀'이 '풀'에 의해 저주받듯이, 시인이 시에 의해 '저주'를 받는다. 오이디푸스왕은 '눈이 하나 더' 많았다고 한다. 신화가 아니므로 '풀'에는 '귀가 하나 더' 있고, 저주에 '꿈이 하나 더' 빛나고 있다. 경직된 이념만 있는 침묵의 시대는 '물먹이기 시대'이다. 그런데도 아이들은 웃고, '시간'이 '건널목'을 건너가고 있다.

부조리한 시대의 침묵도 아이들에 의해 유희적인 상황으로 바뀐다. 오이디푸스왕의 비극적 신화마저도 눈이 하나 더 많기 때문에 왕이 두 눈을 상실했어도 염려없다고 한다. 오이디푸스왕의 비극적 신화마저도 유희로 뒤집힌다. 신화가 아니라서 풀에 귀가 하나 더 있다는 것도 역시 뒤집기의 일환이다. 실재성에서 벗어난 신화적 상상력에 의해 풀에 귀를 만들고, 저주에 꿈을 하나 더 빛나게 하고 있다. 저주의 고통은 인과율을 벗어난 유희적 사유로의 수정을 감행한다. 그리하여 아이들이 웃는 시간을 가로지르는 미래가 행복할 것이라는 낙관적인 사유로 이어진다. 현실과 신화의 건널목을 건너는 시간은 유희 충동으로 자유롭다.

내가 그의 이름을 불러 주기 전에는
그는 다만
왜곡될 순간을 기다리는 기다림
그것에 지나지 않았다.

내가 그의 이름을 불렀을 때
그는 곧 나에게로 와서
내가 부른 이름대로 모습을 바꾸었다.

내가 그의 이름을 불렀을 때
그는 곧 나에게로 와서
풀, 꽃, 시멘트, 길, 담배꽁초, 아스피린, 아달린이 아닌
금잔화, 작약, 포인세치아, 개밥풀, 인동, 황국 등등의
보통명사나 수명사가 아닌
의미의 틀을 만들었다.

우리들은 모두
명명하고 싶어했다.
너는 나에게 나는 너에게.

그리고 그는
그대로 의미의 틀이 완성되면
다시 다른 모습이 될 그 순간
그리고 기다림 그것이 되었다.

—「「꽃」의 패러디」 전문

위의 시는 김춘수의 「꽃」을 패러디한 시이다. 김춘수의 「꽃」은 몸짓에 지나지 않던 사람을 누군가 이름으로 불러주면 의미가 되는 꽃이다. 이 시는 김춘수가 던지는 의미의 긍정성에 의문을 제시한다. 의미는 '의미의 틀이 완성되면' 다른 모습으로 변화되기를 기다리는 '기다림 그것'이 되는 것이다. 의미는 곧 변화를 기다리는 기다림이므로 왜곡을 내포한다. 기다림은 소망이라는 간절한 갈망이다. 갈망은 우리의 삶이 방충망에 걸려든 모기처럼 사소하나, 매우 간절한 몸짓이다. 이름을 불러주는 대로 모습을 바꾸는 모습은 진정한 주체의 이름을

상실한 자아이다.

앎에 대한 의지는 무지의 대립이 아니다. 지식은 세련된 포장의 언어를 벗어나지 못한다. 우리의 살과 피가 되어 육화된 위선은 말의 진실을 왜곡할 수밖에 없다. 의미를 만드는 과정은 이미 이러한 틀을 벗어날 수 없으므로 왜곡의 조건을 담은 기다림이다. 의미의 틀은 언제나 모습을 바꿀 수 있는 기다림이다. 의미는 그것이 그 의미의 틀에 담겨 그리 오래 있지 못한다는 것이므로 허위이다. 내가 너에게 의미가 되었으나, 그 의미는 또다시 시작되는 너에 의해 바뀔 뿐이다.

사랑이나 이데올로기는 왜곡의 얼굴을 한다. 중세의 모랄(moral)은 천국을 위해 수단이 된 지상의 삶이므로 성인의 주검을 삶아 그 뼈를 가지면 천국으로 갈 수 있다고 했다. 중세에 성인이 죽으면 애도하기보다는 그 뼈 부스러기라도 갖기 위해 구름 같이 사람들이 모여든 것이다. 지금과 중세의 관념을 비교한다면 의미의 틀이 지나가는 구름에 지나지 않다는 것을 깨닫게 된다. 패러다임의 변화는 우리가 실감하는 삶의 틀이 아닌가? 플라톤이나 기독교의 형이상학은 변하지 않는 본질의 세계로 우리의 사고를 붙든다. 그러나 형이상학의 불변성 강조는 이미 왜곡이다.

그러나 산타클로스가 없는 크리스마스의 싱거움을 생각해 본다면, 지상에서 일어나는 현상을 지탱하는 거짓의 환상도 가치 있는 형이상학이다. 비록 그것이 사실에서 왜곡된 어떤 것이라 하더라도, 이 삶을 지탱할 수 있는 기다란 기다림을 만드는 그 기다림 속에 한없이 비속할 수 있는 일상의 누추함을 견디는 힘을 만들기 때문이다. 기다림이라는 희망이 이미 왜곡된 의미이나 그것에 기댈 수밖에 없는 우리들의 의미의 틀은 돌아와, 자신의 틀을 바꾸지 못한다는 것을 깨닫는 것에 불과한 변화이다. 그럼에도 불구하고 무언가의 변화를 시도하는 시작이라는 모든 것의 희망에 찬사를 보내지 않을 수 없다. 그것은 우리 모두를 살게 하는 강력한 마술이므로…….

　　　1. '양쪽 모서리를
　　함께 눌러주세요'

　　나는 극좌와 극우의
　　양쪽 모서리를
　　함께 꾸욱 누른다

　　　6.↑ 따르는 곳을 따르지 않고
　　거부한다

　　다른 모서리로 내 다리를
　　내가 놓는 오월의 음지를
　　내가 앉는 의자의
　　모형을 조금씩 더
　　옮긴다……이 地上
　　이 地上 오월의 라일락이
　　서툴게 떨어진다

—「빙그레 우유 200ml 패키지」 부분

　위의 시에서 사용된 우유 포장용기는 80년대 시대적 이데올로기를 반영한다. 극좌와 극우의 대립으로 치열했던 민주화운동을 나타낸다. 극좌와 극우 어디에도 '내가' 없다. 빙그레하고 웃는 웃음의 유희적 놀이는 현실계의 심각함을 오히려 희화화(戲畫化)시킨다. 희화화를 통하여 사유는 인과율의 끈으로 존재의 가장 깊은 심연에 다다를 수 있게 한다. 빙그레 웃음을 머금고 이데올로기의 주변을 돌고 있는 시적 화자는 모서리를 돌아 다른 세계에 있다. 이데올로기의 치열성이 분주한 현실계를 돌아 '나는' 가상의 세계에서 화살표의 명령을 거부한다. 세속의 규율이 화살표라면, 가상의 세계의 화살표는 반역이다. '나는' 거부로 다른 세계를 구축한다. 그런데 '내가' 옮긴 의자에 오월의 라일락이 서툴게 떨어진다.

80년대 오월은 광주민중항쟁과 연관된다. 라일락이 지고 있는 모습은 민주화를 위해 소멸된 생명이라 할 수 있다. 동시에 권력의 하수인으로 군복을 입을 수밖에 없었던, 그리하여 자신의 의지와 상관없이 희생된 생명을 표상하기도 한다.

빙그레가 없는 가상의 다른 세계와 빙그레가 있는 현실계의 이데올로기는 서로 상충하며 의미의 확대로 나아간다. 빙그레 웃는 현실의 이데올로기와 빙그레가 없는 가상의 다른 세계의 차이는 화살표를 따라 움직이는 세계와 화살표를 거부하며 움직이는 세계의 구별이다. 반역의 세계는 음지이고, 꽃이 떨어지는 곳이다. 이 세계의 밑바닥에 있는 참된 세계의 '물자체'는 불합리하고 맹목적으로 살려고 하는 의지의 세계이고, 고뇌의 세계이다. 정확한 화살표에 순종하면 빙그레 웃을 수 있다. 화살표의 반역은 음지의 세계이다. 화살표의 방향대로 움직일 수 없고, 다만 그것을 지나칠 수밖에 없는 자의 고뇌이다. 화살표를 지나면서 자신의 화살표도 만들 수 없는 소극적인 시적 화자이다. 다만 화살표의 모서리를 지나 다른 세계에 와서 라일락이 지는 것을 관찰자로 바라보고 있을 뿐이다.

여자가 간다 비유는 낡아도
낡을 수 없는 生처럼 원피스를 입고
여자가 간다 옷 사이로 간다

간다 빈혈성 오후가 말갛게 갈리고
여자가 간다 그 사이를 헤집고 원피스를 입고
낡은 비유처럼

—「원피스」부분

　　여자가 가고 있는 시간과 공간의 움직임을 통하여 生이 함유하는
잠재성에 대하여 사유한다. "여자가 간다 옷 사이로 간다/뱅뱅이/간
다 뿅뿅이 간다"에서 '간다'의 연이은 반복은 유희적이다. 사람과 상
표의 결합적 움직임이 진실 게임처럼 이어진다. 움직이는 사물에 의
해 지워지고 살아나는 사물의 모습에 끊임없는 생명의 역동성이 내재
한다. 사람을 감싸는 상표들의 움직임은 사람이 곧 상표가 될 수 있다
는 것에 대하여 의문을 제기한다. 원피스를 입은 여자의 실재성은 보
이고 사라지는 '사이'의 움직임에 있다. 이러한 움직임의 운동은 매순
간 모순을 극복하면서 새로운 것을 창조한다. 상표와 인간의 움직임
으로 상표와 인간의 모순을 보여준다. 인간과 상표의 관계에 대한 사
유는 사라지기만을 바라는 해답이다. 알고자 하는 인간의 본성은 물
음에 의해 묻기를 반복한다. 이러한 반복은 일상(여자)과 가상(상표)의
맞물림 속에서 일어난다.

2) 철학의 웃음

　　철학의 웃음은 니체의 허무주의를 담고 있다. 순환되고 있는 영원회
귀를 인정한 허무이므로 삶을 사는 힘의 의지가 충만한 유혹에 감겨
든 웃음이다. 비가시성과 가시성의 세계에 대하여 아무 것도 말할 수
없지만, 말할 수 없음을 아는 무지의 인정을 추구하는 생성의 공간에
서 머금은 웃음이다. 다음의 시 「다섯 개의 寓話 1—4」를 보면서 웃

음의 깊은 심연에 잠겨보기로 한다.

   누가 거울을 하이타이로 깨끗이 빨아 버렸나 봅니다.

   거울 속에 들어가 어디 사람이 없나 하고 〈야호〉하고 소리를 지르니까 거울 속의 누가 내 소리도 하이타이로 빨아 버립니다.

   누가 내 얼굴을 혹시 빨래 뒤에 두었는가 싶어 뒤져보아도 없읍니다.

   나는 크레파스를 집어들고 눈, 코, 귀, 입, 이렇게 차례로 내 얼굴을 다시 그립니다. 얼굴 뒤에다 우리 동네의 집도 몇 채 그립니다.

—「다섯 개의 寓話·1 거울」 부분

   그 노래 한 가닥은 내 안에서 날이 갈수록 가락의 끝이 날카로와져 요즘은 내 몸 곳곳에 상처를 냅니다. 오늘은 노래가 지나간 길 여기저기에 긁힌 자국이 남아 노래가 가고 난 뒤 다시 보니 그 자국들이 하나하나 노래가 되어 풀밭을 헤치며 가고 있읍니다.

   어느 새 내 안의 상처도 하나하나 노래가 되어 다른 노래와 함께 떠납니다. 노래가 되어 떠나간 자리를 더듬어 보니 아직 태어나지 않은 노래들이 내 손을, 내 손을 참 싸늘하게 합니다.

—「다섯 개의 寓話·2 노래」 부분

   우리집 작은놈이 뜰에 둥그렇게 원을 그려놓고 날더러 들어가 보라고 합니다. 선 속에 내가 발을 들여놓으니까 녀석은 껄껄 웃으며 이젠 갇혔다고 박수를 칩니다. 나는 녀석의 실없는 장난을 웃으면서 한 발을 선 밖으로 내

디딥니다. 순간, 왼쪽 무릎이 짜릿하며 마비가 옵니다. 멍해진 나는 선의
속을 들여다봅니다. 선의 冷血性, 확실함, 이의 없음, 일사불란함이 일렬
로 서서 나를 향하고 있읍니다. 녀석이 그려놓은 선의 한 쪽을 잡아당기니
까 선이 슬금슬금 나의 다리를 향하여 좁아듭니다.

　선은 움직입니다
　존재하는 그때의 양식 그만큼
　누가 움직이고 있는 그만큼

—「다섯 개의 寓話·3 우리집 아이의 장난」 부분

내가 해 본 결과 공기가 잘려지지 않는다는 말은 진실이 아니었다. 시험
했다. 결과는 마찬가지. 진실이 진실이 아닌 것으로 바뀌는 순간은 이렇게
도 짧아 나는 잠깐 행복으로 외출했다.

공기는 잘려진다! 공기는 잘려지는 존재다! 나의 말을 믿는 사람은 그러
나 아무도 없었으므로 나는 그들의 머리며 가슴을 싸고 있는 공기를 현장
에서 쓱쓱 잘라 내밀었다. 그들은 그러나 뻥 뚫린 공간을 보면서도 내 손에
들려진 조각은 공기가 아니라고, 아니라고 했다.

사실을 말하려고 하는 나는 만나는 사람마다 공기를 잘라 보였고, 만나
는 사람마다 그러나 아니라고 했고, 나는 그러나 그때마다 아니라고 팔을
휘둘러 공기를 잘라내며 그 사람들의 공간에 구멍을 여기저기 뚫어

내가 한 일이 잘한 일인지 어쩐지 몰라도 그때마다 사람들은 어둠을 한
바가지씩 얻어 갔다.

—「다섯 개의 寓話·4 공기」 부분

206

〈1〉에서 거울의 안과 밖의 문턱에서 물음을 던지는 놀이는 유희적 상상력으로 이루어진다. 안과 밖의 경계는 소리에 의해 무화된다. '하이타이'로 빨아버린 나의 소리를 빨랫줄에 거는 상상력은 장난스럽지만 가능한 일이다. 상상 속에 나는 거울 속에 들어가고, 얼굴도 빨래로 걸 수 있다. 얼굴을 뒤져볼 수 있고, 얼굴을 다시 그릴 수도 있다. 동네의 집과 이웃집의 지붕도 그리고, 웃고 있는 입이 이웃집 지붕에 붙어 있는 것이 더 어울린다고 투정도 한다. 이러한 유희적 상상력이 노리는 효과는 무엇일까? 거울 안과 밖을 잇는 유희적 놀이는 인간의 사유 속에 그 기원을 두고 있는 속박이 아니다. 오히려 거울 안과 밖의 차이로 인하여 장난이 사유로 사색되고, 반복되고, 재생산에 이른다. 거울의 안과 밖의 차이를 유희적 상상력으로 부수는 파괴는 창조적 이행을 단행한다. 즉 거울의 안의 세계에서 밖의 세계의 분리가 아닌 새롭게 통합됨과 동시에 서로 차이를 드러내는 세계로의 이행이다. 이 시는 다분히 李箱의 「거울」을 염두하고 쓴 시라는 것을 알 수 있다. 거울은 맑기 때문에 하이타이로 거울을 깨끗하게 빨았다고 상상할 수 있다. 시의 진정한 세계는 상상력에 있다. 이러한 동화적 상상력이 가치있는 시적 상상력이다. 왜냐하면 이러한 상상력에 의해 우연에 의해 필연으로 귀결되는 인간의 삶의 한 척도를 가늠할 수 있기 때문이다.

〈2〉에서 몇 년째 노래 한 가닥이 나의 창문을 열고 들어오고, 잠 속에 들어오기도 하고, 잠을 가져가기도 한다. 노래가 까닭을 흔들다가 잎을 가져가 소식이 없곤 했다. 그런데 노래 한 가닥은 '내 안에서' 날카로워져 몸에 상처를 내더니 다시 그 상처로 긁힌 자국이 하나하나 노래가 되어 풀밭을 헤치고 간다. '내 안의 상처'는 노래가 되어 다른 노래와 함께 떠난다. 노래가 되어 떠난 자리에 '아직 태어나지 않은 노래들'이 '내 손을 싸늘하게' 한다. 노래는 '나'와 맺는 외부와의 관계이다. 창을 통해 외부는 내 안에 들어와 삶의 까닭을 흔들다가 그 까닭을 가져가기도 하면서 상처를 내기도 한다. 상처가 된 어떤 관계는 노래가 되어 다른 노래들과 함께 떠난다. 까닭은 삶의 이유이다. 이유는 삶을 흔드는 상처가 노래가 되는 과정에 있다. 노래로 아직 태어나지 못한 노래들이 잡는 내 손의 싸늘함은 고통의 흔적이다. 삶의 많은 이유들이 노래가 되는 까닭은 삶의 추악한 부정마저 감싸안는 따스함이 있을 때 가능한 것이다. 다른 노래와 어울릴 수 있는 '나'의 노래의 '모서리'가 둥글게 되는 것은 싸늘한 고통을 감내한 후에 이룩되는 것이다.

〈3〉에서 아이의 장난을 통해 하나의 선을 움직이고 있다. 선은 사람들의 고정 관념이다. 선 안으로 발을 옮기면 선 속에 갇힌 '나'를 보면서 아이가 웃는다. 선 속에서 발을 밖으로 빼는데 무릎에 마비가 오는 것은 다른 세계로 이행하는 어려움을 말하는 것이다. 다시 또 발을 선 밖으로 옮기면 허벅지가 마비되는 증세가 나타난다. 선의 냉혈성과 확실함에서 벗어나는 선 밖의 세계는 긴장감을 형성한다. 선은 고정 관념만큼 움직이고 있다.

이 시는 아이와 선으로 하는 놀이에 참가하는 '나'의 행위를 통해 차가운 확실함보다 언제나 유동하고 있는 관념의 유동성을 믿으라는 메시지를 전하고 있다.

〈4〉에서는 '공기'를 통해 고정 관념의 허구를 고발한다. 사람들은 공기를 자를 수 없다고 했다. 하지만, 공기를 자른 시적 화자는 공기를 자를 수 있다고 믿는다. 그러나 이러한 믿음을 아무도 들어주지 않는 현실의 안타까움을 토로한다. 분명히 잘라지는 공기를 현장에서 증명해 보이지만, 사람들은 여전히 시적 화자를 믿어주지 않는다. 그런데 그럴 때마다 사람들이 어둠을 한 바가지씩 얻어가고 있다.

관습적 사고에 새로운 발견을 보여주는 것이 예술의 임무이다. 삶의 확실성이 오히려 의심을 창출한다. 왜냐하면 삶은 그저 불확실성의 불협화음을 내기 때문이다. 관습은 시간의 누적 속에서 믿음을 형성한다. 이러한 믿음에 반역하는 '나'의 행위로 사람들의 견고한 믿음이 흔들린다. 그리하여 안정에서 멀어진 사람들이 어두워진다.

그러나 더 확실한 것은 흔들림 속에 우리가 존재하는 것이고, 이러한 흔들림을 그대로 드러내는 것이 중요한 것이다. 진실은 진실이 아닌 것으로 바뀌는 것을 쉽게 받아들이지 못한다. 왜냐하면 어떤 것이 진실이 되기까지는 많은 경험을 토대로 이루어지기 때문이다. 이러한 진실을 부수는 행위가 삶을 창조하며 다시 진정한 진실의 길을 연다. 고정된 믿음의 견고성보다, 삶을 창조할 수 있는 진실은 흔들림 속에 있음을 상기시키는 것이다.

당신은 구체적인 것을 원합니다. 당신의 옷, 당신의 구두, 당신의 얼굴이 구체적이듯이 나의 말도 그와같이 되기를 원합니다. 그러나 당신은 당신의 눈을 아시는지요?

이런 寓話는 어떻습니까?

봄입니다. 길이 끝난 곳에 층계, 층계가 끝난 곳에 뜰, 그 꿈의 뜰에 어제 저녁 天使들이 타고 온 馬車가 한 대, 그 옆에는 예쁜 天使의 발자죽이 몇 개 찍힌 채 놓여 있읍니다.

봄, 마을입니다. 한 방에서는 책상 밑에 먼지가 조용히 숨을 죽이고, 의자의 낡은 나사도 삐걱거리는 소리를 멈추고,

늦은 봄. 숲속에서는 어느새 봄이 이삿짐을 꾸리고 있읍니다. 天使가 몰

고 온 馬車 곁에서 내년에 뿌릴 꽃씨와 아지랭이 그리고 보슬비를 가방에
넣고 난 뒤, 봄이 馬車에 오르고 있읍니다. 地球에서 천천히 봄이 떠나고
있읍니다.

보십시오
地球에서 봄이 천천히 떠나고 있읍니다.

질문이 없으면
봄을 보내겠읍니다.
당신은 무엇인가 잃어버린 게 있읍니다.
당신이 행복한 이유는 잃어버린 그것에 있읍니다.

—「당신을 위하여」 부분

　구체적인 것을 원하는 '당신을 위하여' 우화를 소개하는 위의 시는
예술의 유희공간을 여는 데 성공한다. 천사의 발자국이 찍힌 채 놓여
있는 곳은 가상의 공간이다. 봄의 천사가 마차를 타고 왔고, 인간처럼
발자국을 내는 천사이다. '꽃나무'가 '꽃씨를 만들고,' '구름이 놀러오
도록' '하늘을 말끔히' 닦고, 꿈들이 천사의 발자국 옆에 자신의 발자
국을 찍는다.
　문단을 바꾸어 마을에서 일어나는 실제세계의 봄을 소개한다. '책
상 밑의 먼지가 조용히 숨을 죽이고', 의자의 나사도 삐걱이는 소리를
내고, 노을 속에서 해가 '꿈의 색깔'을 생각하기도 한다. 시간과 마을
도 '걸음을 멈추고', 거울, 옷걸이, 책상이 '바람에 등을' 기대고 귀를
열고 있다.
　다음 문단은 늦은 봄이 지구를 떠나는 이야기이다. 천사가 몰고온
마차와 꽃씨와 아지랑이, 보슬비를 가방에 넣고, 숲을 한 바퀴 돌며

210

꽃냄새와 악수를 나누고, 하느님께 보고할 장부를 옆구리에 끼고, '나
무와 풀과 너울꽃에게 인사'를 하면서 봄이 마차에 오르고 있다. '꿈
의 대문'이 열리고, 마차가 빠져 나가면서 지구에서 봄이 떠나고 있다.
　가상에서 마을로, 마을에서 가상으로 돌아오는 유희 공간은 연을 바
꾸어 다시 실제의 세계로 귀환한다. 보라는 것이다. 봄이 떠나고 있음
을. 질문이 없으면 봄을 보내겠다는 것이다. 당신이 찾는 구체성보다
잃어버린 그것에 행복이 있다고 한다. 천사가 가져왔다가 가방에 싸
고 있는 보슬비와 아지랑이는 독자를 정서의 물에 빠뜨린다. 봄과 행
복은 화려한 나른함으로 우리 곁에 다시 출현하고, 구체적인 것을 원
하는 당신에게 보이지 않는 세계가 있음을 나타낸다.

　　해태 들菊花―
　　해태 들菊花―

　　꿀벌이 껌을 꺽꺽 씹으며
　　날아간다

　　들菊花 만발한 안산 동부 지구

　　監視哨의 그늘을 파랗게 뚫으며
　　풀들
　　침을 영혼에 넘기는 소리

―「해태 들菊花」 전문

　해태는 상표이름이고, 들국화는 꽃의 이름이다. 상품과 자연의 상반
된 이미지를 결합한 제목이 이율배반적이다. 칸트는 미학의 근간을

이율배반으로 본다. 언어의 상반성에 내포된 차이의 폭을 점유하는 의미의 역동성이 우리를 유희 공간으로 초대한다. 꿀벌이 껌을 씹고, 풀들이 침을 영혼에 넘기고 있다. 세속을 초월한 상상력이다. 우리는 이제 현실의 벽을 뚫고, 자유로운 상상의 공간으로 진입한다. 풀들에게도 영혼이 있다는 사실과 영혼도 침을 넘기면서 살아간다는 생각에 웃음을 머금을 수밖에 없다. 풀들의 영혼이 침을 넘기며 사는 공간에서 꿀벌은 너무 편안하게 껌을 꺽꺽 씹고 있다. 꿀벌과 풀이 유희 공간에 있다. 유희는 무의미를 포함한 의미의 사유를 지속시킨다.

문에 '외출중'이라는 팻말을 걸어놓고 방에 들어와 누웠다. 얼굴을 문질러보니 권태와 광기가 범벅이 되어 떨어졌다. 친구녀석이 요즘은 찾아오는 놈도 없다고 투덜대며 들어왔다. 문에 붙여놓은 팻말을 보았느냐고 물으니 '병신 같은 것' 하며 낄낄 웃었다. 그 웃음소리가 밖으로 사라지자 기다렸다는 듯 내 옆에 누워,

말이 필요한 때. 말의 말이 아니라 말의 빛이 필요한 때. 수심, 깊은 수심. 내가 잠이 깨었을 때는 이미 녀석은 종적이 묘연했고, 주먹만한 오후 두 시의 햇빛이 내 옆에서 내 눈을 빤히 쳐다보며 정말 쓸쓸하게 웃고 있었다.

—「웃음」 부분

권태는 판에 박힌 것의 반복에 의해서 심신의 지루함과 동시에 터져나가야 할 어떤 욕망이 벽에 부딪쳐 좌절된 상황이다. 터질 듯이 팽창된 역동성이 일상의 반복에 의해 땅에 포복한 상태이다. 광기는 실재와 환상 사이에서 새로운 상호작용을 하는 가장 순수하고 가장 총체적인 형태의 착오를 말한다. 광기 속에는 평정과 균형이 확립되어 있다. 그러나 이러한 평정과 균형은 꾸며진 혼란과 무질서의 심연

에 숨긴 것이다. 광기의 이러한 폭력성은 교활한 정열 때문에 드러나지 못하고 만다. 광기를 드러낼 수 없는 실재의 세계에서의 광기는 오직 자신에 의한 환상의 아이러니 속에서만 해석된다. 광기는 이제 가상 속에 갇히고 만다. 그리하여 누구와도 대화의 교류를 차단하고 싶은 '내'가 자신의 투명한 막 속에 자신을 가두기 위해 문에 '외출 중'이라는 팻말을 걸고 방안에 들어와 눕는다. 그런데 친구는 이미 친구의 그러한 심중을 헤아리고, 문을 열고 들어와 잠을 청한다. 가장 깊은 수심을 알아낸 친구의 '병신 같은 것'이라는 한 마디는 우정을 나타낸다. 그 친구는 '의거탑' 뒤 '무덤'에도 들어가지 못하고, 남의 산기슭에 몇 평의 땅을 마련한 사람이다. 세상의 거대한 이념에 동참하여 목숨을 걸지 못한 소시민이 된 친구와 시적 화자는 동류의 사람이다. 세상의 정의를 위하여 빛을 담은 말을 해야 하는데 침묵의 수심만 깊다. '오후 두시의 주먹만한 햇빛이' 자신의 눈을 빤히 쳐다보며 쓸쓸하게 웃고 있음을 마주하는 '나'의 오후는 친구도 어느새 종적을 감춘 방이다.

웃음은 친구와의 정감에서 발생된다. 권태와 광기를 흩뜨리는 힘은 친구의 마음이다. 반복적인 일상의 시간을 분절시키는 돌연한 친구의 출현은 권태와 광기를 잠재운다. 고독한 '나'의 권태와 광기는 친구의 낄낄거리는 웃음소리와 결합되면서 생명의 리듬으로 변환된다. 쓸쓸함을 느끼는 감각은 이미 살아 있음의 리듬이기 때문이다.

미미의 집은 DM8611
미미가 혼자 산다고 전해지지요
들창의 유리가 우물처럼
하늘을 잠그고 있다고 전해지지요

북구풍 둥근 들창에는 구름이
구름이 늘 씻기고

미미에게는 멋쟁이 언니 발레리나
드라이브를 즐길 하이킹 세트와
응접 세트와 딜럭스 침대와
호화로운 욕실이 있다고
전해지지요 미미의 집에는

뜰에는 잔디가 길을 비키고
미미의 집은 미미와 합해서
35,000원 초인종을 눌러도
현관문을 연다고들 하지요
미미는 미미의 집에서 산다고들
하지요 언제나 웃는다고
하지요 당신이 쥐어박아도
옷을 벗겨도 물을 먹여도
미미는 웃는다고 전해지지요
모가지만 그대로 두면

(미미 클럽 회원을 모집하고 있어요!)

—「MIMI HOUSE—인형의 집」 부분

미미는 주사위와 같다. 미미는 그것을 던지는 자에 의해 만들어지는
존재이다. 미미를 던질 수 있는 사람은 35,000원이 있어야 한다. 미미
라는 인형의 인공적 웃음 뒤에 도사린 자본의 음흉함은 35,000원만

주면 미미를 쥐어박아도, 옷을 벗겨도 물을 먹여도 웃는 웃음에 드러
난다. 광폭한 자본의 위력이 인형 웃음의 인공성에 붙박여 있다.

　그런데 이 인형의 집에는 북구풍 들창이 있어 하늘을 잠기게 하고,
구름이 씻기고, '아직도 살아 있는 기적의 우리를' 대하는 반가운 웃
음도 있다. 그래서 우리는 인공의 아름다움에 젖기도 한다. 살아 있음
을 반기는 웃음은 진정으로 인간적인 웃음이기 때문이다. 비록 돈을
받고 웃음을 웃는 인형이지만, 인형도 하늘과 구름을 담을 수 있는 심
장이 있음을 증명한다. 자본에 의해 인공적인 자연은 자연을 능가하
는 아름다움으로 인간을 사로잡는다. 이러한 인공 뒤에 사람이 있으
므로 신에게 도전하는 인간의 의지를 나타낸다고 볼 수 있다. 그리하
여 북구풍 들창을 만들어 자연을 담고, 구름을 씻길 수 있는 힘이 되
는 것이다. 미미의 인공 웃음과 구름을 씻기는 '들창'은 동류가 되고,
35,000원의 자본은 자연을 갖는 힘이 된다.

　미미는 언니도 있고, 친구도 있고, 드라이브를 할 수 있는 예쁜 옷도
있다. 다만 그녀가 할 수 없는 것은 35,000원을 낸 사람들의 폭력을
제지할 권리이다. 미미의 행위는 미미의 문제에서 우리에게 확대된
다. 니체는 예수의 희생에 대하여 반역한다. 죄인들을 위해 자신의 몸
을 주었으므로 우리는 예수에게 빚을 진 무리가 되었다는 것이다. 그
빚을 갚기 위해 우리는 예수를 위해 무엇을 할 것인가를 고민하게 되
었다는 것이다. 그것이 우리의 운명이다. 무언가를 받았다는 것은 그
것의 종속적인 관계에 놓이게 된다. 사랑도, 우정도 마찬가지이다. 나
와 타인과의 관계는 이러한 관계를 벗어날 수 없다. 미미는 돈에 의해
종속되지만, 우리들이 종속당하는 음흉한 미소는 무엇일까? 미미를
통해 자본주의 사회에서 통용되는 교환가치의 우위성을 표면화시킨
다. 미미는 소유할 화려한 도구들을 위해 자신의 인권을 팔기 때문이
다. 그렇다고 도구와 인권의 우위성을 가차없이 무엇이라고 단정할

수 없는 상황이기에 더 심각하다. 도구와 인권은 이미 이율배반적 가치의 동등한 무게를 획득한지 오래이기 때문이다. 그리하여 이 시의 미학적 근간은 성공한 셈이다. 우리는 이 두 가치에 대하여 양가성의 끊임없는 사유의 미로로 들어서기 때문이다.

선언 또는 광고 문안

단조로운 것은 生의 노래를 잠들게 한다.
머무르는 것은 生의 언어를 침묵하게 한다.
人生이란 그저 살아가는 짧은 무엇이 아닌 것.
문득—스쳐 지나가는 눈길에도 기쁨이 넘치나니
가끔은 주목받는 生이고 싶다—CHEVALIER

개인 또는 초상화

벽과 벽 사이 한 女人이 있다. 살아 있는 몸이 절반쯤만 세상에 노출되고, 눌러쓴 모자 깊숙이 감춘 눈빛을 허리를
받쳐들고 있는 한 손이 끄을고 가고.

빛 또는 물질

짝짝이 여자 구두 한 켤레가 놓여 있다
짝짝이 코 끝에 영롱한 스포트라이트의
구두 발자국.

—「가끔은 주목받는 生이고 싶다」 전문

광고에서 자유로울 수 있는 사람은 얼마나 될까? 보림사에도 스카이라이프 안테나가 시멘트 식당 옥상에서 둥글게 웃고 있었다.
실재의 구두와 스크린에 나타난 구두의 차이는 어떻게 설명되어야

216

할까? 우리가 구두에 대하여 알고 있는 것과 스크린에 의해 알게 되는 것의 '사이'에 존재하는 차이들을 생각하게 한다. 실재의 구두와 스포트라이트를 받은 구두에 존재하는 '사이'는 경험 도중에 재발견하는 것만을 고려한다. 우리가 알고 있는 개념으로서의 구두와 스크린을 통해 감각하는 구두 '사이'에 존재하는 '차이'는 개념과 직관, 지성적인 것과 감각적인 것, 논리적인 것과 미적인 것 사이에 존재하는 차이들이다.

빛은 '물자체'의 속성을 가리거나, 지우거나 때로는 드러낸다. 구두의 본질은 내가 신고 있는 구두인가? 광고가 본질인가? 신을 수 있는 구두와 볼 수밖에 없는 구두 '사이'에 존재하는 현실과 환상의 불협화음을 생(生)의 움직임이라고 말해야 할까? 차이에는 불협화음이 있고, 불협화음이 '구두'라는 언어를 침묵에서 건져낸다. '구두'에 담긴 차이들의 이데아가 철학의 웃음으로 이어진다.

'벽과 벽 사이'에 있는 '한 女人'은 그 여인의 일상성과 빛의 여인 '사이'에 존재하는 차이들을 생각하게 한다. 벽은 차단의 이미지이고, 여인은 그 '사이'에 있다. 때문에 여인은 경계선이 마련해주는 고착된 안전선에서 멀리 있다. '개인'과 '초상화'의 '사이'에 존재하는 차이들이 사유를 생산한다. '물자체'와 만들어진 사물의 '사이'에 모든 부정을 넘어 차이들을 인정하는 순수 긍정이 있는 셈인가? 해답을 요구할 수 없는 빛과 물질의 세계에서 우리는 물음표 속에 갇힌다. '스포트라이트'의 '구두 발자국'은 광학적 효과에 지나지 않는 시뮬라크르일까? 허상의 세계는 왜곡을 담보로 우리의 욕망을 환상에 가두는 것일까?

제5장

이데아의 몸짓

전술한 바와 같이 내면 공간에서 움직이는 사유 과정이 오규원 시의 건축 본성에 투사되어 움직이고 있음을 밝혔다. 카프카와 베이컨이 인간의 '동물되기'로 인간의 심층을 나타내듯이, 오규원 시는 명사(名辭)의 동사되기를 통해 내면 공간에서 이루어지는 사유 과정의 움직임을 가시성의 세계로 환치시키고 있었다. 비가시성과 가시성의 전도는 유목 공간에서 이루어지고 있었다. 추상적 의미와 현상적 의미의 이율배반적 고리는 서로의 차이들로 부딪치면서 의미 확대로 나아가고 있었다. 이어서 유희 공간에서 태허(太虛)를 통과한 철학의 웃음이 무의미의 메커니즘을 통하여 사유의 무한 확대를 도모하고 있음을 검토하였다.

1. 허상과 욕망 사이

오규원의 시는 사유 과정이 내면 공간을 점유하고, 그 곳에서 움직이고 있음을 발견하고 있었다. 내면 공간에서 움직이고 있는 사유는 시적 상상력에 의해 동사적 움직임을 확보하였다. 마치 베이컨이 그리는 인간의 외침이 돌발흔적에 의해 가능하듯이, 사유는 외부 공간에서 자유로운 형태로 활보하였다. 이렇게 외부 공간에서 움직이는 사유 과정은 이름들의 차이들이 들끓는 '사이'의 빈틈에서 이루어지고 있었다. 비가시성과 가시성, 그 '사이'에서 형이상학적 접촉이 일어나고 있었다.

아리스토텔레스는 이데아와 현실 사이에서 모든 인간은 앎을 추구한다는 것을 토대로 플라톤의 이원론을 극복하였다. 니체는 '신은 죽었다'를 선언하였다. 그는 그 동안 형이상학이 초감각적인 세계에 갇혀 있었던 가치를 반성함으로써 철학사의 역전을 시도하였다. 메를로-퐁티는 사물들 사이에 어떤 존재가 존재하는 것인가에 대한 질문이 사물과 끊임없는 접촉에 의해서 가능하다고 하였다. 이러한 접촉의 가능성은 사유 운동의 지속에 있었다. 앙리 베르그송의 직관은 사유를 움직이게 하는 운동의 근원이 되었다.

오규원 시의 사유 과정은 이념과 현상이 맞물려 돌아가는 '사이'에 있었다. 질 들뢰즈의 철학적 사유 과정이 철학적 테제가 되듯이, 오규원 시는 사유 과정의 유동성이 시적 테제가 되었다. 질 들뢰즈는 의미의 최고 지점을 무의미의 메커니즘에 두었다. 메를로-퐁티는 무의미를 포함한 의미를 최고의 의미로 보았다. 오규원 시는 이들의 방법을 수용하면서 의미를 확장하였다.

오규원의 시는 이성의 한계를 기관 없는 몸체의 감각적 충만으로 극복하였다. 오규원 시의 추상적 의미는 몸의 관능을 결합함으로써 극대화된 추상적 의미로 확대되고 있었다. 몸의 열정은 시의 텐션을 형성하며 완전한 추상으로 나아가고 있었다.

현상과 가상은 전도되어 톱니바퀴에 맞물려 돌아가고 있을 뿐, 단정에 이르지 못했다. 이율배반적 의미에 의해 사유는 문턱을 만나고, 문턱에 수수께끼 물음을 잠복시키고 있었다. 물음은 대답을 유보하는 카니발리즘적인 생과 사로 이어졌다.

언어가 말하고 있는 것은 어차피 말하고자 하는 것을 다 표현할 수 없는 것을 표현하는 것이었다. 이러한 언어의 한계가 사물과 사물 '사이'를 메우는 보이지 않는 세계의 돌출로 변화를 꾀하였다. 비가시성의 세계는 사물과 사물 '사이'의 침묵에 본질을 잠시 현시하였다. 언어의 표현 한계는 사물의 침묵의 비전으로 극복되었다. 무의미의 메커니즘은 사물들의 '사이'에서 의미의 신비를 확장하고 있었다.

오규원 시의 길은 집을 만나면 구부러질 뿐, 집을 짓지 않았다. 집은 창에 들어온 하늘과 구름을 씻기고, 그 집을 나와 다른 집에 이르지만, 그 집의 대문 안으로 들어서지 않는 것을 반복하고 있었다. 집이 고착관념이라면, 길은 사유과정의 움직임이었다. 오규원의 시에서 여자는 가장 추상적인 것을 표현하기 위한 관능성의 차용이었다.

2. 사유의 리듬

오규원의 시는 '사이'와 '허공'의 표면화로 비가시성의 세계를 표출하는 데 성공하고 있었다. 유목 공간의 '사이'에서 모든 것을 수용하면서 동시에 파괴하는 과정으로 사유의 창조를 시작하고 있었다. 시적 화자는 격자가 없는 들판에서 도식주의자도 될 수 없어 언제나 길을 구부렸다. 그리고 나무가 대지의 수도꼭지라면, 나무의 뿌리를 다

본 사람이 없음을 궁금하게 여겼다. 그래서 오규원의 시는 보이지 않지만, 내면 공간을 점유하고 움직임을 지속하는 사유 과정을 외부 공간에서 움직이게 했다.

오규원의 시는 정태적인 사물을 흔들어 하늘로 들어올리는 돌발흔적으로 관통하고 있었다. 보이지 않는 세계를 가시성의 세계로 옮기기 위하여 오규원의 시는 '허공'이 사물보다 더욱더 강조되고 있었다. 보이지 않는 세계를 드러내기 위하여 전도된 시점으로 풍경을 조감하고 있었다. 사물보다 허공의 움직임을 주목하여 그 동안 관습적으로 가시성에 집중하던 시선을 뒤집었다. 이러한 뒤집기를 통해 철학이 수행하는 관습적인 생각의 역전을 시도하고 있었다. 오규원 시가 이러한 시도를 목적으로 하는 것은 비가시성의 세계를 인식시키는 방법으로 사용되고 있었다.

한편, 시간이 공간의 움직임으로 가분성의 세계에 귀속되고 있었다. 사유의 진행을 관통하는 시간의식은 마치 사제의 제의(祭儀)와 같은 신성이었다. 「순례 서(序)」에서 시작되는 연작 「순례1—20」은 사제의 금욕처럼 형이상학적 사유 과정의 사투를 보여주었다.

마지막으로 사유의 확대가 유희 공간에서 이루어지고 있었다. 주사위가 올라가는 시작에서 상승된 꼭지점은 현실을 이탈한 소망의 집결지이다. 시에서의 유희 공간은 꼭지점의 극대화된 소망을 여는 자유의 공간이었다.

그러나 주사위는 언제나 땅으로 돌아오기 마련이다. 이러한 순환을 반복하면서 우연에 의한 필연이 삶의 조건이 되는 과정을 희화화함으로써 삶의 애매성을 나타내었다. 이러한 유희 공간에서 이루어지는 사유는 정신보다 우위에 있는 기관 없는 몸체에 의해서 확대되었다. 신시사이저처럼 사유는 건반에 의해 새로운 사유를 창조하였다. 건반을 움직이는 음표는 리좀적이고 부정변증법적이었다.

오규원의 시는 추상과 현상의 차이들에 의해서 형성되는 텐션으로 예술의 본질을 반복적으로 지속시키고 있었다. 그러나 아무리 이동하고 변신을 꾀해도 인생을 다 담을 수 없는 언어의 한계는 허무에 부딪쳤다. 허무는 긍정과 부정을 가로지르는 철학의 웃음이 되었다. 왜냐하면 결론으로 치달을 수 없는 사유를 계속 해야만 하는 것이 인간의 본성이기 때문이다. 그래서 묻기를 반복하는 과정이 인간의 순환적 존재 조건임을 받아들였다. 가볍게 웃지만, 웃음을 웃게 만드는 깊은 심연의 사유가 절망에 부딪친 허무에 의해서 역사의 능선이 넘어갔음을 체득한 웃음이었다. 오규원 시의 표면은 차가우나 니체적인 운명애로 심층을 이루고 있었다.

오규원 시는 비가시성과 가시성, 그 사이에서 움직이는 몸의 형이상학이었다. 철학의 사유 과정이 질 들뢰즈 철학의 심층이듯이, 사유 과정이 오규원 시의 심층이었다. 사유 공간은 오규원 시의 시적 테제가 되었다. 오규원의 시는 관념을 관능과 아이의 장난으로 결합하여 형이상학의 표면화에 성공하였다. 이제까지 예술의 목적이 대부분 비가시성의 가시화였지만, 오규원 시는 비가시성과 가시성, 그 사이에서 이루어지는 사유 과정의 표면화를 추구하였다. 이를 통하여, 시학의 또 다른 시원(始原)을 볼 수 있었다.